一品仵作

柒

MY FIRST CLASS CORONER

鳳今

目錄

第一章

計擒凶徒

暮青醒時已錯過了上早朝的時辰，索性便蹺了早朝。梳洗過後，暮青便往前院去，剛到前院就見一人縱來，踏著老樹新枝，枝頭竟不多晃一分，這輕功除了魏卓之，江湖上大抵再無第二人。

「聽說昨夜府上很熱鬧？」魏卓之落地笑問，眉宇間卻有幾分急切之意。

暮青問：「你從哪兒聽來的？」

魏卓之搖扇笑道：「我從玉春樓裡出來，聽那些紈褲子弟說的，他們都說妳睡了聖上。」

話音剛落，只聽啪的一聲！

暮青循聲望進花廳，見巫瑾坐在花廳裡，腳旁碎了只茶盞，不由急忙進了花廳，關切地問：「兄長可有燙著？」

「無事。」巫瑾淡淡一笑，問道：「妹妹昨夜……可好？」

「有驚無險。」暮青解釋：「昨夜騙走宮裡的人，我便服了解藥。」

巫瑾這才鬆了口氣。

暮青問魏卓之：「你從玉春樓裡來？」

昨天死的那女子是玉春樓裡的，魏卓之兩次進城都說來看故友，莫非他心愛之人真是玉春樓裡的女子？

魏卓之這才坦白，眼底有掩不住的憂色。「我今日是請妳去玉春樓裡見一個人的，前夜死的是她的貼身丫頭，我答應她請妳去玉春樓裡一見。眼下出來，我著實放心不下，妳能即刻隨我去嗎？」

暮青看向巫瑾，兄長一大早來都督府是因為擔心她，他定然還未用早膳。人命關天，不能耽擱，可她也不想怠慢兄長，於是說道：「兄長用過早膳再回王府吧。」

不料巫瑾道：「今日無事，若妹妹不嫌為兄幫不上忙，為兄就陪妹妹走一趟。」

暮青很意外，但沒時間究問，於是吩咐月殺備車，兩人在馬車裡匆匆地吃了幾只素包、點心，便趕到了玉春樓。

到了玉春樓，掌事引著暮青和巫瑾繞過一片假山園子，進了一間雅舍。院子裡種滿了山茶，四月時節，茶花將敗，唯獨屋前一株紅茶花開得正豔。只見紅英覆樹，一個女子坐在木輪椅裡，執著一本泛黃的古卷，年歲未至桃李年華，神韻卻如老人遲暮，目光蕭瑟蒼涼。

暮青一見便知此人是誰了——玉春樓的頭牌，蕭芳。

見人來了，蕭芳看向身穿將袍的暮青，巫瑾這謫仙般的人物，她卻連瞥都沒瞥一眼。

「晨間風涼，回屋說可好？」魏卓之低頭問道。

暮青從未見魏卓之這般溫柔過，蕭芳卻視而不見，撫著古卷說道：「這《瓊花集》乃前朝詩聖王鼎所書，輾轉落入蘇家，成了祖傳之物。蘇家落難時，蘇大人冒死藏匿古卷，唯有其女可兒知曉藏書處。可兒來時八歲，怯懦不爭，受盡欺凌，一日挨打，我聽見有人向她逼問古卷的下落，這才動了救她之心。哪知這丫頭從此將我視作恩人，不僅偷偷取回古卷，供我私藏翻閱，就連前夜被殺也是替我送了性命。」

蕭芳神情頗淡，語氣也淡，彷彿真是個涼薄之人。

暮青見蕭芳撫著古籍的指尖微微泛白，不由問道：「我聽說蕭姑娘是清倌，但可兒前夜是被送出去侍夜的。」

「這事得問都督軍中的傳令官大人。」蕭芳淡淡地道。

魏卓之苦澀地道：「此事因我而起。」

蕭芳白天接客，夜裡從不留人，這規矩已有好幾年了，上個月魏卓之來見，死皮賴臉的不肯走，硬是留宿兩夜，壞了規矩。煙花之地人多眼雜，事情傳了出去，京中的紈褲子弟們便惱了，鬧著要蕭芳侍夜才肯甘休。

可兒瞞著蕭芳，以美色將那鬧得最凶的公子勾住，再以侍夜為條件平息了此事。

魏卓之是有意壞了規矩的，為的就是將蕭芳包下，不讓她再接客，沒想到可兒為了護主竟遭人毒手。

暮青問：「那鬧得最凶的人是誰？」

魏卓之道：「恆王庶子步惜逸。」

暮青大皺眉頭，怎麼又是恆王府？

「即是說，可兒前夜是要被抬去恆王府的？」

「外宅。」魏卓之道：「恆王世子驕奢荒淫，庶兄弟們也常去那宅子裡作樂。」

暮青聽後眉頭皺得更緊，步惜塵容貌被毀後性情越發暴虐，前夜之事可有他的分兒？

「去問問盛京府，事情查得如何了？」暮青對月殺道。

月殺領命而去，不料一會兒就回來了，同來的還有鄭廣齊和一隊捕快。

原來，暮青和巫瑾來玉春樓的路上，鄭廣齊不巧率人到了都督府，聽說暮青往玉春樓去了，便立刻率人趕來了。

「都督，下官已查到凶手了！」一見面，鄭廣齊便說道。

蕭芳聞言握緊古卷，坐直了身子。

暮青問：「何人？」

「盛遠鏢局的二鏢頭。」鄭廣齊道。

昨日晌午，盛京府從和春堂問出與藥鋪來往的有兩家鏢局——盛遠鏢局和武威鏢局。

兩家鏢局裡輕功卓絕且身患隱疾的只有一人，便是盛遠鏢局的二鏢頭。

盛遠鏢局的當家正在江南走鏢，二鏢頭看家。此人在楚香院裡有個相好的，花名叫紅兒。

四樁案子的案發當晚，他都去了楚香院，且半夜就走了，回鏢局時都是凌晨。即是說，案發時他既不在楚香院，也不在鏢局。

鄭廣齊懷疑此人就是凶手，因知其輕功了得，便待夜裡人從楚香院裡醉醺醺地出來時，命盛京府和巡捕司的人合力將其拿下，押入了大牢。

「下官審過了，此人已認罪，只是犯案經過與都督的推測稍有不同。」

「哦？」

「人犯說，案子是他所犯，但……未用器具。」鄭廣齊瞄著暮青道。

暮青問：「你一審，他就招了？」

鄭廣齊笑道：「哪有一審就招的犯人？下官昨夜升堂，他不肯招，今早再審，他便招了。」

暮青詫異了。「鄭大人夜審醉漢？」

「咳！嫌犯尚未爛醉，下官命人灌了醒酒湯，方才審的案。嫌犯初時暴怒，拒不肯招，下官杖責了他二十大板，今晨他便招了，想來是刑罰震懾之效。」

「哦。」暮青轉身就走。「那就去會會這位走南闖北押鏢無數，殺人殘屍手段毒辣，卻被二十大板的刑罰震懾住的凶徒。」

* * *

暮青到了府衙，先要來口供過目了一遍，之後將楚香院的豔妓紅兒傳來了公堂。

紅兒穿戴得花枝招展，上了公堂見官便跪。見坐堂的是個少年將軍，猜知其身分，不由多瞧了一眼，瞥見巫瑾，不由又多瞧了一眼，這一眼頗有勾人之意。

暮青冷冷地問：「妳就是名滿京師的豔妓紅兒？」

紅兒笑答：「都督過譽了，正是妾身。」

「我也覺得是過譽，世人眼光多媚俗。」暮青淡淡地道。

紅兒呆住。

巫瑾忍著笑，她這張嘴啊……

「盛遠鏢局的二鏢頭是妳的恩客？」暮青問。

「是。」紅兒垂首作答，不敢再勾人。

「他有隱疾，妳可知？」

「妾身知道，鏢頭年少時押鏢遇匪，打殺時傷了身子，因妾身修得房中術，鏢頭便常來求治隱疾。」

暮青這才懂了，怪不得如此媚俗的姿色也能名滿京師，原來是房中術厲害。「他到妳那兒多久了，治得如何？」

「回都督，約莫半年時日，但鏢頭的身子傷了有十多年了，因此尚無起色。」

「這一個月來，他有幾日未在妳那兒留宿？」

「鏢頭從未在妾身處留宿過。」

暮青愣了愣。「為何？」

紅兒嘆道：「鏢頭心急，妾身說了短時日內難見奇效，他每試不成，沮喪躁怒，便無心留宿，通常是三、四更天走，一直都是如此。」

暮青沉默了片刻便遣退了紅兒，起身道：「走，去大牢。」

盛遠鏢局的二鏢頭姓萬，二十五、六歲，一身草莽氣，身形魁梧。他挨了二十大板，正伏在草鋪上，一副無所謂的神情。

暮青道：「我只問你一件事，那些女子被害時是何穿戴？」

萬鏢頭道：「草民是粗人，怎會留心女子的穿戴？」

暮青道：「好，你記不清了，我替你說。你身患隱疾，久治不癒，於是心灰意冷，又惱房中術無用，一日從楚香院離開後，路遇青樓雛倌兒的轎子，便生了報復之心。你不能人道，便想讓別人花了銀子也不能行房，於是你入轎將人殺死，見那少女安靜乖巧，忽然便覺得她是世上唯一可以任你擺布，還不會嘲笑你有隱疾的人。你看著她，頓時便生了慾念，多年不能人道，那夜卻不治而癒。從那以後，你便一發不可收拾，接連犯下四起大案，可是如此？」

啊？

鄭廣齊張大嘴，這不對吧？

萬鏢頭道：「正是！都督果真斷案如神。」

暮青笑了笑，轉身走了。

一回到公堂，鄭廣齊就問：「都督，這……」
「這人不是凶手。」暮青把口供遞給鄭廣齊。「你該問的都沒問，比方說受害者的穿戴。嫌犯不記得，就說明他不是凶手。我曾說過，凶手有強烈的獨占欲，這些女子的穿戴，他應該記得清清楚楚，且常回憶才是。」
鄭廣齊懵了。「那何人才是凶手？天底下哪有這等巧事？輕功、隱疾、藥粉、作案時間，都被這人給占了！」
暮青道：「這話說對了，巧合如此多，定然不是巧合。我昨日讓你查的其他事，有何結果？」
鄭廣齊忙稟道：「四起案子案發的街巷的確都是東南走向，四個青樓女子分別被四人買走——太祝令家的嫡長子、輔國公的嫡長孫、建威將軍和恆王府的庶三子。前三人皆是在青樓裡公開叫得的，唯有第四起不同，恆王庶子分文未擲，是玉春樓將可兒送給他的。」
即是說，前三起案子的受害人是被公開叫賣的，凶手尋找目標很容易。
暮青道：「死者皆未及笄，買家的癖好一樣，都喜童女。」
鄭廣齊道：「紈褲子弟裡有此癖者不少，尤以恆王世子為甚。恆王府有座外宅，常邀京中貴族子弟一同縱樂。」
暮青目光一變。「我記得讓你查過京中貴族子弟中何人有隱疾，查得如何？

可有去過恆王府外宅的？」

「下官查過，有隱疾者都深居簡出，去那等縱樂之地，不是自取其辱？」鄭廣齊覺得好笑，又笑不出來。

案子進入了死胡同。

暮青坐了一會兒，起身道：「再去趟大牢。」

見暮青去而復返，萬鏢頭很詫異。「都督又有何事要問？」

暮青道：「我似乎沒自報家門過，鏢頭能認出我來，眼力不錯。」

萬鏢頭道：「草民行走江湖，自然要有眼力。朝中能查案的武將除了名滿京師的英睿都督，還能有誰？」

牢頭搬了把椅子來，暮青坐下，瞧著是來閒聊的。「鄭大人說，鏢頭招供是刑罰震懾之效，你以為呢？」

萬鏢頭怔了怔，隨即大笑。「萬某行走江湖，挨刀殺賊無數，竟懼這區區二十大板？」

鄭廣齊頓時面色漲紅。

暮青道：「我也覺得可笑，殺人乃梟首之罪，鏢頭連死都不懼，何懼二十大板？」

萬鏢頭道：「還是都督懂草民。」

「不算懂，比如我就想不明白，鏢頭既然不懼一死，昨夜招了便是，為何拖到今早才認？」

萬鏢頭道：「草民一飲酒，性情就暴躁，加之昨夜在楚香院外被擒住，丟了顏面，惱於認罪。今早酒醒，草民一想，既被官府逮住，就該願賭服輸，省得落個膽小怕事的名聲。」

「鏢頭在乎顏面名聲？」

「混江湖的，不就混個名聲？」

「但殺人乃是惡名，為何要認？」

萬鏢頭哈哈一笑。「能揚名天下，惡名又何妨？」

鄭廣齊瞠目結舌，天底下竟有這種人！

暮青道：「那若我告訴鏢頭，凶手不舉，鏢頭還想揚名天下嗎？」

萬鏢頭頓時露出了震驚之色！

暮青道：「鏢頭年紀輕輕就坐上了京師鏢局二鏢頭的位子，武藝高強，小有名氣，本該春風得意，奈何身患隱疾，不敢娶妻生子，只能流連花街柳巷，以此掩蓋此事。可隱疾是遮掩住了，名聲卻毀了。你本是俠士，朋友遍布四海，卻因好色之名受人冷眼。你將希望寄託於豔妓紅兒身上，結果卻令你失望。」

「昨夜你莫名被擒，因拒不認罪被打了板子關入牢中，你備感悲憤，想到這些年的病痛折磨、難言之隱、誤解冷眼，又想到如今的含冤入獄，於是心灰意冷。你想著，此生也就如此了，近來的案子鬧得人心惶惶，官府勢必要找個凶手交差，一介江湖人士怎敵得過朝廷？既如此，何不認了？反正痼疾難癒，名聲已毀，不妨徹底毀了，興許此案日後能被人編成話本子，你也能被天下人記住。你本就該名揚江湖，不能以俠義之名，便以大惡之名吧，好過無名之輩，此生白活。」

牢裡昏暗，牆上懸著盞銅油燈，火苗照亮了萬鏢頭驚怔至極的神情。

「可你不知，此案的凶手跟你一樣身患隱疾，他極有可能不舉，我想你絕不想要這樣的名聲。」暮青斂了閒聊的神色。「為名揚天下而不懼惡名是何等的昏聵！你可知你死後，真凶若再犯案，不僅你是白死，那些少女也要枉死？枉你曾有俠士之志，我只聞身殘志堅，你卻身未殘志先殘，身殘尚且可治，志殘可無藥能醫！」

萬鏢頭聞言苦笑道：「我這副樣子，還不算身殘？」

「身殘者，身有缺失，你可是？」

「雖不是，亦形同廢人。」

暮青氣笑了。「沒錯，你是廢人，心也廢了。」

萬鏢頭悽慘一笑，罵得對，連他自己都看不起自己。

「此疾雖久，但非不舉，未必不可治。」這時，巫瑾忽然出聲，其聲猶如仙音。

暮青猛地回頭，兄長不是不醫此疾？

巫瑾看著暮青的神色，目光皎潔明潤，暖玉一般。世間無從不之事，只有例外之人。為她，他已破例無數，再破一例又何妨？誰叫他是她的兄長。

兩人目光相接，牢裡咚的一聲，萬鏢頭從草鋪上滾了下來，拜道：「若王爺肯醫草民，草民這條命就是王爺的，當牛做馬，萬死不辭！」

巫瑾攏袖一避。「不必謝本王，都督願意勸你，本王才願醫你。」

「謝都督！日後都督但有差遣，草民萬死不辭！」萬鏢頭如獲新生，喜極而泣。

暮青道：「我看過供詞，你對犯案過程的敘述毫無顛倒，且凶手輕功了得、身患隱疾，能拿到和春堂的藥粉，你樣樣符合。我不信這些都是巧合，你在京城可有仇家？」

「沒有。」萬鏢頭斬釘截鐵地道：「草民好交朋友，在京城非但沒有仇家，反而對人有恩。」

「何人？」

「衛尉府。」

「衛尉？」鄭廣齊大驚。

衛尉司掌宮門，統領禁衛軍，乃元黨心腹。當朝衛尉姓梁名俊，乃青年武將，其父曾在上元宮變那夜率禁衛軍大開宮門，助元家血洗禁宮。此後，梁家司掌宮門多年，深得寵信。

暮青道：「你且慢慢道來。」

萬鏢頭應是，此事說來話長。

兩個月前，他走鏢回京，在虎岗山附近見到一夥山匪打劫。匪幫有百來人，他因不想傷及自家弟兄，便使藥粉將匪徒給迷暈了，救下了衛尉梁俊的獨子和小舅子。事後，梁俊登門重謝，閒談間問起藥粉，要了幾包去，說家眷日後出城時可帶著防身。

之後，衛尉府為鏢局大開便利之門，常有厚賞。上個月，管家來鏢局走動，閒話了不少案內細情。以梁家的權勢，知曉案情不足為奇，他不曾疑過，直到此時才琢磨出不對來。

「天子腳下少見匪影，草民迷暈那夥匪徒後曾搜過他們的身，但沒見到江湖信物，只在一人的胳膊上看見一道燒疤。」萬鏢頭回憶道。

「燒疤？」暮青皺眉思索。

鄭廣齊道：「不對啊，梁大人膝下有一子，下官可沒聽說過他有隱疾。」

暮青問：「他只有一子？」

「聽聞是因梁夫人身子虛，梁大人夫婦是表兄妹，感情深厚，故而梁大人未納妾侍。」

「查！」暮青道，沒聽說不代表沒有。「還有，查查常去恆王府外宅作樂的人裡有沒有衛尉府的人，抑或衛尉府的親眷。」

「下官這就去辦。」鄭廣齊立刻出了大牢。

晌午時分，事情就有結果了。

常去恆王府外宅的人裡並無衛尉府的人，也沒有衛尉府的親眷。

梁家家法甚嚴，梁俊品行端正，好武好廚，梁夫人的陪嫁裡有家酒樓，他閒時常請知交品菜、舞劍，從不流連花街柳巷。

「都督，衛尉府顯然與此案無關，下官以為……可否再查查和春堂？凶手必是能拿到藥粉的人，和春堂說此藥只給鏢局，誰知他們有沒有撒謊？或者鏢局裡有人偷偷將藥賣了呢？又或者是和春堂、兩家鏢局、衛尉府裡有藥被盜呢？再或者，此藥是從周院判手裡流出去的呢？」

「有可能。」暮青問道：「那麼，鄭大人能保證半日內將凶手獲取藥粉的途經排查清楚嗎？」

「這如何辦得到？」鄭廣齊試著和暮青講道理：「鏢局和藥鋪是人來人往之地，排查難度很大，下官就是把人手都派出去，也需要時間哪！」

「可我沒有時間。」暮青攤手，她傍晚就要回軍營。

「那可如何是好？總不能看著凶手再殺人吧？」

「你說對了。」看著鄭廣齊瞠目結舌的樣子，暮青問：「可有內外城街市的地圖？」

鄭廣齊不明其意，但還是找來了。

兩張地圖在桌上鋪開，暮青坐在盛京府尹的椅子裡，巫瑾和鄭廣齊站在左右，一同看圖。只見兩張圖上，內外城門矗立，街巷縱橫交錯，四方城區、官署市巷、河渠要道，皆有標示。

暮青執筆勾畫。「這四起案子，前三起在外城，案發的巷子是這三條，三家青樓分別在這三處……破殺人案，要先瞭解五個地點——受害者最後被看見的地方、最初接觸地、最初攻擊地、殺人地點和屍體被發現的地點。在此系列案中，五個地點都集中在青樓和街巷，青樓是一等青樓，街巷是東南走向。外城只這三家一等青樓，而東南走向的街巷還有這條、這條、這條……」

暮青將街巷描紅，又提筆蘸取丹青。「凶手在殺人拋屍地作案，作案過程需要時間，不可能選擇有巡邏兵馬的主街，他選擇的都是偏僻巷子。因此，街道排除，只留巷子。」

暮青把主街畫下藍叉，把外城地圖挪去一邊，移來內城地圖，以同樣的方法勾畫了一番，排除了皇宮、官邸、街道和非東南走向的巷子，最後只剩下幾條。

畫好之後，暮青將兩張地圖一併，描紅的巷子一目了然。「此乃系列殺人案，凶手有縱樂動機，有虐待、噬人或戀屍癖，侵害目標皆是青樓雛倌。所以，府衙接下來要做的便是嚴令楚香樓、憐春閣、伊花館和玉春樓，如賣出雛倌必須報告官府，官府要知道人被送往何處，查看途中會不會經過這些巷子，經過的是哪一條，然後就不用我說了吧？」

鄭廣齊兩眼發直，不無怨怪地道：「都督有此緝凶之法，何不早說？」

暮青臉色一沉。「敢問鄭大人，關聯作案地點，分析作案地圖，根據嫌犯的行為規律估計下次作案地點，你從此法裡看到了什麼？」

鄭廣齊不知哪裡又觸了閻王的霉頭，於是硬著頭皮道：「自然是緝凶之法。」

「錯！重點在於下一次作案。下一次作案代表著下一個受害者，故而此法是官府和凶手以人命為餌的博弈，若官府輸了，就會有一條人命被害。鄭大人身為一方父母官，看重的不應僅僅是緝凶之法，而應更看重治下百姓的性命，非在迫不得已之時，不可視此法為上策。」

「……下官受教。」鄭廣齊伏低認錯，這春日時節，他竟出了一身的汗。「不過，下官有些憂心。倘若下官嚴令四家青樓賣出雛倌必須報告官府，凶手會不會得知此事，從而藏匿起來？」

「不可能。此人有癮，癮癖難戒，所以即便知道有險，也會再犯案。倘若能在官府布下的天羅地網裡犯案，他會更興奮。」

鄭廣齊聞言，心反而提起來了。「凶手有藥，萬一捕快們被迷暈，豈不是……」

「要的就是你的人被迷暈。」暮青一招手，與鄭廣齊耳語了一番。

鄭廣齊越聽越心驚。「這……」

這太瘋狂了！

傍晚，暮青出城，回了水師大營。

她剛出城，盛京府就貼出了一張告示，說凶手是盛遠鏢局的二鏢頭，現已緝拿到案，不日問斬。

告示一出，市井議論紛紛，鄭廣齊則憂心忡忡。

都督說，官府拘錯了人，就如同將凶手心愛的人偶說成別人的，凶手定會很快作案，向天下人證明官府的愚蠢。

可那緝捕之法能行嗎？

鄭廣齊望了眼京師陰沉沉的天，似乎要下雨了。

次日夜。

一頂小轎從玉春樓裡抬了出來。

一條巷子的牆後，一名捕快蹲在地上搓著胳膊，望了眼黑雲後的冷月。「這天兒要下雨了吧？」

「噓！」

「噓什麼？」捕快不耐煩地道：「沒瞧見要下雨了嗎？這雨一旦下起來，迷藥還能管用嗎？要我說，今晚咱們八成是白忙活。」

此言不無道理，但就在捕快們的心動搖之際，忽見一道黑影一掠而過！

一個捕快猛地驚起，還未說話，眼神就呆滯下來，而後直挺挺地倒了下去。

咚的一聲後，又是接連幾聲，眨眼的工夫，一隊捕快全被藥倒了。

兩刻鐘後，一頂小轎進了巷子，轎夫腳步很快。「快些走，如今一走夜巷，我這心裡就發毛。」

「凶手不是抓著了嗎？」

「那也得快些，瞧這天兒要下雨，可別把姑娘淋在路上。」

「好咧。」後頭的轎夫應了聲。

話音剛落，轎子前頭忽然一沉！

「怎麼回事？」轎夫探著頭問，頭剛探出便往前一栽，人事不知了。

月出雲層，清輝灑在巷子口，一道孤長的黑影緩緩走來，黑靴踏在青石路上悄無聲息。那人手裡提著只酒罈，麻繩磨著罈頸，吱吱悠悠，聲如小調。

少頃，那人來到轎前，伸手撥開了轎簾。

盛京府衙裡燈火通明，鄭廣齊來回踱步，一個捕快奔進來稟道：「大人，從外安街到柳安巷，五重埋伏全中招了！」

「全中招了？」鄭廣齊大驚。「讓你查的事呢？」

捕快道：「卑職點了人數，如大人所料，咱們的人裡少了兩個！」

「少了兩個……」鄭廣齊喃喃自語，卻鬆了口氣。

捕快狐疑，不知今夜的葫蘆裡賣的什麼藥。

怎麼會少了兩人？

那人撥開轎簾，少女倚轎而眠，他欣賞了片刻才進了轎，放下了簾子。轎中陷入黑暗的一刻，一道寒光乍亮！

刀光自南窗射入，從北窗穿出，迅如疾電，捎著腥風，釘入巷壁之時，轎子裡撞出一人，剛縱身而起，就見轎頂上站著個人。

這人不知何時來的，衙役打扮，鳳目飛揚，倜儻風流。「聽說你輕功不錯，本公子久未與人比試了，但願今夜你能讓我多追幾條街。」

「難。」另一個衙役倚著牆抱臂冷哼，身旁那把插在牆縫裡的匕首拔都懶得拔。

「別這樣說，難得我有些期待。」魏卓之道。

「我不期待，他連我一招都沒躲過。」月殺道。

兩人聊著天，凶徒捂著被射穿的手腕，轉眼就掠過巷子，沒了人影。

月殺道：「他逃了。」

魏卓之悠閒一笑。「讓他三條街。」

……

月隱入雲，凶徒灑著血奔過三條街，轉過街角時探了眼前路，街上起了白霧，霧裡隱約有人。

魏卓之倚著牆笑道：「真慢。」

凶徒驚得疾退，一邊竄掠一邊留意身後，剛奔過三條街，一道嘆氣聲就從他前方傳來。

「別總往後看，好像我的輕功不及你似的。」

凶徒大驚，縱身上瓦，竄至一座宅院，往下一躍，便藏入了假山石洞中。

夜風蕭蕭，冷月從雲裡探出臉來，洞外赫然多了道人影！

凶徒疾退而出，翻牆而去。

魏卓之拂了拂衣袂上的草葉，淡淡地道：「三局已過。」

牆頭上，月殺凌風而立，說道：「你真不嫌麻煩。」

魏卓之喊冤。「我是在等你，你的輕功比他還差，換你追他，今夜必讓他逃了。」

說話間，魏卓之掠上牆頭便追，剛追過一條街就咦了一聲。

嗖！

恰在此時，破風聲自下刺來，屋瓦猛地掀起，一把匕首刺破青瓦迎面而來！碎瓦如刀，罡風割人，屋簷塌出個窟窿，魏卓之腳下一沉之際，雪光衝著他的喉嚨而來！

刀光抹過喉頭，魏卓之的嘴角揚起一抹詭異的笑，這笑似戾似痴，似無聲囈語，刀穿喉而過，卻不見血光，只見殘影重重，惑人神智。

凶徒神智一昏之時，腕脈忽生奇痛，伴著骨碎之聲，痛得他神智乍醒，低頭一瞥，見一片碎瓦嵌在他掌中，筋脈已碎。

凶徒雙手皆傷，心中大駭，拔腿便逃。

巷中忽起大風，一把匕首刺入凶徒的腿彎，他登時撲倒，手腳淌血，再難逃竄。

月殺道：「你看，廢了他的腿就是，根本不用追。」

魏卓之聳肩，刺月門的人都是瘋子。「你哪天要是犯起案來，一定比他狠辣。」

月殺哼了聲，來到凶徒面前，將蒙面黑布一扯，挑著眉道：「可惜，我不是梁大人，更沒有隱疾。」

凶手是梁俊，人被押到府衙時，鄭廣齊險些以為自己眼花了，他連夜將奏摺呈進了宮，後半夜，禁衛奉懿旨將梁俊提進了天牢。

次日，水師大營收到了兩封信，一封是公函，說的是緝捕案犯的過程及其去向。另一封是私信，說的是梁俊的事。

梁俊被提入天牢後，元敏親自查問，問出了不少陳年舊事。

老衛尉年輕時常夜宿青樓，成親時已有些雄風不振，因此只得梁俊一子。梁俊十三歲那年，老衛尉的知交尋了個習得房中術的豔妓送入了衛尉府給他做妾，哪知這豔妓耐不住寂寞，偷偷在梁俊的茶裡下了媚藥，梁俊年少，精血未全，荒唐之後便從此不舉，他不敢稟告父母，直到議親時才向爹娘稟明往事。

老衛尉怒殺寵妾，衛尉夫人一病不起，至死都拒見夫君。亡妻出殯那日，老衛尉將侍妾悉數遣散，此後門風就嚴了起來。

梁俊出仕後，老衛尉辭了官，梁俊掌管了衛尉府，一心忙於公務，絕口不提婚事。不料，表妹對他情根深種，非但苦等多年，得知實情後仍舊執意嫁他。為了遮掩隱疾一事，兩人婚後偷偷從遠支裡抱了個孩子來，當作嫡子養在膝下。

日子一晃就是七年，一日，梁俊從友人口中得知近來有閒話說其子不肖父，更有偷姦養漢的不堪傳聞。

梁俊大怒，查出此話出於楚香院裡的一個青樓女子之口。一個青樓女子，竟敢中傷衛尉夫人，梁俊覺得蹊蹺，於是命偏將點了此妓入府侍夜，待人來後一番審問，方才得知此話出自太祝令長子之口。

此人與梁俊並無深交，梁俊不明白太祝令府為何要與衛尉府結怨，他命偏將以服侍不周為由將那青樓女子斬殺，而後懷著疑問回到了府中，不料剛回府，管家就呈上了一封信，說是從門外塞進來的，信中只寫了一句話：「當年送豔妓進府的是何人，衛尉大人可問令尊。」

梁俊見信驚出一身冷汗，府裡已多年無人敢提此事，寫信者莫非知道當年之事？他當即執信去詢問父親，沒想到，當年送妓之人竟是太祝令！妻死子病之後，老衛尉遷怒於太祝令，與他斷了來往。

梁俊得知真相後，一股邪火湧上了心頭，隱疾之苦，夫妻之悲，喪母之痛，中傷之仇，令他生出了報復之心。

太祝令之子中傷他的愛妻，他便讓他嘗嘗妻妾被辱的滋味。聽說此人在楚香樓花重金買了個雛倌，他便想從雛倌身上下手，剛巧他得了些藥粉，於是迷暈轎夫，進了轎子。

起初他並不想殺人，可當看見雛倌的守宮砂淡去，他忽然生出一種從未體驗過的興奮，彷彿雄風大展，隱疾不治而癒。

事畢後，他竟不捨得離去，腦海中總忘不掉守宮砂淡去的景象，於是鬼使神差地剜下了那塊皮肉。血淌出時，少女神態安詳，彷彿美麗的人偶。那夜的他彷彿不是他，他擺布著那少女，看著在睡夢中逝去的生命，覺得那一刻彷彿是永恆。

此後一發不可收拾，他每到夜裡就像是變了個人，瘋狂地想再體會那夜的感受，於是連犯四案。

殺第二人時，他帶了只酒罈，取走了一罈血，事後到酒樓後廚用血蒸了一碗鮮嫩的血豆腐。處子之血乃純陰之物，他幻想著以食療為補，有朝一日能治癒隱疾。

京師之大，高手如雲，他以為沒人會想到事情是他做的，不料這麼快就栽了跟頭。

魏卓之和月殺是暮青祕密安排在府衙裡的，案情真相大白，著實令人唏噓。

暮青看過密報後認為梁俊是真凶無疑，但此案仍然存疑：一是梁家人遇匪的事過於巧合，二是人以群分，梁俊的友人多半也是潔身自好之士，那是從何處聽到閒話的？且梁俊曾收過一封密信，頗似前幾案中那幕後之人的手段。

那幕後之人與青蟒幫有勾連，梁家遇到的匪徒會不會與青蟒幫有關？

暮青當即決定回城一趟，順藤摸瓜，興許能摸到線索。

但暮青不想因查案而疏忽了練兵，因此她決定夜裡回去，清晨趕回。於是，她命剛回營的月殺和魏卓之再去辦事，一人去許陽縣帶那批被官府逮捕的匪徒回來，活要見人，死要見屍。另一人回城控制住梁俊的友人，以便她一回去就能審問此人。

去。

那幕後之人所謀不小，月殺和魏卓之自知此事關係重大，於是立刻領命而去。

兩人走後，暮青出了軍帳，往湖邊而去。

今天是檢驗那幾個老將的日子。

第二章

雨夜伏殺

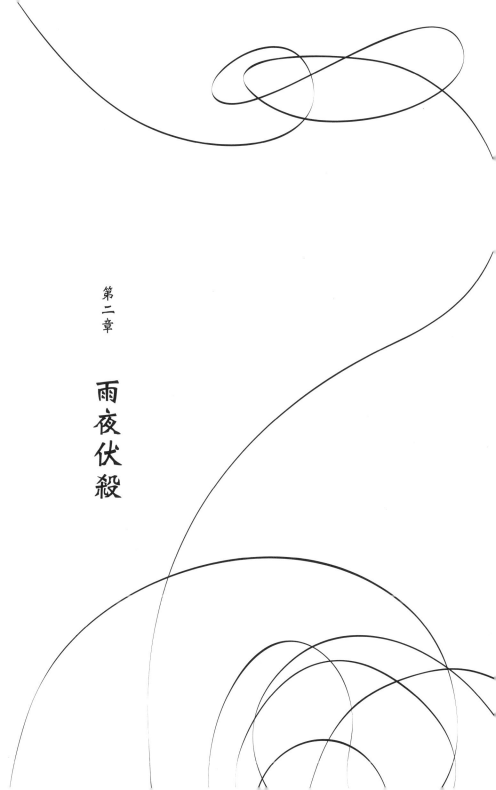

湖邊聚滿了人，湖裡停著兩艘戰船，老熊等人要在兩艘戰船之間游一個來回。

四月的湖水還很涼，游一個來回可不容易。

暮青來到湖邊時，將士們喊聲震天，湖裡戰況正烈，老熊和莫海游在前頭，侯天在後頭撲騰，瞧著隨時都要被湖水沒頂似的。

世上的事向來是怕什麼來什麼，暮青剛登船，就見侯天一頭沉到了水裡，湖面上鼓了個水泡就沒動靜了。

「下去看看！」暮青吩咐劉黑子，隨後下了大船，登上衝鋒舟往湖心而去。

到了湖心，她屏息望著湖面，面色沉肅。

這時，水波忽然漾開，一隻手猛不丁地從船邊伸出，一把握住了暮青的腳踝！

侯天探出頭來使力一扯。「都督下來吧！」

暮青撲通一聲就栽進了水裡！

大軍瞠目，章同罵了聲瘋子，脫了甲胄，一條白魚般扎入了湖裡。

將士們盯著湖面，眼都不敢眨。半晌後，湖面水花一冒，劉黑子鑽出，四下一望，又入了水。

「怎麼？沒找到都督？」將士們慌了，又觀望了片刻，湖面接連冒出兩個人來，劉黑子和章同對望一眼，再次沉入了湖中。

果真沒找到！

韓其初急忙點了百人，指著東南道：「風往那邊吹，湖底有暗流，去那邊尋尋看！」

百人赤膊扎入湖中，韓其初扶欄遠眺，憂心忡忡。

都督落水時穿著甲袍，吃水頗重，可別出事！

正想著，忽見崖壁旁冒出個水花，侯天靠著崖壁，喉前抵著把刀。

暮青道：「你犯了三個錯誤：一，你水性不熟，水中制敵非勇，而是找死。二，既有此意，佯裝溺水前就不該看敵人，此舉無謀，毫無演技。三，你中斷考校，不敬主帥，罰你負甲游十個來回。」

暮青說罷收刀，把侯天往前一推，讓驅舟而至的水兵們將他拉上了船。

侯天半死不活的，上了船乾脆裝暈。

章同和劉黑子游來時，暮青已在船上，她負手而立，唇色蒼白，面對噓寒問暖，忍而不發。

船到岸後，暮青對韓其初道：「有勞軍師監罰，若他不醒，明日加罰十個來回。」

說罷，她便下船登岸，頭也不回地走了。

一回軍帳，暮青就匆匆更衣、服藥，饒是如此，仍然覺得渾身惡寒，腹痛難忍。幸虧水師春日練兵，醫帳中常備有驅寒藥包，章同命醫帳給今日下水的兵將都送碗湯藥驅寒，而後藉此由頭把湯藥端進了中軍大帳。

暮青喝了湯藥，午後登船練兵，晒了半天日頭，便覺得無甚大礙了。

日落時分，黑雲滾滾，風雨欲來。

月殺不在，章同不放心暮青只帶兩個親兵趕路，便又點了十個精兵跟著。臨走前，韓其初道：「都督不妨把侯都尉帶上，那些老將裡，熊都尉與都督有些情分，都督可放心用之；莫都尉和盧都尉看似尊敬都督，實則並不親近；而侯都尉是個直腸子，他的不服氣皆流於言行，此人好收服，只需將其帶在身邊，保證他會對都督有所改觀。」

「好。」暮青立刻命人去傳侯天。

侯天今日領了罰，累得跟死狗似的，聽說要隨暮青趕趟夜路，頓時覺得自己今日確實找死。

暮青不理會侯天的哀號，上了戰馬便馳上了官道。

天色已黑，一行十四人舉著火把策馬而行，火光在官道上宛若龍蛇，行過之處，蟲鳴驚歇，山林寂寂。

一個時辰後，暮青在馬背上望向盛京城的方向，城池在夜色裡顯出一個模糊的輪廓，已然遙遙在望了。

然而，就在這時，一道破空聲忽然從林中而來！

暮青轉頭，見數十支箭矢從林中射出，一個精兵被一箭穿喉，仰身墜馬，血潑如線！

侯天喊：「有埋伏！」

話音落下時，一行人已翻身下馬，滾到了官道坡下。坡下春草叢生，箭矢在頭頂飛嘯而過，戰馬中箭而倒。

「撤入林中！」暮青順著草坡滾了幾滾，眾將士跟著她滾出長箭的射程，往林中撤去。

黑雲吞月，山中漆黑，暮青沿著林邊地帶急奔，心思急轉如電。

弓手埋伏在官道一側，對方顯然料到若他們沒中箭，定會撤入這邊林中，因此這邊很可能設有陷阱或埋有殺手，不可往林子深處去。

剛想著，忽聞刷刷聲一響！

這聲音耳熟，當初在上俞村與馬匪惡戰，抽刀聲已刻入暮青的記憶裡，同樣聽出刀聲的還有久經沙場的侯天，兩人齊喝：「刀客！」

話音落時，已聞草動聲，上百人從林中殺出，刀光碎如寒星，殺招沉猛，刀刀走黑，要人性命！

林中埋伏的是殺手而非陷阱，說明對方的目的是滅口。

可以排除元家，他們現在不會殺她。

可以排除沈問玉，她被禁足，且剛到京師，結識殺手的可能性不大。

今夜月殺不在，是刺殺的絕佳時機，但今夜之行是臨時起意，知道此事的只有盛京府和許陽縣。不論消息是從哪裡走漏的，謀劃此事的只可能是恆王府或那幕後之人。

刀風擦著前身劈下，暮青仰避而過，聞見抹過鼻尖的血腥氣。夜色如墨，偶爾有薄薄的月光自雲層中透出，照見斑駁的樹影、混戰的人馬、染血的長刀、飛濺的血水。

殺手訓練有素，非馬匪可比，江湖鬥殺亦非兩軍交戰，比的是身手、經驗與狠辣。而操練不足一旬的水師精兵遠不及江湖殺手，剛打了個照面，人便損失過半。

漸漸的，只剩暮青和侯天在撐著，劉黑子和石大海平日由月殺調教，身手中有江湖路數，尚能苦苦抵禦，其餘人的處境則很不妙。

刀風劈來，暮青仰避之時，頭頂刀光爭落，險象環生！她伸腳一絆，一個殺手撲倒在她身上的一瞬，刀落血起，人頭滾出，腔子裡的血染了暮青半張臉。

殺手們毫無憐憫之情，握刀猛刺，眼看要將同伴和暮青一起扎個對穿，刀尖卻扎到一物，軟彈難入。

他不知暮青穿著神甲，只見暮青躺在屍下，露出半張染血的臉，目光寒似星子，冷靜得嚇人。

殺手一怔，屍體腋下忽然伸出隻手來，一把薄刀凶狠地往前一送，頓時扎入了他的喉嚨。

暮青將刀一撤，血嗤地噴了出來。

這時，侯天殺到，暮青踹開屍體滾出戰圈，起身時聽見一道嘯音破風而來。「都督小心！」一名精兵疾呼著往暮青身前一擋，胸前噗的扎出一支箭頭。那精兵臉色青黑，登時直挺挺地倒了下去。

暮青怔住，猛地被人一拽，耳邊傳來侯天的吼聲：「撤！進山！」

此地離京城有十幾里，前不著村後不著店，離兩大營都很遠。眾人失了戰馬，回城或回營皆非易事，唯有退入山中，才有一線生機。

暮青將侯天一推。「你帶他們進山！」

侯天身經百戰，此言何意再清楚不過——留下來即是捨命掩護突圍之意。

侯天一直不服暮青，覺得她武功不及大將軍，兵策不及韓其初，不過是聰明膽大，際遇比人強罷了，但不得不說，這小子挺有種！

「你是都督，你撤！」侯天提刀砍開幾人。

「聽我的！」暮青矮身將刀刺進一個殺手的腳踝。「我還不想死，相信我！」

侯天望見暮青意味深長的眼神，掙扎權衡一番後，咬牙道：「撤！」

劉黑子和石大海不肯，侯天將兩人推出伏殺圈，護著其餘人就撤。

沒有殺手去追侯天等人，他們的目標只是暮青。

暮青孤身被圍，寡難敵眾，眼看著四面八方皆是殺招，她猛然蹲下，扣住袖甲橫臂一掃！

咻聲一發，鮮血齊噴，潑在草上，嘩啦啦的猶如雨聲。

殺手們望著突遭腰斬的同伴，目露驚色，暮青趁機再出殺招，伏殺圈頓時退如潮水，兩顆人頭順著草坡滾下，她瞅準缺口闖了出去。

殺手們心存防備，沒敢追得太緊，暮青一奔進樹林就看見了侯天等人。

侯天見暮青這麼快就殺出了重圍，不由生疑，只是此時無心細想。前路漆黑，幾人腳下生風，軍中日日都練越野，閉著眼都能走山路，暮青帶人撿著樹密草高處疾奔，頭頂偶爾有稀薄的月光掠過，照見一棵棵盤根老樹和疾奔的人影。

不知跑了多久，暮青一抬手，幾人停下，見前方坡上有片石林，林中的草有半人高。

暮青沒帶人躲進石林裡，而是避進了一塊巨石底下的草叢中，她今夜帶了十三人出營，此刻只剩下五人——侯天、劉黑子、石大海、烏雅阿吉和湯良。

「我需要一人回營報信。」暮青道，眼下唯一的法子就是回營帶大軍前來，江湖殺手武功再高，在軍隊的重弩強弓面前也只有就擒殺的分兒。

問題是，誰回營報信？

「一會兒報信的人藏在此處，其他人跟我到石林裡引開殺手。」暮青又道。即是說，回營報信者尚有活命之機，留下的未必能活著見到援軍。

「俺是都督的親兵，俺不回去。」石大海第一個搖頭。

「俺腿腳不好。」劉黑子操著一口跟石大海學來的江北話道。

「老子要是回營，就算能帶回援軍，也是來給你們收屍的。」話糙理不糙，侯天是戰力，他若走了，剩下的人八成難活。

暮青看向湯良和烏雅阿吉，湯良攀爬敏捷，是行軍好手，於是便想命他回營。

就在此時，烏雅阿吉道：「我回去。」

幾人皆怔，只見草影撲人，烏雅阿吉蹲的地方有些離群，疏淡的月光從草尖上抹過，少年的臉有些模糊。

侯天的目光利如鷹隼，問道：「湯良是行軍好手，你比他強？」

「我是烏雅族人，自幼在山裡長大，走山路不比他差，且我身手比他好，萬一遇伏，能應付得久些。」烏雅阿吉道。

侯天盯著烏雅阿吉，兩人對望著，草尖隨風撲搖，山風漸狂。

湯良笑道：「就讓阿吉去吧，我留下陪都督，挺好的。」

生的機會被人搶了，少年的笑容卻依舊善意淳樸。

「你看著我。」暮青看著烏雅阿吉，指向前方。「此地是大澤山，往前十里便是斷崖山，我們會沿此方向退守，你可帶著援軍來尋。」

侯天皺著眉頭看向暮青，真的要派這小子回營報信？這小子搶戰友的機會，卑鄙怕死，八成要當逃兵！

烏雅阿吉定定地望著暮青，見她指著退守的方向，聲沉而堅定，不由低著頭道：「嗯，好。」

「走！」暮青一刻也未遲疑，烏雅阿吉一點頭，她就帶人從石下出來，尋了些草掩在烏雅阿吉身上，而後邊退邊將踩倒的草扶起，一路退到了石林裡。

暮青避到一塊山石後坐了下來，山石冰涼，風勢狂勁，五人靠在一起取暖，這片石林極易藏人，殺手們追至此處定會細搜。他們應該逃的，卻坐在這裡，等著即將到來的殺戮，以己為餌謀得一人逃出重圍，謀得大軍來援後，活捉凶徒，問出主使，以祭死去的戰友。

「都督。」湯良抱膝坐著，低聲問：「都督曾說，我們會成為一支無人敢犯的鐵軍，如果今夜我沒能從這山裡走出去，日後都督能派人到村子裡告訴我爹，我也是這鐵軍裡的兵嗎？」

暮青聞言眼熱，想起了那個替她擋箭身亡的兵，她連他的名字都不知道。她仰頭望了望天，望見漆黑的山林，蒼勁挺拔的樹冠被層層黑雲壓著，看不見晴朗的夜空，豆大的雨點兒從樹冠頂上落了下來，打在臉上，冰冷生疼。

除了那個少年，還有七個兵，都是從特訓營裡出來的少年，沒能為國捐軀血灑沙場，卻死在了江湖殺手的刀箭之下。

此仇必報！

暮青抹了把臉上的雨珠，沉聲道：「別胡思亂想，你本來就是。」

湯良一愣，隨即咧嘴一笑，傻兮兮的。

「噓！」這時，侯天出聲示警，幾人急忙屏息。

雨聲擾人，幾人聽不見石林後的聲響，卻看見疏淡的月光掃過石林時，那密密麻麻的人影。

幾人眼神一變，因為前面的一塊山石上，此刻也正映著他們的人影！

雨裡傳來刀風聲，暮青率先從石後奔出，一起身，腹部就生出一陣絞痛感！

她心裡咯登一聲，暗叫不妙——怎麼偏偏是這個時候！

殺機當頭，暮青咬牙將侯天等人往坡上一推，扣住袖甲橫臂一掃，隨即奔上山坡又順坡滑下，帶著人往大山深處奔去。

山坡上，數十殺手並排而立，望著暮青撤逃的方向，縱身急追。

半晌後，一塊山石下的草叢簌簌一動，烏雅阿吉鑽出，往林外奔去。

山雨瓢潑，老樹雜草擋著前路，少年的腳力卻快如疾風，也就一盞茶的工夫，他已在林邊，抬眼就能望見官道。

這時，咻聲忽至，烏雅阿吉急退，一支短箭扎在他踩出的鞋印裡，泥水飛濺，老樹枝頭簌簌一動，十幾個殺手執刀落下，圍住了烏雅阿吉。

「果然有埋伏。」少年森涼一笑，刺殺英睿之人既然動手，就有取其性命的決心，如不知防備有人回營報信，那就是蠢了。「我不回營報信，你們放我離開，如何？」

殺手們聽而不聞，刀光森寒。

烏雅阿吉嘆了一聲：「看來不成，我還以為能躲得久些的……」

低喃之語在雨聲裡聽不真切，只見少年嘆息時，靴尖入泥一挑，一顆石子去勢如電，一個殺手的喉嚨赫然被開了個血洞，倒下時，刀已在烏雅阿吉手上。

烏雅阿吉將手往刀鋒上一送，掌心嗤的被割出一道血痕，血手往刀上一抹，他提刀隔開殺招，順勢將刀送進一人腋下，那殺手腋下只被劃了道血口，口中卻噴出黑血，登時暴斃而亡。

這一幕看得殺手們一驚——這少年的血有毒？

一驚之際，烏雅阿吉急縱而起，連殺三人，闖出道豁口。他明明可以衝上官道，卻沒有離開之意。「看見了不該見的，你們的命得留在這裡。」

雨大風狂，模糊了慘象，唯有血腥氣從林中撲出。

半晌後，少年獨自上了官道。

官道通著兩個方向，一向南去，可往水師大營；一向北去，可往盛京城；半路有條岔道，可往上陵。

那麼，他該去往何處？

烏雅阿吉轉身向北，族人被屠，他隻身出逃，躲在軍中，本以為能藏些日子，沒想到被捲入了伏殺，動用了密功。也許，沒多久那些人就會找到他，他必須離開，另尋藏身之處。

傾盆大雨澆在官道上，少年在漆黑的路上孤身前行，前方卻好像現出一雙寒星似的眸，那堅定的一指，指向大澤山和斷崖山的方向……

烏雅阿吉的腳步漸慢，隨後住步低頭，自嘲地一笑。

背負滅族深仇，若大仇得報前他就死了，一定是蠢死的！

心裡咒罵自己蠢，少年卻在大雨裡轉了個身，向南邊的水師大營奔去。

一場春雨憋了數日，一下便有傾灌之勢，五道人影在山林裡奔逃，湯良引路，暮青斷後。幾人不知暮青使的是何神兵，也沒心思問，只是有些慶幸，期待能一直這麼拖到大軍到來。

暮青卻知道拖不了那麼久，她的衣袍已被大雨澆溼，冰涼刺骨，惡寒襲來，腹痛噬人神智，她忍到此時，力氣已所剩無幾。

雪上加霜的是，她能感覺到身下的熱流——這信期來得真不是時候！

絞痛一波一波襲來，暮青步速稍稍一慢，一個殺手疾點樹梢，長刀一送，直指後心！

暮青聽見刀聲，轉身扣腕，腳下卻被一棵老樹根絆上，登時跌倒！她抬頭時，那殺手已不見了頭顱，血灑如雨，雨後刀光勢如破竹！

「都督！」石大海的喊聲被淹沒在大雨聲裡。

這一刻幾乎是靜的，暮青聽見呼嘯而過的風聲，看見大錘擲向夜空，一道背影擋在她面前，看見刀光劈下，血嗤地噴出。

侯天和湯良殺回，見石大海的戰袍已被劈開，胸腹被刀破開，傷得頗重。

石大海道：「保護都督，快走……」

暮青聽而不聞，翻出止血膏來，把聖藥當膏藥往那傷口裡填。

劉黑子淚如泉湧。「都督……」

暮青看見少年絕望的眼神，撥開石大海的衣袍，只見白花花的肚腸流了出來……

暮青眼眶刺痛，脫下外袍，擰出雨水，便將石大海的腹部緊緊地纏了起來。

「我來！」劉黑子要背人。

「我來！」這時，湯良撤回來說道。

劉黑子沒逞強，他是親衛，知道自己的職責。

湯良將人背起，侯天已不知挨了幾刀，卻咬著牙未催促。暮青將他一拉，揮臂斬殺數人，逼得殺手們稍退，隨即由劉黑子引路，眾人向斷崖山方向撤去。

幾人皆負傷在身，背個重傷之人奔逃並不明智，且用來纏傷口的衣袍髒汙，人很可能逃不過一死，但沒人吭聲。在這件事上，似乎所有人都是傻子。

石大海在湯良背上嚅動著嘴，眼前的光景逐漸模糊。他祖籍江北，隨父輩遷到汴河一帶，奈何水匪橫行，家中田地遭了災，老娘妻兒無以為生，他這才報名從軍。他是抱著戰死的念頭離鄉的，那時想著倘若戰死，二十兩撫恤銀足夠妻兒老娘用上十年。十年後，幼子成年，養家之任便可交給他了。

山路顛簸，石大海費力地望了眼前路，天似乎亮了，他看見一間草瓦房，幼子在屋前的水田邊玩耍，他走過去，把他舉在頭頂上，那小子咯咯地笑著，笑聲傳遍了田間。老娘和妻子在屋裡紡紗，門開著，兩人正對著他笑。

本來他沒想過回去，但其實還是想回去……

風馳雨驟，少年背上的漢子，胳膊緩緩地垂了下來。

此時，湯良上了山坡，下方是一道山坳，沿著山坡望去，已能看到斷崖山。

湯良喜道：「都督，斷——」

話未說完，暮青忽然將湯良絆倒，又順手一推劉黑子，將湯良、石大海和劉黑子一同推下了山坡！

侯天精明油滑，蹭的退開。「你別想！」

他知道這小子的用意，那些殺手追了一路，定不會讓他們逃進斷崖山。他們離斷崖山越近，危險就越大，這小子不想讓自己的兵再死，所以想把他們推進山坳保命。

「走！」這時候沒時間爭吵，侯天拽住暮青就往斷崖山方向奔去。

這時，雨聲裡傳來繃弦的聲音，暮青大喊：「弓手！」

話音剛落，箭矢如雨般射來，那些在官道上設伏的弓手趕到了！

暮青和侯天在山坡上如同活靶一般，好在風雨影響了弓箭的準頭，兩人滑下山坡進了山坳，避著箭雨轉過山溝，便看見了一條河。

此河原只是條山間用來灌溉的清水河，因今夜雨大，水位高漲，一眼望去又寬又深。

暮青和侯天一頭扎了進去，兩刻後，兩人從河水中段冒出，爬進了一個低矮的山洞。

洞外長著棵歪脖子樹，枝葉遮著洞口，若非暮青體力不支，沿著山壁潛游，還真發現不了這洞。

山洞漆黑，河水灌了進來，暮青摸石而行，尋高處坐了下來。她的手腳已凍得麻木了，外袍又早已脫去，一坐下來就昏昏沉沉的，但她知道不能睡，於是問侯天：「你怎麼樣？」

「沒死。」侯天的聲音從暮青對面傳來。「不過，也離死不遠了。」

「你傷在何處？」暮青把止血膏拿了出來，她知道侯天受了傷，她寧願相信他受的是刀傷而非箭傷，因為那替她擋箭的兵死時臉色青黑，很顯然箭上淬了毒。

侯天淌水來到暮青身邊，邊脫外袍邊道：「那些人會沿河找尋，此地不宜久留。你穿上我的袍子，待會兒分頭走。」

暮青和侯天的身形都偏瘦，侯天雖比她高，但雨夜裡不易分辨。那些殺手知道她只穿著中衣，侯天讓她穿上外袍，意在替她引開伏殺。

「不必，已有人回營請援。」

「你真指望那小子？」侯天氣不打一處來。「別說老子瞧不上他，那小子卑鄙貪生，要是在西北，老子一定一刀挑了他！」

「你也瞧不上我，不必捨己。」

「你以為老子樂意？」

「……你中箭了？」暮青的心頓時沉了，侯天若中了箭，早就該毒發了，他此刻還沒事，莫不是……

「擦傷？」暮青問。

侯天笑了。「你這小子都凍成這熊樣了，腦子還這麼好使，怪不得升官快。」

暮青默然良久，說道：「你還能治，只要不找死。」

侯天哈哈一笑。「死到臨頭了，老子倒有點喜歡你了。」

大約是快死了，他總想起西北，那時在大漠中殺敵，遇險時也是這般，誰也不想哭著死，所以就陪著重傷的兄弟笑，沒心沒肺地說著糙話，直到看著同生共死的兄弟流著血笑著嚥氣。他們都不哭，想哭時會直接操刀子砍人，拿胡人的血祭戰友的墳。

這小子和他們是同類，今夜他才看出來，可惜活不長了。

他的右臂被毒箭擦傷，今夜下雨，河水又冷，這才延緩了毒發的時辰，此刻他右臂已麻，八成熬不過今晚了。

「我出去瞧瞧，把人往斷崖山上引，山頂崖下就是大營，老子會拚上這條命去求援。此地不宜久留，你這小子腦子靈光，見機行事吧。老子要是死了，隨便埋了就行……以後逢年過節的，來墳頭帶壺燒酒，再來盤羊肉。」

他是被破廟裡的老乞丐養大的，老頭死後，他就從了軍，如今還是光棍一條，也沒啥牽掛，就是怪想西北的燒刀子和烤羊肉的。

侯天把外袍朝暮青頭上一蒙，暮青扯開袍子之際，他已出了山洞，跳進了河裡。

雨大風急，河面暗如黑水，暮青追出去時，侯天已不見了蹤影。她立在洞口，仰頭看去，此山不高，洞口有棵歪脖子老樹，於是便抓住樹枝，借力一引，上了樹。

到了高處，暮青抓著雜草踩著山石，攀到山頂時手已凍僵了。她顧不得歇息，爬起來就往斷崖山奔去。

這一路暢行無阻，越是如此，暮青心裡就越不安，果然在接近斷崖山時，她隱隱聽見了箭聲。

侯天剛摸上岸就遇到了伏擊，於是滾過草渠奔進樹林，藉樹避箭。他已五感不靈，只有腿腳能感覺出深淺，僅是拚著意志力在往山頂奔，一支毒箭擦著他的臉頰釘在樹上，他躲避時被樹根絆倒，心中暗道一聲：「完了！」

箭雨卻忽然停住，連刀風都頓住，遠處有人在喊，侯天聽不到那人在喊什麼，但他知道那是何人。

那小子一定沒聽他的，在後頭伏擊了那些殺手！

侯天心中暗罵，卻眼眶一熱，他沒回頭，明知有殺手被暮青引走，他的目標卻依舊是水師大營。他爬起來奔出樹林，穿過山路，身後殺招步步逼近，而他沒有兵刃，只能抬臂擋刀，抬的是那條已無知覺的右臂。

殺手目光森冷，手起刀落，眼看著侯天的手臂就要保不住了，他忽然蹲身鑽入殺手懷中，伸手一送！

噗！

殺手一驚，臉色紫黑，倒下時腹中插著支斷箭。

侯天哈哈大笑，眼神發狠。「以為老子這麼容易就送條胳膊給你們？老子還想留全屍呢！」

他拾起刀來，亡命徒似地揮著，與十幾個人纏鬥在了一起。殺手們齊力落刀，侯天抬刀一擋，腳跟抹著泥路退向後方，口中噴出血來！

殺手們連落三刀，侯天接連吐了三口血，笑聲卻越發張狂。漸漸的，有人覺出不對，侯天只擋不攻，每擋一次，他便被震退數丈，此時已退出林子，到了崖壁邊上。

殺手們察覺中計時已晚，侯天仰面一倒，墜下了山崖！

山風呼嘯，他忽然想起初登戰船那日，暮青曾說要給他立塊碑，碑文上刻句「大興國第一個淹死在江裡的水師將領」——

真是烏鴉嘴！

侯天哈哈一笑，閉上了眼，風雨拂過耳邊。他彷彿看見了邊關的雪，大將軍帶著他們披著大氅圍在篝火旁，火上架著烤羊，那味兒真香。

他鼻子裡還真聞到了煙火味兒，只是不像羊肉，倒像火油……

侯天心裡咯登一下，猛地睜開眼，只見營中火把叢叢，亮如星河！

大軍集結了？

他往前營方向掃了一眼，見轅門及官道上，目力所及之處，火把蜿蜒如龍——大軍已出了轅門，那貪生怕死的小子竟回來報信了！

侯天頓時不知該喜還是該惱。「老子才不白死！」

他拚盡氣力將長刀往崖壁上一扎，刀尖刺到崖壁，登時斷做兩半，一半飛出，刺破長風，狠狠地釘進了戰船的桅杆上！另一半在崖壁上劃出一溜火星，若綻開的夜花，明亮刺目。
哨兵看見火星，喝問：「何人在崖上？」
喝問之時，他已打出旗語，發出軍哨，巡邏哨迅速集結而來，見崖壁上的火星急速墜落，一直墜入了湖裡。
一隊巡邏兵登上衝鋒舟，到了斷崖附近，一半人舉著火把，一半人跳入湖中。片刻後，有人被推上小舟，將士們舉著火把一照，頓時大驚！
「侯都尉？」
侯天昏迷不醒，小將看了眼崖頂，面色一變，高聲命令：「快報軍師，都督在斷崖山上！」

暮青在斷崖山上，她將大半殺手引了過來，三逃兩逃之下，進了一片田莊。這些田莊多是官宦人家的，莊子間隔著果林，暮青在其間穿梭、躲藏、伏擊、奔逃，將附近的林子和莊子都轉遍了。殺手們以為她打算利用地形逐個伏殺制敵，她卻在一次躲起來後，不見了蹤影。
暮青翻進了一座莊子，將靴子藏進一堆柴禾裡，沿著石徑赤腳行路，摸進了一間廂房。

此時已是深夜，廂房裡竟點著燈，一道倩影映在窗上，屋中人正挑燈夜讀。

暮青暗道一聲不巧，正思索進退，只聽吱呀一聲，房門忽然開了。

一個丫鬟端著茶盞出來，與暮青四目相接，大驚之下茶盞脫手。暮青急忙就地一滾，接住茶盞，反掌一推，便將丫鬟推進了屋裡！

一進屋，暮青便反鎖房門，揚刀指住屋中主僕，寒聲道：「敢出聲就要妳們的命！」

丫鬟面色驚恐，那夜讀之人起身，驚問：「都督？」

暮青一愣，只見那姑娘衣著素淡，風姿如蘭，不是姚蕙青還能是誰？

暮青委實沒想到，她隨便翻進來的莊子竟是姚府的。

「都督這是？」姚蕙青很快就冷靜了下來，她見暮青如此狼狽，身上股血腥味兒，便猜出她遇到了險事，只是不解水師大營就在附近，何人膽敢行刺一軍主帥？

「今夜回城，路遇伏殺，輾轉逃到此處。我麾下將士已回營報信，援軍未到之前，望借貴處暫避。」暮青將刀收回，卻未放鬆警惕，收留她要冒性命之險，姚蕙青未必答應。

「好！」姚蕙青卻未猶豫。「都督也瞧見了，我這屋子小，並無藏身之處。

我有一法可試，興許能掩住都督身上的血……啊！」

姚蕙青瞥見暮青的褲子，話音戛然而止！

丫鬟循著望去，也露出驚色。

暮青穿著條雪銀色的外褲，褲子上滿是泥血……

暮青明白瞞不住了，於是道：「勞煩小姐借身裙子給我。」

此話一出，姚蕙青主僕頓時驚得神魂出竅，因為暮青的嗓音雖啞，但聽得出是女子的嗓音！

「勞煩。」暮青翻進莊子本就是為了找裙子的，殺手們不知她是女子，她本打算換上衣裙，尋間客房睡覺，藉機躲過追殺，卻沒想到撞進了姚府的莊子，而姚蕙青這時辰竟還沒睡。事已至此，也是無奈。

姚蕙青醒過神來，這才匆匆忙忙地從衣櫃裡取出一套衣裙和一條月事帶搭在了屏風上。

暮青到屏風後更衣，聽見姚蕙青吩咐丫鬟出去打水。她換好衣裙出來時已將面具摘了，姚蕙青呆住，直到瞥見暮青捧著的髒衣裳方才回神，趕忙上前抱了過來，鎖進了衣櫃底下的箱子裡。

箱子不大，藏不了人，軍袍鎖在其中，即便有人搜屋也不會開一個藏不了人的箱子。

這時，丫鬟端著水進了屋，見到暮青的真容，也呆了呆。

這盆水是給暮青洗髮的，她身上有血腥味，但沒時間沐浴了，只能將髮上的泥水洗洗。時間緊迫，姚蕙青主僕搭了把手，暮青洗好後，兩人捧著乾帕子，一連換了數條，幫暮青把頭髮擰到半乾。丫鬟將水潑進恭桶裡，擦了地上的水漬，姚蕙青將暮青拉到梳妝檯前，三兩下便綰了個清雅的髮髻，打開一盒髮油，拿梳子挑著在髮髻上抹了幾下，髮油清香，正好能遮住血腥氣。

「妳可會下棋？」事畢後，姚蕙青問道。

「會。」暮青答。

姚蕙青給丫鬟使了個眼色，便與暮青到書桌前坐下，丫鬟把棋盤和棋子搬來，而後服侍在側，看兩人挑燈對弈。

屋裡靜了下來，落棋之音被雨聲掩住，暮青留意著窗外的聲響，房頂上傳來瓦片的響動時，棋局已經過半。

「妹妹好棋力。」暮青道。

這一出聲，丫鬟緊張地捏緊了帕子，姚蕙青雖未聽見聲響，但心知肚明，於是笑道：「不及姊姊。」

暮青順著話演。「妳若不贏一盤，今夜我可不走了。」

「好姊姊，饒了我吧！下了半夜的棋，我這眼皮子早就撐不住了。」姚蕙青笑著討饒。

「不行。」暮青演著戲，把進姚府的事回想了一遍，思量有沒有留下破綻。

今夜逃進田莊時，她就想好了計策，只是山路泥濘，她的靴底沾了黃泥，若一開始就翻進莊子換裝，殺手們循著腳印就能找到她，因此她只能在田莊附近轉悠，讓殺手們以為她的目的是逐一伏殺他們。當她把莊子都走遍了，地上留滿了鞋印後，才隨意翻進一家，脫了靴子，赤著腳沿著石徑摸進了屋。

靴子藏起來了，沒留下腳印，屋裡也收拾乾淨了，唯一的破綻就是她身上的血腥味了。

江湖殺手對血腥氣敏感，暮青雖然抹了髮油，但不敢掉以輕心，於是道：「我身子不適，只好勞妳陪我了。」

姚蕙青一點就透，說道：「雨夜寒涼，信期之痛的確難熬，要不讓香兒去煎碗四物湯來吧。」

「那就有勞了。」暮青扔下棋子，托著腮閉上了眼。

這一托腮，她微微抬頭，房頂上的人看清她的眉眼後便將瓦推回，想去其他地方搜索。但剛起身，他就驚住了。

只見山間火把如龍，馬蹄聲踏破了夜色，江北水師到了！

今夜之事布置嚴密絕無疏漏，殺手想不通為何會事敗，只知大軍已到，此地不宜久留。於是他掠過後院，想去通知同伴撤離，但剛掠過牆頭便腿腳一僵，隨即墜到了院牆下的泥水裡。

一顆石子在地上滾過，停在了一雙黑靴前。

殺手被點了大穴，看不見黑靴的主人，卻看得出是雙軍靴。

軍靴之上，來人青袍黑褲，眉宇冷峻，一身殺氣。他從殺手身邊走過，留下一聲骨碎之音，殺手執刀的手指被碾碎成泥，雨水一澆，唯留碎骨。

殺手昏死過去時，月殺掠過牆頭，落進了院子裡。

田莊東面，兩個殺手在搜完相府的莊子後也看見了火把，兩人交換了個眼神，剛要分頭報信，忽覺肩膀被人拍了下。

兩人一驚，同時握刀後刺！

來人生著雙丹鳳眼，眸子含笑，笑裡藏刀。他分明被刀刺穿，兩個殺手卻沒有刺中活人的感覺，只見那身影一虛，殘影般化去，一息之間，兩人已被點住大穴，雙雙跌下了牆頭。

魏卓之在牆頭上悲嘆道：「這回怕要血流成河了。」

田莊西面，一個殺手進了果林，這是約定的會面地點，無論找不找得到人，半個時辰後都要在此會合。

他見大軍進了山，不得不提前趕回，剛進林中，便看見十幾個同伴立在空地上，一起仰頭望著樹梢，朝聖一般，場面詭異。他也不由望向樹梢，只見樹梢一動，一片樹葉被撚成一團射來，正中心穴。

「又一個。」血影蹲在樹上，兩眼望天，語氣煩躁：「明知有險，還往上看，留著這些傻子的命，真能問出什麼來嗎？好煩好煩好煩，爺想殺人！」

第三章

幕後真凶

暮青聽見瓦聲已無，知道人走了，但依舊下著棋。

沒多久，茶盞蓋子上隱約有道影子掠過，門口傳來一道聲音：「開門。」

丫鬟啊了一聲，喊：「小姐快走！」

姚蕙青卻笑道：「開門吧，妳見哪個凶徒這般講究禮數？」

香兒一愣，見自家小姐和那女都督都甚是鎮定，這才提著心開了門。

門外男子的眼神彷彿能殺人，一進門就看向女都督，目光雖冷，卻明顯鬆了口氣。

男子道：「跟我回營。」

「辛苦了。」暮青望著棋面道。

許陽縣離此七、八十里，日行一個來回實屬不易，沒想到月殺會這麼快趕來，且最先找到了她。

「回營。」月殺重複道。

他回城時已是深夜，主子在都督府裡等她，算著時辰不對，便命他們出府去迎。不料迎出城外也沒見到她，於是他們快馬回營，在官道上聞到了血腥味。

今夜風馳雨驟，誰也摸不清血腥味是從多遠的地方傳來的，只能沿路細尋。官道上的痕跡被雨水毀了，他們費了不少時辰，才在一處林子裡找到了十幾具慘遭毒殺的屍體。

他們一邊進山尋人一邊往回傳信，主子此時還沒得到她平安的消息，替子進了都督府，主子此時應該已經往水師大營來了。

暮青執著子問：「侯天如何？」

「沒死，剩一口氣。」月殺道，他上山時碰到水師的人，一個小將說的。

暮青聞言落子，白子如雹，脆音如雷：「傳我軍令！命魏卓之快馬回城請瑾王前來軍營，外城守尉如有攔者，殺！」

「傳令回營，命軍師定策合圍大澤山和斷崖山，一寸一寸的搜，降者留，頑抗者，殺！」

「傳令附近田莊緊鎖房門，擅出妨礙剿匪者，殺！」

三道殺令一出，香兒滿眼懼意，她到剛才還覺得今夜之事是一場夢，直到此時才明白，這個與小姐年紀相仿之人真的是個女都督，是手握生殺大權的一軍主帥。

姚蕙青不由喟嘆，她以為自己算得上奇女子，未曾想世間竟有女子敢從軍入朝，行男兒之事，有如此氣概。

「劉黑子、石大海和湯良在大澤山和斷崖山交界的山坳裡，派人去尋，活要見人，死要見屍。」暮青語氣平靜，聞者卻能覺出一股子風雨欲來的壓抑。

月殺沉默了，這女人被惹惱了，顯然在殺手被一網捕盡之前，她沒有回營的打算。

月殺瞭解暮青的性子，知道勸也沒用，於是一言不發地走了。

香兒馬上將房門反鎖，姚蕙青繼續陪暮青對弈。

暮青看著棋局道：「姚姑娘很聰慧。」

窺破祕密，又遇大險，卻落子不亂，行棋之風頗顧大局，不計較一子一地之得失，亦不因一時之利而窮追猛打，既有眼光，也有心胸。

姚蕙青道：「那都督就該知道，我會保守祕密。」

暮青沒說話，落子時下得偏，明明有地可爭，卻偏偏落在了無關緊要之處，只殺了一個子。

姚蕙青意會，說道：「香兒也會保守祕密，膽小之人並非皆是怯懦之輩，她是個忠心護主的好姑娘。」

暮青沉默以對，半晌後冷不防地問：「莊子裡還有何人？」

姚蕙青道：「還住著管事一家四口，一個廚娘和四個粗使的丫鬟小廝。」

暮青又沉默了，許久後，她提醒：「該妳了。」

姚蕙青落子，緩緩地鬆了口氣。

一個時辰後，月殺回來了，手裡提著只包袱，身後帶著兩個面生的兵。

暮青和姚蕙青的一局棋正下到收官，直到覺出門口的目光不同尋常，她才抬起頭來，一見那兩個精兵就怔了怔。

姚蕙青起身道：「都督想必有軍機要事與幾位將軍商談，小女子告退。」說罷，她帶著香兒出了門，血影蹲在牆頭上，目送著主僕兩人進了偏廂。姚蕙青一走，月殺就退了出去，守在了門口。

「兄長……」暮青看向巫瑾，卻沒敢看步惜歡。她怕看見他的眼神，不敢去想今夜他經歷了何等的煎熬。

「別說話。」巫瑾疾步走來，不似往常般溫和。「妳該臥榻歇息，卻偏要坐等，還與人對弈，如此勞神，對身子可有半分好處？」

「侯天傷勢如何？」暮青問，侯天重傷待醫，親衛生死不知，她坐臥難安，如何能不勞神？

話音剛落，步惜歡便將暮青抱起，沉聲道：「他身中毒箭，傷及五臟，左臂骨斷，幸虧雨水沖淡了箭毒，山中寒涼，延緩了毒發的時辰，他才撿了條命。妳兄長已為其解毒固元、接骨包紮，能否挺過去需看情形。眼下大軍正搜山，一有消息就會來稟，這時辰裡妳先歇會兒可好？」

男子的語氣懶沉，分明不悅，卻哄著她。聽著他的聲音，暮青只覺得心都定了，於是應了聲，闔上了眸。

步惜歡將暮青抱至榻上，回頭看了巫瑾一眼，這一眼，溫柔靜好不再，唯餘煎熬憂焚。

巫瑾坐到榻前為暮青診脈，問道：「可有落水？」

「呃……對方有弓手，我們只能躲進河裡，後來尋了處山洞藏身，侯天將人引開，我才上了斷崖山。」暮青不敢細講，更不敢提早晨被侯天拽入湖中的事，她怕提了，兄長會不給他治傷。

巫瑾眉頭深鎖，診脈的時辰比往常久了許多。

惡寒陣陣，腹痛綿長，暮青一聲不吭。巫瑾一心把脈，彷彿沒看見她蒼白的臉色，步惜歡理了理暮青的髮絲，也彷彿沒看見。

半晌後，巫瑾道：「還請妹妹解去神甲，為兄要施針。」

暮青的心頓時一沉，看來她的寒症極重了。

「莫要憂思。」巫瑾似真似假地道：「妳總折騰，不肯好好養身，豈不是白白浪費我的好藥？施針能省些藥材，妳以為那些藥好得？」

暮青擅長觀人表情，自然看得出巫瑾的話有幾分真幾分假，但她沒有說破，兄長不希望她憂思，她便裝作信了。

步惜歡放下床帳，待暮青脫了神甲，兩人才回到榻前。

巫瑾隔衣施針，暮青以為會痛，沒想到第一針剛下，她便覺得睏意襲來，眼皮子似被千斤壓著，很快就睡了過去。

待暮青的呼吸沉穩後，步惜歡和巫瑾的神情都淡了下來。

「如何？」步惜歡看著巫瑾施針，那針入肉一分，他的眉心便緊一分。

「脈沉緊，肝脾虧損，氣血不暢，寒毒聚宮。」巫瑾下針不停，九根金針竟一連下了七根。

「可醫否？」

「尚可，但女子十有九寒，身子需養，方可固本。她不能好好養著，藥再好也只是一時之效，傷了根本，有藥也無用。」

「可有良策？」

「日後每月我會為她施針一次，她需在我府中住一日，我會為她調理身子。三年內，她不能再受重寒，這就要看你的了。」

「好。」步惜歡應了，負手走到窗前，折了一枝蘭花漫不經心地撚著，花瓣在指間慢慢成粉，似血染指尖。

……

這夜，江北水師圍了大澤山和斷崖山，展開地毯式搜索，箭弩聲響了一夜，天明之時，戰報傳來。

大澤山中搜出江湖殺手的屍體三十一具，弓手和殺手合計三百二十人，無有降者，已悉數誅殺。

大軍在大澤山和斷崖山交界的山坳裡找到了劉黑子、石大海和湯良，石大海已故，劉黑子和湯良受了刀傷，但還活著。

清晨時分，暮青醒來，換回將袍，出了屋。

山間細雨如毛，曉霧障霞，水師將士在山路上列開，靜默地看著雪冠銀袍的少年都督走向山道。

山道上，三百多具屍體一字排開，山頂的空地上搭了頂軍帳，裡面躺著九具屍體，劉黑子跪在石大海身旁，已哭腫了眼。

當初，劉黑子在呼查草原上傷了腿，從草原到邊關，是石大海一路用推車將他推去的。對他而言，石大海亦兄亦父，兩人感情頗深。

暮青拍了拍劉黑子的肩膀，隨後跪到石大海身旁，水盆已端進帳中，她默默地浸溼帕子，擦拭遺體、納回肚腸、縫合刀傷，一盆盆血水端出去，又有一盆盆清水送進來。待遺容整理好，暮青平靜地道：「備戰袍。」

說罷，她移到中箭而亡的精兵身旁，取出毒箭後用帕子包住遞到了身後。

步惜歡和巫瑾陪著暮青，巫瑾接過毒箭，知道她的意思是要查毒。

暮青逐一為自己的兵整理遺容，昨夜突遇伏殺，很多人在戰馬上就中了箭，一個兵被一劍穿喉，當場就死了；一人傷了腿，死前掙扎過，維持著匍匐的姿勢，指甲裡滿是黃泥；一人被刀刺穿，死前抱住殺手，咬掉了敵人的一塊肉，肉仍在嘴裡含著……

暮青忽然覺得會驗屍不好，將士們戰死前的一幕幕在她心中重演。她一支一支地拔著毒箭，一針一針地縫著傷口，縫到最後，手竟在抖。

步惜歡的手覆了過來，暮青低下頭，一滴眼淚落在手背上，啪答濺開。她狠狠地擦了擦眼，而後收針起身。

將領們聚在門口，山中下起了小雨，眾人望著帳中，眼眶刺痛。

暮青走了出來，背對帳子道：「為他們穿好戰袍，咱們回營。」

大軍撤出斷崖山時，將那十幾個被生擒的殺手綁進了馬車。

軍中已設下靈堂，靈堂裡擺著九口新棺，是將士們進山伐木，一起新做的。

韓其初奉命草擬奏摺和喪書，暮青到醫帳中看了看侯天，侯天正發著高熱，巫瑾再次施了針，而後與暮青到了中軍大帳。

月殺守在帳外，帳中只有步惜歡、巫瑾和魏卓之。

暮青問：「兄長可知侯天所中何毒？」

「蛇毒。」巫瑾將毒箭放到桌上。「此毒味腥，昨夜我觀侯都尉的傷處腫脹發硬，流血不止，且皮膚紫黑，因此斷為蛇毒。」

「可知是何蛇毒？」暮青又問。

巫瑾道：「這需拿只茶盞來，內盛清水。」

魏卓之跑了趟腿，茶盞端來後，巫瑾清洗了毒箭上的血，隨後將箭在掌心裡一劃，玉般的手腫脹青黑起來之時，他的腕間忽有異物一動，沿著經脈在掌下一游，青黑頓時淡去，除了箭傷未能自癒，劇毒竟已散盡。

暮青立刻取出止血膏來，打開時心中一痛，膏中尚有血跡，是昨夜為石大海塗抹時留下的……

這時，巫瑾道：「中了蛇毒多有劇痛感，中此毒後卻有痛麻感，這很像五環蛇之毒。」

步惜歡聞言面色微沉。「五環蛇出於嶺南。」

魏卓之道：「昨夜的殺手足有三、四百人，出現在天子腳下，主使之人勢力不小。嶺南王是我朝唯一的異姓王，我相信他有這本事，可理由呢？」

步惜歡道：「朕不想知道理由，只想知道是何人。」

魏卓之聳聳肩，無言以對。

「蛇毒出自嶺南，未必用毒者就是嶺南人。」暮青來到巫瑾面前，為他上了藥才道：「既有活口，審問就是了。」

「他們未必知道僱主的身分。」魏卓之道，按江湖規矩，殺手行事從不問僱主身分，否則他又何需在這兒猜測？

「當然，如果妳想問出這些人來自哪個門派，那就另當別論了。」魏卓之說罷就往帳外走。「我來吧。」

江湖殺手事敗時為防遭人嚴刑逼供，通常會服毒自盡，所以昨夜他們才封了那些人的穴道。想從他們嘴裡問出東西來可不容易，但他是江湖人士，知道該怎麼審。

「讓月殺陪你去。」步惜歡道。

「本王有蠱，可借魏少主一試。」巫瑾道。

魏卓之聞言不由默哀，刺月門手段冷血，蠱毒蝕髓的滋味也不好受，相比這兩人，他覺得他和善多了。

「不必了。」暮青大步往帳外走去。「我自己來。」

嚴刑逼供是個髒活兒，他們願意髒自己的手，她卻不能坦然受之。死的是她的兵，她要為自己的兵討回公道，卻不想髒自己的手，天底下沒有這樣的道理。

此事，需得親力親為。

軍營裡沒有牢房，殺手們被押在一座堆放雜物的營帳裡。

暮青進了帳中便問：「誰是頭目？」

殺手們口不能言，暮青卻無需人答，指住角落中的一人說道：「提他出來。」

營帳中間立著柱子，月殺將人綁到柱子上。

暮青道：「你們都在外等著。」

步惜歡、巫瑾和魏卓之愣住，見暮青背對著人，背影說不出的堅毅倔強，不由默然。

半晌後，步惜歡率先出了營帳，巫瑾和魏卓之隨後出來，三人並未走遠，而是一起守在了帳外。

只聽暮青在帳中道：「我要知道僱主是何人，你們是何人。」

魏卓之頓時扶額，好一個我要知道！這姑娘真能撬開死士的嘴嗎？

「我喜歡鐵膽忠肝之人，望你是。」暮青的語氣聽起來不急不惱，話音落下，營帳裡就陷入了沉寂。

半晌後，四人再次聽見暮青的聲音時，她的語氣平靜得出奇——

「人的指甲上沒有痛覺神經，但手上有十二條經脈、八十六個經穴和二百二十四個奇穴，因神經、血管、經絡反應皆靈敏至極，故而有十指連心之說。放心，我不會拿針扎你，那是內宅把戲，我會把你的指甲剝下來。」

「我辦過一件案子，凶手食人，且喜生食。他喜歡在餐盤裡盛滿碎冰，將食材切成薄片貼在冰上。我無此癖，但可一試，甲肉嫩而小巧，妝點於冰上，定如梅花般賞心悅目。我想，你的應該能拼出一盤來，畢竟你有十根手指。」

「我有一個兵，胸前中箭而死，毒箭是從此處射入的，透過第二肋和第三肋之間，刺破肺臟，透胸而出，我可以演示給你們看……喏，就是從這裡射出的。」

暮青每說一句，營帳裡都會陷入死一般的寂靜，熬人心志，潰人膽魄。在無數次的開口與沉寂之後，暮青的話音中終於透出了怒意——

「他們都是好兒郎，從軍戍邊，未能戰死沙場，卻死在了你們刀下。枉爾等一身武藝，不圖報國，不御外敵，卻屠殺同胞！」

「那些將士的屍首就停在靈堂裡，我記得他們每個人是怎麼死的。我現在後悔了，你們可以不招，但必須償命。」

「九個人，九條命！誰先來償？」

魏卓之瞥了眼步惜歡，這姑娘惹不得，他眼光真特別……

這時，帳簾一掀，暮青走了出來，目光如一潭死水。「他們有話要說。」

眾人一掀帳簾，血腥氣撲面而來，營帳裡的場面駭人，幾人皆視而不見。月殺捏開一個殺手的嘴，使刀從他後槽牙裡挑出只蠟丸來，方才解了這人的啞穴。

暮青道：「說一句謊話，我就把你削成人骨。」

殺手道：「我等……是主公豢養的死士。」

「主公何人？」

「不知。」

「是何組織？」

「無名。」

步惜歡聞言，目光深沉莫測，似有所思，卻壓下未提。

殺手道：「我等從未見過主公，只聽從門主之命行事，只知總舵在嶺南，但不知舵壇所在。我等是青州分舵的，舵壇在大岡山裡。各地分舵的人由舵主和護法聯絡，我們不知暗號，亦不問僱主身分。伏殺令是三天前接的，我們喬裝成商隊進了許陽縣，昨日傍晚到了京師外的官道下設伏。」

暮青一聽青州，若有所悟，問道：「你們舵主和門主是何人？」

「舵主終年黑袍，身量五尺有五，約莫不惑之年。門主亦終年蒙面，削瘦，獨臂，其餘不知。」

「那誰比你知道得多？」

殺手看向受刑的同伴，這是他們的頭目。

此人受刑過重，巫瑾下了三針，他才醒來。

暮青道：「全屍速死，換我問你答，成交還是不成交？」

速死之約如天籟之音，頭目盯著暮青，似乎不信。暮青耐心等著，直到這人緩緩地閉上了眼。

暮青等月殺將其藏在後槽牙裡的蠟丸拿出後才道：「你們舵主的身量、年紀我都知道了，你還有什麼能告訴我的？」

頭目聞言，知道同伴都招了，於是想了一會兒，虛弱地道：「左臂……有塊燒疤。」

燒疤？

暮青目光一厲。「兩個月前在許陽縣附近打劫衛尉府馬車的匪徒，是你們的人？」

頭目受刑過重，思緒已經迷糊，想了許久，搖了搖頭。

暮青問：「不是還是不知？」

「不知。」

「那前年底，五胡聯軍叩關之後，你們舵主夜裡可常出去？」

從前兩個月問到前年，時間跨度之大令人愕然，頭目對此事卻反倒記得清楚。「沒錯。」

「與何人相見？」

「馬匪。」

「所為何事？」

「運送戰馬。」

「那些戰馬有胡馬的血統，你們是從何處得來的，養在何地？」

「西北軍，青州山。」

暮青的心一沉。「西北軍中何人為你們提供胡馬？」

「不知。」

「那些戰馬現在養在何地？」

「青州山。」

「什麼？還在青州山？」

「在。戰馬不好轉移，青州山的小塢子山裡修有山洞和暗道，馬匪被清剿後，戰馬轉移進了山洞。風聲過後，依舊養在青州山中。」

暮青沉默了，誰也不知她此刻將事情推測到了何種地步，只聽她問：「你們的總舵在嶺南山中何處？」

「不知。」

「那你們組織存在多少年了？」

「十餘年。」

「最後一個問題，你們舵主左臂上的燒疤有多大？」

「……從左上臂到左肩。」

暮青又沉默了，許久後，她問：「你還有別的話要說嗎？」

頭目費力地看了暮青一眼，目光平靜，似在等待。

暮青望著他的目光，握緊了刀，一息之後，寒光如電，刺入人心。頭目閉上眼，暮青拔出刀就出了營帳。

步惜歡來到中軍大帳時，暮青還握著刀，他小心翼翼地將她圈住，拍了拍她的手背，感覺她的手在抖。

「沒事。」暮青聲音平靜。「我不是第一次殺人。」

「但妳是第一次折磨人。」步惜歡把刀取下，出去端了盆溫水進來，掬起水來為她洗手，邊洗邊道：「我廣納男妃那年，第一個死在冷宮裡的人，皮子是我親手剝的，當時雖可命他人動手，我卻親自為之了。那年，刺月門新建，我身邊寥寥數人，他們皆知跟著我走的是一條荊棘之路，稍有行差踏錯，便是粉身碎骨。那晚我告訴他們，刀林箭雨，荊棘懸崖，我先行在前，望他們追隨在後，若有一日踏上死路，那路上會先濺上我的血。那年，我跟妳一樣的年紀，但手藝可不及妳。」

步惜歡笑了笑，拿帕子為暮青擦了擦手。

其實今日刑訊，他們皆可代她為之，但當她說要自己來時，他就明白了她的選擇——她不想依靠，而是想要擔當。

「這種事有什麼可比的。」暮青悶頭取來解剖刀，洗刀時，手已不抖了。

步惜歡鬆了口氣，待暮青洗好刀才擁她入懷，說道：「難受就哭出來，為夫又不會笑妳。」

她太自責了，埋在心裡不好。

暮青沒有哭出聲，步惜歡卻覺出衣襟漸溼，許久後，待她漸漸平復，他還是笑了聲。

「你說過你不笑的。」暮青有些惱。

「為夫是笑娘子幸運多了，想當年為夫難過時，連個哭的人都找不著。」步惜歡道。

此話令人刺痛，難道正是因為想哭時找不著人，他便索性凡事都笑著面對？

暮青又覺得鼻頭發酸，卻沒有再哭。她擦了把臉，說道：「讓他們進來吧。」

巫瑾進帳時見暮青眼睛紅腫，不由鬆了口氣，他最擔心她忍而不發。「我不能在軍中久留，妹妹可上奏朝廷，以軍中不宜養傷為由將侯都尉送入都督府，如此我便可每日前去問診。」

暮青感激地道：「如此甚好，辛苦兄長了。」

隨後，她將月殺喚了進來，問道：「你去許陽縣，可見到那些匪徒了？」

月殺道：「跑了，頭目趁衙差送飯時殺人奪了鑰匙，殺出了縣牢，衙門搜查未果，人已不知所蹤。」

暮青又問魏卓之：「梁俊的友人現在何處？」

魏卓之道：「已經派人看住了。」

剛才刑訊時，暮青從盛京問到青州，眾人已隱約猜出了其中的關聯，只是在等她的定論。

暮青卻說還有一事，需回城問明白了才行。

巧的是，午後暮青到沙場上召集全軍，發誓定會在犧牲的將士出殯之前查出凶手。剛從沙場回來，她就接到了朝廷的旨意，命她明日上朝稟明遇刺之事。

於是，暮青命人從附近田莊僱了輛寬敞的馬車，將侯天一起帶回了城。

一進城門，暮青就吩咐魏卓之去趟盛遠鏢局，傳萬鏢頭到都督府裡問話。

萬鏢頭來時天色已黑，他一進花廳就給暮青磕了頭，謝她的再造之恩。

暮青問道：「你曾說看見匪徒的手臂上有塊燒疤，可記得疤的位置？」

萬鏢頭想了會兒。「草民記得在左臂，疤還挺大，從上臂到左肩都是！」

那連環案已查清，萬鏢頭不知暮青為何又問此事，暮青沒有解釋。送客之後，花廳裡氣氛沉悶，頗有些風雨欲來之意。

半晌後，巫瑾問：「清楚了？」

暮青道：「可以肯定要殺我的是那幕後之人。昨夜的殺手、許陽縣的匪徒，以及與西北馬匪勾結，暗修工事，囤積戰馬的人都來自同一組織——青蟒幫。許陽縣的匪徒和殺手組織的舵主左臂上都有燒疤，位置大小有驚人的相似，而青蟒幫眾的花青也在同一位置。當年，官府剿匪定然貼有告示、設有賞銀，幫眾想逃過官府清剿和江湖獵捕並不容易，他們的胳膊上刺著青蟒，特徵太明顯，勢必會想法子將花青去掉，燒疤應該就是這麼來的。」

暮青見月殺立在廳外，便問道：「當年我們抓到了幾個馬匪，他們說自從五胡叩關，大當家便常夜會一個黑袍人，每當黑袍人離開，隔個三、五日便會有一批戰馬送來。你可記得此事？」

月殺想了想，點頭道：「是有此事。」

暮青道：「伏殺我的死士是青州分舵的，舵主終年黑袍，舵壇在青州山裡。

當年，新軍是在青州山裡出的事，馬匪囤積的戰馬也養在青州山裡，巧合太多。當年我們在上俞村發現馬匪囤積的戰馬有胡馬血統，曾猜測西北軍中有內奸為青州提供胡馬，但內奸是誰一直沒能查清。直到今日聽那死士說西北軍中有人為他們提供胡馬，我才想到，胡馬是兩軍交戰時從關外俘獲的，一般會送到馬場裡用來培育戰馬，也就是石關城馬場。雖然出了石關城便是葛州，但想偷運胡馬出關談何容易？因此，那內奸很有可能是石關城的將領。」

「巧合的是，新軍戍守的正是石關城，為了讓兵將之間早日建立感情，到江南徵兵時，許多將領和那三千精兵都是從石關城裡挑的，向呼延昊洩漏行軍路線的人就在其中。」

「偷運胡馬的是石關城的將領，洩漏行軍路線的人也很可能是石關城的將領，我懷疑是同一人做的。此事需去信元修，讓他速查。」

月殺端了文房四寶來，暮青就在花廳裡寫了信，月殺封上火漆，便傳信去了。

巫瑾道：「如此說來，那幕後之人暗通勒丹，在青蟒幫被剿後又成立了江湖組織豢養死士，勾結馬匪暗修工事囤積戰馬，且在青州山中暗通呼延昊，意圖覆滅西北新軍？」

暮青點頭。

巫瑾實難相信京師裡有這樣一個人。「我有些不明白，那幕後之人教唆他人犯案，為的不是給妹妹下戰帖嗎？那又為何伏殺妳？」

暮青道：「我中了他的計，他讓我以為那些案子是他下的戰書，實際上是個局。他教唆人犯案是從服毒案開始的，隨後是紅衣女屍案、連環姦殺案。前兩樁案子都沒留下線索，但姦殺案中，那些匪徒非但被迷暈了，還進了大牢，甚至被人看見了燒疤。那些死士三天前就接到了伏殺令，即是說那人料到我昨夜會回城——那些匪徒是他拋出的誘餌。前兩樁案子的線索都斷了，他知道我不會放過這起案子的線索，一定會派人去許陽縣，他要的就是支開護衛的機會。他的目的從一開始就是除掉我，而非挑戰我。是我小看了他，他比我想像的還要心智成熟、步步為營。」

步惜歡不禁笑了。「事到如今，我對此人越發感興趣了，難為他這樣的人物在京師一藏就是十餘年。」

暮青看向步惜歡，那人與他很像，卻又不像。

論步步為營、隱忍籌謀，他們像。

論行事作風，他們又不像。

步惜歡乃帝王之尊，不得不在明處，暗地裡培植勢力。而那人卻藏身暗處，勾結胡人、經營勢力，明面上誰也不知他的身分。

但智者千慮，必有一失，在他設餌殺她之時，他就得承擔事敗的風險。

「他藏不了太久，世間沒有完美的罪案，都會留下破綻。」暮青道。

「確實有。」步惜歡一笑，那人的城府與他頗像，這或許是慣於弄權之人的通病吧，行事往往目的頗多，喜歡真真假假，叫人難辨虛實。「我若費盡周折教唆三人，只為誘殺一人，所謀未免太小。」

暮青道：「沒錯，他讓我以為這三樁案子是他下的戰書，轉移了我的注意力。但除了殺我之外，他在這三樁案子裡都有所圖謀——服毒案之謀是廢帝，衝著你去的；紅衣女屍案，涉案的是外城守尉府；連環姦殺案，涉案的是衛尉府。朝中是如何處置司馬家和衛尉府的？」

步惜歡意味深長地道：「司馬忠御妻教子不嚴，遭御史彈劾，被免了職，如今在府中服侍病母，朝中命司馬忠盡孝為的是安撫上陵，外城守尉一職暫由他人接任。衛尉府也同樣，死的是青樓女子，梁俊雖不必償命，但丟了官職，衛尉由他的副將接任。除此之外，御藥局院判周鴻祿因私配毒藥賣入江湖，亦遭御史彈劾而被罷官，院判也換了人。」

暮青道：「那麼，新任的外城守尉、禁宮衛尉以及御藥局院判都是何人，誰的人呢？」

步惜歡一笑。「明著都是元黨。」

「暗地裡呢？」暮青問，話音剛落，就見月殺回來了。

密信已送出，八百里加急，三日到西北。

步惜歡走到花廳門口，負手道：「監視相府、晉王府、御醫院提點府。」

月殺去後，步惜歡負手望月，聲淡如風：「御藥局的新院判是御醫院提點的得意門生，老提點姓馬，是元廣的原配馬氏之父，新衛尉的嫡妻是馬氏之妹。新外城守尉姓田，我初登基時，元廣曾當街遭人刺殺，當時救下他的正是田老將軍，把老將軍從鬼門關救回來的人正是御醫院的老提點，新外城守尉是田老將軍之子，此人是個孝子。」

暮青心中一沉，道出個人名：「元謙。」

步惜歡道：「元廣成親時，老國公尚在賦閒，馬氏體弱，成婚多年才得一子，臨盆時難產而亡。元謙外祖家官品低微，他又體弱多病，繼母貴為郡主，華氏一門手握兵權，元修戰功赫赫，生來就是朝野眼中的相門嫡子，元謙深居簡出，如今已是而立之年。」

此人若是元謙，這恨倒有來處，但他體弱多病，那幕後之人卻身懷武藝。

「元謙體弱多病，多半不是真的。」巫瑾道，御醫院老提點是元廣的岳丈，元廣自然信他。元謙請醫問藥都由御醫院管著，有疾無疾，自然由御醫院說了算。

「他有疾無疾與他是不是幕後之人並無關聯，若無鐵證，元廣未必會信。」魏卓之插了句嘴，這回倒是一針見血。

「那麼，等西北的消息？」話雖如此問，巫瑾的神態卻在說著不贊同。密信一去一回要六日，算上清查內奸和審問的日子，許要等上十來日。而伏殺事敗，幕後之人必能料到有暴露之險，這十來日變數太大。

「不等，等則生變！」步惜歡看向暮青。「揭發宜從速，不如就今夜。」今夜行事，元廣即便不信，也會將元謙看管起來。先制住元謙，再等西北的消息更為妥當。

「有兩件事要準備，一是去將梁俊的友人帶來，二是有勞兄長幫我做件事。」暮青到巫瑾身邊附耳一說。

巫瑾笑道：「好。」

隨後，暮青將巫瑾和魏卓之送出府去，與步惜歡回了閣樓。

楊氏端了飯菜來，步惜歡盛了碗烏雞湯擱到暮青面前，說道：「暖暖身子。」

暮青喝著湯，沒吭聲。

步惜歡問：「擔心元修？」

「元修很尊敬他。」暮青道，「元謙排行老五，元修卻稱他為大哥，在他心裡，元謙是他的嫡長兄。

「元修並不瞭解他。」步惜歡一邊布菜一邊道：「上回沒驗成身，元敏並未全然釋疑，妳明日進宮難說無險。今夜動手，元家亂起來才無心理會妳。」

暮青懂得此理，因此話鋒一轉：「當年之事和近來之事皆與元謙有關，但沒有證據表明與晉王府有關。」

晉王即步惜歡的五伯。

嶺南的江湖組織是青蟒幫餘孽成立的，但不能因其建在嶺南就說與嶺南王有關。

步惜歡道：「元謙常年裝病，出府不易，誰助他私通勒丹，誰助他勾結的青蟒幫？當初官府剿匪，青蟒幫的餘孽逃散後是如何在各地建立分舵訓練死士的？元謙身在相府，組織裡的行動是如何掌控的？他城府再深，憑一人之力也難以成事。」

「我那五伯困於京城，嶺南王被迫聽命於元家，元家裡若有人心存反意，他豈會不樂於相助？那些殺手自稱是主公豢養的死士，那麼他們的主公是何人？元謙？我倒覺得，我那五伯乃皇室血脈，主公之稱，他用著才合理。」

「……有道理。」暮青喝了口熱湯，卻覺得暖不到心口，她苦尋的幕後真凶會是元謙嗎？

步惜歡勸慰道：「真相就在眼前，也許今夜就將大白。」

他曾派人查過柳妃在入宮前的經歷，但柳妃到了京城後，與其有關的人都失蹤了。

事已至此，此間故事，不妨問元謙。

暮青點了點頭，天終將會明，且待今晚。

第四章

相府烽煙

飯後不久，魏卓之先回來了。

步惜歡喬裝成月殺，與暮青到了花廳後，門一關便是一炷香的時辰，暮青出來時，戰馬已備好。

時值三更，一聲神駒嘶鳴驚了相府護院，小廝開門時嚇了一跳。

少年披甲而來，冷森森地道：「我要見丞相。」

「相爺已歇。」

「歇了不會叫起來？」

小廝臉色發苦，心道敢出此言者，也就眼前這位了。「都督稍候，小的這就去通稟。」

元廣聽聞稟報，深知如非要事，閻王不會登門，於是起身更衣，傳暮青到花廳相見。

暮青牽馬進府，隨手把韁繩一扔，任由卿卿在相府前院溜達，吃那些名貴花草。

小廝引著暮青進了花廳，剛說了兩句話，下人便慌慌張張地退了出來，把門關上了。

門一關就是一個時辰，四更的梆子聲從街上傳來時，管家陶伯被傳進花廳，出來時臉色煞白。

陶伯將護院統領喚來耳語了幾句，統領去後，相府後園的火把便亮了起來。一圈火把圍了南院閔華閣，兩路人馬出了府，一路去往皇宮，一路去往外城。

府裡要出大事，下人們把嘴閉得死緊，知道今夜無論出什麼事，都不可看，不可聽，不可議，稍有差池便會身首異處。

半個時辰後，門口落下鳳輦，宮人提燈引路，元敏盛裝而來，環珮玉聲璆然，如長劍出鞘，殺機凜凜。

元敏入了花廳後，門又關了起來。

前院靜悄悄的，唯有神駒在樹下吃著草，馬蹄叩著青石，似老廟裡的木魚聲，聽得人心頭發慌。

另一路人馬的火把照亮了相府門口時，一人自華車裡下來，廣袖攏月，氣質出塵。

巫瑾進了花廳，見禮後問道：「不知太皇太后夤夜傳召所為何事？」

元敏道：「謙兒忽染重疾，故傳愛卿來瞧瞧。」

元謙獨居在南院，北有涼舍南有暖閣，一應用度比照元修。今夜，南院被火把照得通明如晝，反襯得閔華閣裡燭光暗淡，格外幽靜。

暮青隨駕進了閣樓，見一男子坐在鐵樺木精製的輪椅裡，身穿玄青錦袍，腿上蓋著薄毯。男子貌似元修三分，氣度儒雅，頗似賢者。他背襯軒窗坐著，烏泱泱的人上了閣樓，風掃得燭火忽明忽暗，男子的笑容也顯得忽陰忽晴。

「見過姑母，父親，母親。」元謙聲音浮弱，一副久病之態。

元敏問：「謙兒，你身子可好？」

「回姑母，尚未到春夏更替的時節，姪兒近來身子尚可。姑母怎這時辰出宮來了？」元謙問。

「哀家今夜作了個夢，夢見你久病大癒，以為是大吉之兆，故而來看看你。哀家特意宣了瑾王來為你診脈，看看是否一夢成真。」元敏說著大吉，眼底卻無笑意。

元謙訝異地看了眼隨駕之人，目光從暮青臉上掠過時再尋常不過，但今夜之事一件一件皆不尋常，他卻似乎看不出，笑道：「那就有勞王爺了。」

巫瑾頷首，走向元謙，元謙卻毫無異色，由著巫瑾為他把脈。

閣樓裡靜得熬人，半晌後，巫瑾深深地看了眼元謙，收手起身道：「公子無恙。」

什麼？

連暮青都怔了。

元廣踉蹌了一步，華郡主急忙扶住他。

元敏問：「謙兒，你有何話說？」

元謙古怪地挑起眉。「姑母方才不是說夢見姪兒久病大癒嗎？想必姑母一夢成真了。」

元敏聞言怒極反笑。「好，姑母真是看走眼了。」

「孽子！」元廣大怒。「那些事果真是你做的？」

「哪些事？」元謙一副聽不懂的樣子。「父親今夜前來，不是專為兒子診脈的？」

元廣一口惡氣堵在心口，上不來，順不下。

華郡主痛心疾首地問：「謙兒，我待你視若己出，何以如此？」

元謙笑而不語，不無嘲諷之意。

元廣怒道：「為父問你，十四年前，可是你殺了勒丹大王子，拋屍別院？這些年來，可是你暗通胡人，豢養死士，囤積戰馬，圖謀大事？近來，可是你教人犯案，圖謀外城和禁宮兵權？」

元謙笑了。「父親是從何處聽來的，何以認定是兒子做的？」

說話間，元謙看了眼巫瑾和暮青，意味深長地道：「王爺醫術冠絕天下，他說兒子無恙，兒子便無恙。英睿都督斷案如神，他說兒子有罪，兒子便有罪。爹，你從未信過我……」

元廣如遭重擊，為這一聲爹，不知從何時開始，髮妻所出的孩兒開始稱他父親，這一聲爹，若非今夜叫出來，他都想不起有多久未聽過了……

許是父子之情令元廣動容，他怒意漸消，說道：「好，方才那些事，你一件一件的說，只要說得通，爹就信你。」

這是難得的讓步，哪怕對修兒，他都從未如此過。

元謙卻搖了搖頭。「相信還有條件，真讓人開眼。」

元謙的孱弱之態肖母七分，失望的神情利劍般刺痛了元廣，他怒從心起，問道：「你說是不說？」

元謙不言。

元廣怒極反笑。「好，取家法來！」

「且慢。」暮青出言阻止，而後走向元謙，有意無意地擋住巫瑾，負手問道：「我來此前審了梁俊的友人，他說他是從友人處聽來的消息，他的友人是司藥局的典藥官，從于副使那兒聽來的。而于副使正是司藥局的新院判，你外公的得意門生。」

元謙笑道：「我外公的得意門生說了句閒言，傳到梁衛尉耳中，因此他殺了人，便是我慫恿的，英睿都督原來是如此斷案的。」

「我可沒這麼說，你很會偷換概念，但此事的確加重了你的嫌疑。」

「我朝律法，僅憑嫌疑就能定人之罪？」

「你知道證據在西北，我今夜並無鐵證。」

元謙笑而不語。

暮青也笑了。「智者千慮，必有一失，你忘了一個人——元睿。」

元謙的笑容不改，卻像是刻在嘴角的。

暮青道：「丞相大人，你我來此前是如何說的？還不去？」

元謙聞言望向元廣，就在他仰頭之際，暮青負在身後的手忽然抬起，刀光如電般刺向了元謙的咽喉！

暮青離元謙僅有五步，這一刀猝然而發，迅若雷霆！

元家人連震驚的時間都沒有，就見元謙一拍輪椅扶手，掌下忽生鐵石之聲，震得刀光忽生殘影，一晃就落了地。

刀落地時，元謙已扣住扶手機關，驅動輪車退到了窗邊。

閣樓裡靜了下來，方才之事好似一夢，唯有被風撲滅的燭火提醒著元家人，一切非夢。

暮青道：「好內力。」

元廣驚問：「謙兒，你的功力從何而來？」

元謙聽而不聞，只是盯著暮青。

暮青道：「我方才提到元睿時，你的神情為我釋了疑。我原本真的只是疑惑，元睿與青州總兵過從甚密，而你的組織在青州暗設分舵，怎麼元家兄弟都看上了青州？你方才的反應告訴了我，此事不是巧合。我想，元睿一定知道些事，若他醒來，你覺得他會說些什麼？」

暮青對元廣道：「丞相大人還不去？」

元廣神色陰鬱地道：「本相不記得答應過此事。」

元謙聞言，目光頓時深了些。

暮青聳了聳肩。「不是只有你會騙人。」

巫瑾失笑，看來她很在乎被元謙騙了。

暮青篤定元廣會同意，他只是惱她，因為她方才險些殺了元謙，而他對這原配之子很有感情。

等待的時間比暮青意料中的要短，元敏先發了話：「把人抬來。」

元謙聞言無動於衷，他一直在看著元廣。

元廣閉上眼道：「爹給過你機會了。」

元謙笑了，已是晚春時節，男子的笑聲卻如冬風捲過樹梢，哀如鬼號，刺骨森寒。

「你笑什麼？」元廣問。

「笑可憐可笑的父子之情，可悲可嘆的夫妻之恩。」

所謂夫妻之恩，指的自然不是元廣和華郡主，華郡主再尊貴風光，也改變不了元廣的髮妻是馬氏的事實，只是這事實已二十多年無人提起。

元廣被此話刺痛，連連喘氣，華郡主幽幽地看去一眼，本該扶著些，卻袖手旁觀了起來。

一炷香後，兩個侍衛將人抬上了閣樓，那人瘦若枯骨，面色青黃。半年未見，暮青幾乎認不出元睿來了。

元睿被抬到榻上，侍衛掌上燈燭，巫瑾來到榻前診脈、餵藥、施針，元謙坐在窗前看著，不逃也不阻止。

今夜在都督府裡，暮青對巫瑾說的悄悄話正是此事，她希望巫瑾救醒元睿，故而巫瑾回府備了解藥。

許久後，巫瑾道：「他中毒已深，昏迷日久，恢復神智極耗元氣，故而時辰不多了，速問。」

元睿在中毒的一刻，想必已明白了是誰想除掉他，但他極度虛弱，根本說不了話。華郡主傳人送來粥水，坐在榻前餵了幾口，又在他口中擱了片老參含著，等了許久，元睿才能動嘴皮子。

華郡主俯身細聽，釵頭的光冷幽幽的，半晌後，她起身道：「相爺自己聽吧。」

事關原配之子，還是讓他自己聽妥當些，免得日後心軟，疑她傳假話，害他兒子。

夫妻二十年，元廣知道繼妻的性子，知她必是聽見了要緊話，於是忍著對庶長子的不喜坐到榻旁俯身聽了，他早有心理準備，聽見後卻許久未動。

半支蠟燭靜靜地燃著，燭芯兒忽然一爆，啪的一聲！

元廣猛然站起時眼前一黑，跌倒時扯下半幅帳子，隨手便朝元謙扔了過去。「你還有何話說！」

元謙淡淡地道：「兒子不懂父親之意。」

元廣怒極，拂袖而去，出了南院，進了祠堂，取了條玄鐵鞭回到了閣樓。閣樓下，鐵甲侍衛執刀而立，冷月照著軒窗，一道血痕潑在窗紙上，話音傳了出來——

「你是原配所出，若非看著你的身分，青州總兵敢與一介庶子往來？」

「你的武藝從何而來？」

「朝中可有同黨？」

「說！」

「孽子！孽子！」

話聲與鞭聲如怒海濤翻，閣樓裡一片慘象，元謙伏在地上成了血人，輪椅翻倒，血濺東窗。

元廣氣力耗盡，踉蹌著道：「傳我相令，即日起城中宵禁，五公子禁在閔華閣內，無令不得出。命龍武衛大將軍即刻出兵，將晉王、御醫院提點及其門生、外城守尉、衛尉押入天牢！」

元謙一笑，笑容悲涼。

「還有嶺南王、青州總兵、青蟒幫餘孽、青州山裡蓄養的馬匹，這些朝中同黨、江湖反徒，要徹查肅清。哀家乏了，先回宮去了。」元敏淡淡地說罷，看了眼暮青。「愛卿密奏有功，朝中自有封賞。練兵事大，明早就回營去吧，那些將士，朝廷自有撫慰。」

暮青抱了抱軍拳，卻無離去之意，她來到元謙面前，望住他的眼睛，說道：「有幾句話問你。」

事情已經清楚了，元家人不知還有什麼要問的，只聽暮青一連數問——

「豢養死士的是嶺南王？」

「死士們所說的主公是晉王？」

「步惜塵逼死庶兄的毒藥是你給的？」

「暗通嶺南王的除了青州總兵，還有別人？」

「西北軍中的內奸不只一人？」

暮青問得快，也問得雜，有無關緊要的，有胡亂猜測的，也有真正想問的。她並沒有等待元謙回話，問罷之後就站起身來，一言不發地離去了。

到了前院涼亭，暮青停了下來，直等到元廣兄妹出來，她才道：「忘了提醒丞相大人，元謙今夜有古怪，他輕易就接受了診脈，看似不想抵抗，卻又拒不認罪。他內力高強，若想出府，護院和侍衛八成攔不住，可他沒走。如此矛盾，必有所圖，需嚴加看管，萬事留心。」

說罷，她便牽著吃飽了夜草的卿卿出了相府。

步惜歡扮成月殺，同魏卓之在相府外等候，見暮青出來，步惜歡從她手中接過韁繩，摸著那韁繩已被汗沾溼了。

暮青一回府就上了閣樓，步惜歡上來時，她正在窗前望著夜色出神。

「是元謙？」步惜歡問，問的是殺父仇人。

「元敏疑我身分，我不敢問，只知你庶兄所服之毒出自他手。」暮青扶著窗臺，指尖泛白，沒有人知道她當時忍而不問有多難。「毒是元謙給的，並不能證明那毒與毒殺我爹的是同一種，也不能證明元謙就是我的殺父仇人。但今夜仍有收穫，我在南院未見到元謙的妻兒，他已是而立之年，應有妻室才是，故而可從他的婚事入手一查，此事就交給你了。」

「好，交給我。」步惜歡將暮青擁入懷裡，他知道，嫌犯近在眼前卻查問不得，她的心情很低落。為尋殺父真凶，她一路經歷得太多，把自己逼得太緊。

暮青轉身埋進步惜歡懷裡，她少有如此脆弱之時，卻沒有放任自己陷在低落的情緒裡太久。「事情尚未水落石出，元謙不能死，我擔心他會從我問的問題中覺出破綻，也擔心元敏回想今夜之事，會再對我起疑。」

「無妨，眼下徹底肅清元謙一黨才是要務，嶺南和青州有起兵之險，夠元家頭痛的了，他們暫時沒空理會妳。」步惜歡擁著暮青，她想說話，他就陪她說。

「倘若嶺南和青州起兵，是否對你不利？」

「莫要擔心，妳可記得青州將軍吳正？此人回青州的路上，我便派人將其刺殺，命隱衛替了他。」

暮青聞言退了出來，皺著眉問：「此事沒被吳正的家眷察覺？」

「吳正的差事辦砸了，被罰去青州小縣守城門，與家眷分居兩地。」他料到吳正必遭貶黜，因此才大膽行事。「嶺南王這回若被逼急，一旦與江南水師聯手，元家必失江南。若青州軍再勾結胡人叩關，反撲西北，元修必危。元家雖可發京畿兵馬與西北軍合圍青州軍，但戰事一起難免損兵折將，他們籌謀多年，眼看著自立之期不遠，絕不願輕易興兵，故而刺殺才是上策。朝中必會先派人刺殺青州總兵，如若得手，一可收回兵權，二可免於損兵折將，何樂而不為？」

暮青一點就透。「青州總兵與元謙勾結，元家已不能信任青州軍的將領，除了吳正。吳正毒殺過元睿，可見其非元謙一黨，因此元家會重新起用吳正，由他接手青州軍。」

步惜歡笑讚：「聰明！我會暗中助元家刺殺青州總兵，而後兵權便是我的。」

暮青不免感嘆，走一步謀十步，或許這就是政治家吧。

「那嶺南呢？」

「嶺南王也許會和何家暗中談判，但不會輕舉妄動，何家的心思不比元家少，但水師不擅陸戰，因此何家比元家還是差些火候的。江南雖險，但各有算計，難為盟友，成不了大事。」說著話，步惜歡到桌前倒了杯水給暮青，讓她暖身潤喉。

暮青道：「雖然元家現在沒心思理我，但日後難免會生變數，所以我身分的事還是想辦法解決較好。」

步惜歡見暮青似乎已有主意，於是問道：「什麼辦法？」

暮青把杯子遞還給他，說道：「娶妻。」

步惜歡呆住，杯子啪的摔在地上，碎了。

元隆十九年四月二十日，夜。

龍武衛夤夜出兵，圍了晉王府、外城守尉府、衛尉府及御醫院上下的臣工府邸。兵鋒所到之處，婦孺哭號，血濺府門，唯獨御醫院提點府的門久叫不應。

龍武衛將門撞開，長驅直入，見庭院裡橫著丫鬟、小廝的屍首，血一路灑到花廳門口，花廳裡擺著張飯桌，席間之人皆中毒而亡，馬老提點吊於梁下，馬家四代一十八口，上到耄耋老者，下到兩歲幼童，盡絕於府內。

次日早朝，太監宣詔，列數晉王及其黨羽暗通胡人、外養死士、內害朝臣、意圖謀位的重罪，其中隻字未提元謙。百官唯恐招惹同黨之嫌，於是紛紛獻計，應對嶺南和青州的起兵之險。

將要散朝時，宮人捧出兩道封賞詔書，當殿宣誦——

「江北水師都督周二蛋，屢破凶案，糾舉亂黨，功於社稷，加封二品奉國將軍，賞銀萬兩。」

「江北水師將士九人，殺賊討逆，忠正剛烈，諡忠勇之號，賞銀千兩，良田百畝，親衛石大海追封為忠勇中郎將。」

暮青接旨謝恩，百官不由側目。

不到一年，從一介賤民升至當朝二品，真可謂冠絕古今。但領此封賞無異於被推到晉王一黨的刀尖上，此等榮寵實非常人能消受。

暮青渾不在意，將士得了諡號、良田和賞銀，家眷老有所依，她就放心了。

下朝後，暮青回到府裡時，前院擺滿了禮品。

步惜晟的孀妻高氏聽聞遇刺之事，差人送了些老參、燕窩和銀票來，老參和燕窩是給暮青補身的，銀票是給將士們的家眷的。

萬鏢頭送了些跌打藥來，問需不需要鏢局把將士們的遺體運送回鄉。盛遠鏢局是大興數一數二的鏢局，的確有辦差能力，暮青收下了跌打藥，託萬鏢頭回去與大當家的商量押運路線和方案。

萬鏢頭前腳剛走，元鈺的丫鬟後腳就到了。

昨夜，華郡主命人將元鈺看管在閨房中，她今早得知諸事，卻出不了府，聽聞暮青遇刺，便差丫鬟送了盒三花止血膏和參燕等補品來。丫鬟不敢久留，放下東西就匆匆地走了。

暮青命人將東西收拾了下去，而後進了花廳，一盞茶還沒喝完，又有客到了。

都督府一向冷清，今日倒是門庭若市。

來人是個女子，身著綠裳，眉眼有幾分熟悉。

暮青記性好，認出來者是魏卓之的丫鬟，當年她潛入汴州刺史府查察殺父真凶，被一擅毒的丫鬟迷暈，來者正是此人，名喚綠蘿。

綠蘿帶了只箱子來，裡面擺著滿滿的古籍，見禮後說道：「我家小姐感謝都督查到真凶，這些古籍送與都督，聊表心意。」

「妳家小姐？」暮青挑眉。

綠蘿道：「奴婢奉公子之命前來京師，現已在玉春樓當差，是小姐的貼身侍女。」

綠蘿是江湖女子，擅長用毒，差她來服侍蕭芳，魏卓之倒是用心。

「蕭姑娘的心意我領了，書還是帶回去吧，我無此好。」暮青道，蕭芳送的都是詩集，擱在她這兒不過是積灰罷了，倒不如留給愛書之人。

「小姐說了，都督若瞧不上，燒了便是，只求留著箱子，此乃可兒的遺物。」

綠蘿回話時別有深意地看了暮青一眼，而後告辭。「奴婢不能離開太久，這便告退了，望都督見諒。」

暮青愣了愣，直到人走了，才對月殺道：「把箱子抬去閣樓。」

綠蘿的神情不對，這箱子必然不同尋常。

月殺將箱子搬上閣樓，把書搬了出來，果然發現不對勁，這箱子的底部比正常箱子高一些——有暗層！

月殺讓暮青退遠，親自開了暗層，暗層一開，兩人就都愣了。

少頃，月殺逃似的下了樓。

暮青望著箱子，神色古怪——裡面放著滿滿當當的月事帶，針腳細密，棉布白淨。

「魏卓之呢？」暮青把箱子鎖好後返回花廳，對月殺道：「傳他來都督府！」

半個時辰後，魏卓之一踏進花廳就嚷道：「別找我算帳，要找就找聖上。」

暮青不意外，只是疑惑，步惜歡放心將此事告知蕭芳，即是說，此人可信。

魏卓之道：「妳不必擔心，她是蕭老將軍的孫女，蕭家軍之後。」

「蕭家軍？那支在東南沿海抗擊海寇的蕭家軍？」暮青愣了，當世已經沒有蕭家軍了，她只是幼時聽爹講過蕭家軍的故事。

聽說，大興東南沿海常有海寇出沒，搶奪漁船，濫殺漁民。大約三十年前，沂東總兵蕭老將軍之子上奏朝廷，請旨抗擊海寇，十年間，蕭家軍的威名傳遍天下，深得沿海百姓的愛戴。

因常年在海上漂泊，蕭元帥成婚甚晚，年近三十才得一女兒，女兒出生不久，便發生了上元宮變。

蕭元帥的妹妹是先帝的淑妃，七皇子的生母。七皇子被斬於宮宴上，蕭老將軍悲痛而亡。蕭元帥在海上得知噩耗，身中流箭，墜入海中，一代名將葬身大海。

蕭家被冠以皇子同黨的罪名抄家，家眷被押往京師，蕭家軍欲劫囚車，卻被朝廷大軍圍困，全軍戰死於夷陵道。

魏卓之道：「民間傳言蕭老將軍是病死的，其實並非如此。老將軍得知宮變後病倒，那時恰巧有海寇滋擾村鎮，蕭元帥率軍抗敵，他一走，老將軍便被副將陳康所殺，總兵府一夜之間遭人血洗。事情傳到海上，蕭元帥得知中計，身中流箭墜入海中，留下了臨盆不久的夫人和只見過一面的女兒。蕭家軍上岸時，蕭府已被抄家，蕭夫人母女被押往盛京，大軍譁怒，憤而劫囚，路上中了埋伏，全軍戰死於夷陵道，五萬兒郎死於朝廷之手。」

暮青將茶盞往桌上一擱，喀的一聲！

魏卓之道：「蕭夫人在囚車裡苦求蕭家軍離去，見無人肯聽，便將女兒擲出，自己一頭撞死在了囚車裡。幸而孩子在襁褓中，墜在屍堆裡，並無大礙。為了保住蕭元帥的血脈，副將臨死前稱蕭元帥剿寇十年，在某座海島上藏有巨財，藏寶圖的線索在小姐身上，故而後來蕭家九族被誅，獨獨留下了一個女嬰。」

「實際上沒有？」

「哪裡會有！朝廷也清楚，不過是貪心作祟罷了。」

暮青沉默了，似在思索著什麼。

「如今的沂東總兵是陳康，元廣的庶女元貞嫁的是陳康之子，蕭芳背負著五萬蕭家軍的血仇，卻難出青樓，大仇難報，悲憤難舒，生生困出了那性情。我與她指腹為婚，卻不知有這樁婚事，偶然得知後，趕到時她剛傷了腿，若我能早到一日，她也不至於落下此疾。」魏卓之嘆了聲，難掩自責之情。

魏卓之和蕭芳竟有婚約在身，暮青著實意外。蕭芳是將門之後，魏家是商賈門第，官商不通婚，兩人的婚約是怎麼定下的？當年定然有許多故事。

暮青午後要回軍中，於是言歸正傳——「你的意思是，讓我將她贖出玉春樓？」

「嗯？」魏卓之裝傻，卻壓不住喜態。

「得了吧！」暮青沒好氣地道：「你們不就是這意思？」

她昨晚才跟步惜歡說要娶妻，今早就收到了一箱月事帶，還是玉春樓裡送來的。她不知蕭芳底細，自然會喚魏卓之來詢問，以她的性情，得知蕭家軍的血仇後定不會坐視不理，而滿朝文武裡，敢碰蕭家軍血案、救蕭元帥之女的只有她。

反正她想娶妻，何不娶蕭芳？

暮青氣得想笑，當她不知步惜歡打什麼算盤？蕭芳進府後，魏卓之必定常來，她的「夫人」會被別的男子纏著，沒空打擾她。此計一可幫魏卓之，二可救蕭芳，三可圓她娶妻之念，四還不打擾某人來找她偷情，一舉數得，這醋吃得可夠深的。

魏卓之見暮青的臉色不好看，忙起身一揖到底，說道：「都督向來見不得有人蒙冤，何況是忠心報國的將士之冤？有勞都督幫我一回，日後定當圖報！」

暮青道：「圖報何須日後？今日就有一事讓你去做。」

魏卓之大喜。「都督儘管吩咐，在下赴湯蹈火，萬死不辭！」

暮青道：「你去說服步惜歡，就說我想娶兩個。」

魏卓之剛要直起身，聽聞此言，險些磕個踉蹌。

午後，魏卓之去與盛遠鏢局商談運送遺體還鄉的事，暮青帶著聖旨和撫慰銀出了城，卻沒直接回水師大營，而是順路去了姚府的莊子。

一見到姚蕙青，暮青就開門見山：「我救過妳的命，妳也救過我的命，本該兩清，但妳們知道了我的身分，而如今朝中也在懷疑我的身分，所以妳們只有一條路可走。」

「嫁入都督府？」姚蕙青問，彷彿這驚世駭俗之語不過是一句平常話。「敢問都督，是何人起疑了？」

「安平侯府的嫡小姐沈問玉與我有宿仇，因山上的案子猜出了我的身分，報知了宮裡。」暮青道。

「那都督的確有必要娶妻，元黨需要都督練兵，自會以練兵為重，莫說懷疑，即便明知都督是女子，也會暫且祕而不宣。但都督要防著沈小姐，一旦她將消息散布得滿朝皆知，元家就不得不將都督驗明正身了。」

暮青聞言微訝，這姚姑娘只憑寥寥幾語就悟出了事態之要，真乃聰慧之人。

「姑娘可要想好了，若嫁入都督府，妳此生可就毀了。」暮青其實很矛盾，姚蕙青知道了她的身分，要麼殺人滅口，要麼另想他法。正好她需要娶妻，因此第一個想到的就是姚蕙青，可一旦她嫁入都督府，這輩子就……

姚蕙青卻笑了。「都督怎知我進了府，此生必毀？我姨娘是教書先生的女兒，寒門出身，位同賤妾，幾年前過世了。姚家非大姓豪族，四品武官在京師比比皆是，我是庶女，本就難以高嫁。我本期望能遇一良人舉案齊眉，奈何我爹望著高官厚祿，不顧名節，將我一頂小轎抬進了侯府。當我被從侯府送了回去，反倒有人說我壞了名節，又將我送來了莊子上。都督倒是說說，以世俗眼光，我此生可還能嫁個好人家？」

暮青道：「不能。」

姚蕙青笑了，此話若問別人，哪怕是虛情假意，都會安慰幾句，這姑娘倒是實誠。

「我也覺得不能，興許哪天我爹又想攀高官厚祿，我會再被一頂轎子抬進誰家，成了哪個紈褲公子抑或老臣的妾室，餘生困於後宅，算計爭鬥，至死方休。都督覺得，如此一生，毀也不毀？」姚蕙青又問。

暮青道：「毀且無趣。」

姚蕙青笑了聲，她倒真喜歡上這姑娘的性子了。

「自從撞破了都督的身分，我好生羨慕，從未想到世間有女子敢從軍戍邊，入朝為官。」話到此處，姚蕙青福身而拜，說道：「我不懼禮教拘束，不懼名節有損，只求過一日想過的日子，不負此生。都督若能讓我進府，我必傾盡全力為都督謀算，如若不然，我寧願常伴青燈古佛，永不出庵！」

屋裡靜了，半晌後，姚蕙青面前伸來一隻手。

暮青道：「我要告知妳的是，除了妳，還有一個女子要進府，是玉春樓的清倌蕭芳。」

姚蕙青一驚，問道：「玉春樓裡的女子皆是罪臣之後，按律是不能贖的，不過都督要贖，想必相爺也不會攔著，只是不知蕭姑娘有何身世來歷？」

「她是蕭元帥之女。」暮青道，姚蕙青進了府就是自己人，於是她將蕭家之冤簡略地說了一番。

香兒聽後哭溼了帕子，姚蕙青嘆道：「世上命苦之人何其多，可憐了那五萬忠烈之魂。」

暮青道：「軍務繁忙，提親之事我會派人去辦，一切從簡。」

姚蕙青道：「我爹必定不會答應，都督不妨先讓我進府，再派人去提親。」

滿朝皆知都督府的榮華富貴只到明年，姚府是不會與都督府結親的，提親無用，唯有用生米煮成熟飯。

暮青道：「好！過幾日我回城，屆時妳隨我同回。」

主。

姚蕙青頷首應了，這等大違禮教的事，兩個女子就在一座山莊裡自己做了

這日是大興元隆十九年四月二十一日，命盤轉動，烽煙悄燃。

暮青帶著朝廷的追封和撫恤回到了軍中，安撫了軍心後，到了湖邊山坡上。

過了會兒，烏雅阿吉和湯良小跑而來。「都督，您傳我們？」

「嗯。」暮青望著湖對岸的山壁。那晚侯天從崖上躍下，那晚她失去了九個將士。「大海去了，我身邊的親衛只有越慈和黑子，你們可願來我身邊護衛？」

烏雅阿吉一愣，隨即垂首，神色不明。

湯良欣喜地道：「願為都督親衛，萬死不辭！」

「那你去將內務搬到親衛帳中吧。」

「是！」

湯良興高采烈地走了，烏雅阿吉沉默了半晌，問道：「那晚你就不怕我逃了？」

暮青道：「逃了便逃了，總歸能活一人。」

烏雅阿吉一愣，彷彿遇見個傻子。「我要是逃了，你們可就死了！」

「嗯。」

「我從軍的目的你可知道？」

「不知，也不想知道。」

其實，那日打掃戰場，林子邊上那些殺手是死於誰手，他們都知道，但魏卓之仍然難以斷定烏雅阿吉的身分。這個少年身上的故事可能很複雜，但她並不在意。

「你什麼都不知，就敢讓我當親衛？」

「我以為你那晚沒逃就說明你選擇了我們的性命，既是戰友，無關來歷目的，自可性命相托。」

烏雅阿吉頓時無話，原地跺了幾腳，轉身就走。

「你還沒回答我。」暮青回頭，烏雅阿吉已下了山坡。

「回答個蛋！」少年在山坡下指著暮青罵道：「像你這麼笨的人，要是身邊不多幾個人，總有一天怎麼死的都不知道！」

說罷，他怒氣沖沖地走了，暮青坐在山坡上笑了笑。

春陽照著草坡，湖光晃得人睜不開眼。

天已暖了。

次日午後，巡捕司押著十幾輛鐵囚車來了水師大營，將那夜抓到的江湖殺手們押送進京。

傍晚，魏卓之回來，護送遺體的事已商量妥當了。

「鏢局會繞開青州，經越州，走下陵，而後過江。何家目前是皇黨，不會為難鏢局。最好明日就出發，趕在雨季前抵達江南。我會跟著這趟鏢，讓沿途的江湖門派多多照應。」魏卓之稟道，但有一件事瞞了暮青。

這趟鏢會由神甲軍護衛，隨後神甲軍會跟著鏢師祕密來京，他下江南是為了順道打聽一些消息的。

暮青知道魏卓之辦正事不含糊，便將此事全權交給了他。

得知將士的遺體將被運送回鄉，軍心激動，戰死之人多數會葬在沙場，沒有棺槨，沒有墓碑，連墳頭都沒有。這回犧牲的將士不僅得了朝廷追封、撫恤銀及田地，還能葬在家鄉，有人祭拜，無疑是對亡魂的告慰，亦是對軍心的撫慰。

這日之後，操練如舊，將士們咬著牙、較著勁，這股勁暮青明白，她也有——有朝一日，定叫天下無人敢犯！

韓其初看著全軍的勁頭，嘆道：「這支水師心性已成。」

暮青負手望著天，晚霞映紅了半座軍營，夕陽西沉，她往西北望去。

算算時日，密信該到西北了。

第五章

金蟬脫殼

日暮關山，晚霞如匹，信使策馬馳進嘉蘭關城，一名小將將封了火漆的密信捧入了將軍府書房。

顧老將軍正研看關外輿圖，見信展開一瞧，叫：「不好！快執我兵符，命魯大點兵出關趕往望關坡，將武衛將軍連墉拿下，再將此信交給大將軍！」

顧乾將兵符和密信交給小將，疾步出了書房。「命各關城諸將來府中議事，軍情緊急，不得拖延！」

這信早到一日該多好！

數月來，關外形勢大變，狄部滅了月氏，直逼烏那，勒丹聯合戎部去救烏那，意圖三部結盟剿滅呼延昊，沒想到中了圈套，烏那忽然與狄部聯手重創勒丹和戎部的援軍，呼延昊趁著勒丹戰敗，一鼓作氣滅了戎部，如今草原上只剩下狄部、烏那和勒丹。

半個月前，勒丹王派密使進了烏那王帳，勸說烏那與勒丹聯手，共滅狄部。烏那王是個聰明人，知道不論跟誰聯手，部族的結局都一樣，於是嘴上說著考慮，連夜就派人直奔嘉蘭關城，向大興求援。

元修派大軍將烏那部族保護了起來，狄部和勒丹都沒有獨抗西北軍之力，雙方隔著烏那遙遙對峙，偶有摩擦，但無大動。

關內昨日得到軍報，稱狄部今夜有異動，呼延昊密謀刺殺烏那王，以吸引西北軍、烏那和勒丹的注意，自己會率王軍奇襲勒丹在草原北邊的馬場。若馬場有失，勒丹就失去了與狄部一爭草原王位的後備軍力，必敗無疑。

武衛將軍連墉出身御廄使之家，其父掌盛京宮內御馬，他對培育戰馬很有一套。大將軍尚武，也愛戰馬，連墉與之年紀相仿，兩人年少時就有往來，算得上知交。大將軍來到西北後，向朝廷將連墉要來了邊關，七年間，連墉一直在石關城任武衛將軍，督監培育戰馬。按密信上所言，若內奸在石關城內，必是連墉無疑。

可連墉今日不在關內，他隨軍去了望關坡！

望關坡在烏爾庫勒草原北部一帶，因在山坡上能望見嘉蘭關城而得名。呼延昊要奇襲勒丹馬場，從望關坡上能看到戰況，大將軍便帶人出關去了，連墉自請隨行，說勒丹馬場的戰馬不錯，想牽幾匹回關。

本是再尋常不過的事，顧乾看了信後卻驚覺不妙。大將軍如若遇刺，則呼延昊可趁西北軍無暇顧及關外時一統草原，而五公子則可趁朝中生亂時攪動風雨，一旦嶺南王和江南水師聯手奪得江南，青州軍和呼延昊合圍失去主帥的西北軍，則邊關危矣，大興危矣！

今夜狄部要奇襲的根本不是勒丹馬場，而是大將軍！

大漠沙如雪，五千鐵騎上了草坡，元修高坐馬背，遙指草原。

王衛海道：「前面就是勒丹馬場，呼延昊想必會用火攻。」

關外四月時節還有些冷，連墉往掌心裡呵了口氣，搓了搓手。

趙良義笑道：「這兒有個心急的，知道呼延崑子要用火攻，怕燒著那些馬吧？」

連墉道：「誰急了？會被燒死的都不是好馬，我要的是馬王。」

王衛海道：「你們倆就不能少說兩句？咱們可有正事。」

趙良義嚷道：「你啥時候跟那周二蛋似的，還嫌人吵了。」

話一出口，王衛海臉色一變，瞄了眼前頭，見元修坐在戰馬上，紅烈烈的披風在月色裡揚著，披風之下，銀甲霜涼。

前些日子，盛京傳來個消息，大將軍發了雷霆之怒。他戍邊十年，從未犯過軍規，那夜卻喝了個爛醉，酒醒後自去領罰，顧老將軍親自打的軍棍，任誰求情都沒用。大將軍被打得皮開肉綻，一病就是大半個月，那日之後，周二蛋就成了不能提的人。顧老將軍口風甚嚴，誰也不知那小子在京城幹了啥天怒人怨的事。

「去坡下布置機關。」元修道。

眾將下了山坡，趙良義自知犯了錯，行動格外俐落。

草原北邊是勒丹部族的領地，火起後，呼延昊想逃過追擊，唯有往望關坡來。望關坡以南是大興領土，勒丹必不敢過此坡，但呼延昊向來恣意妄為，他必定藉此機會退入大漠。他們會在坡下布置機關恭候，讓他有來無回。

這些機關是從呼查草原上繳獲的短箭，以往西北軍遇此機關折損過不少將士。這些短箭埋在黃沙裡極難被發現，觸發後又容易被馬踩壞，因此軍中從未繳獲過完整的機關短箭，除了這批。

將士們捧著機關短箭，藉著月光小心翼翼地埋在草裡。

遠方的馬場亮起點點星火時，五千將士摸回坡上，拉著韁繩伏在坡頭遠眺。一會兒的工夫，星火已亮，人馬聲因離得遠，聽得並不真切。

狄軍用了火油，馬場很快成了火海，火光裡人影馬影穿梭，彎刀亮如銀月。

連墉伏在草坡上，撚著棵草，目光焦灼。

趙良義壓低聲音道：「好馬燒不死，放心吧！」

連墉噴了聲：「再不來，馬燒不死也跑光了。」

「噓！」王衛海提醒兩人禁聲，聲音落下時，已聞馬蹄聲奔來。

五千將士把頭埋低了些，暗中拽了幾下韁繩，安撫著躁動的戰馬。

勒丹軍追逐著狄軍，馬蹄聲到了坡下時，戰馬長嘶，胡語連連。狄部的先頭軍中箭墜馬，受驚的馬匹踏著人屍、馬屍，草坡下的狄軍被堵住，打轉之際，追擊的勒丹軍已到，兩軍殺在一起，腥氣嗆鼻。

草坡那頭，五千將士埋頭伏著，等待軍令。

這時，一匹受驚的戰馬竄上草坡，凌空躍下，馬蹄下就是西北將士的頭顱。元修拂袖而起，大風一揚，馬蹄一翻便砸向坡下，拚殺的兩部兵馬紛紛抬頭，見一人烈袍銀甲背襯鉤月，神臂挽弓，猶如戰神天降，喝一聲：「戰！」

西北軍聞令退下草坡，翻身上馬。

此時，將士們的目光皆在戰馬上，元修背對同袍挽弓聚力，一把匕首忽然從身後刺來，噗的從腰窩刺入了銀甲！

匕首入甲，卻未見血，元修有神甲護體，內力蓄於弓上，被殺氣一刺，硬生生逼出三箭，箭矢齊發，裂坡而去，似開山之力，潑出三路血花。

狄軍和勒丹軍驚駭之時，西北軍中也發出一聲驚呼！

元修內力走竄，從馬上一頭栽下了山坡！

坡下，一柄彎刀揚起，映著呼延昊森然的笑。

就在刀起刀落之際，山坡上忽然馳下一匹戰馬，一道黑影撲向元修，分不清與刀光哪個更快，只見刀落人倒，血濺丈高。

一條斷臂落在草坡上，趙良義灑血抱著元修從坡上滾下，滾到半坡被馬屁擋住，聽著頭頂上的刀聲，趙良義昂首迎刀，高喊：「大將軍保重！」

話音剛落，大風忽生，一道猛勁將趙良義推出，元修倏地睜眼，蹭著草坡挪了寸許。這寸許之差讓彎刀擦著他的喉嚨刺在了胸口，刀勁被銀甲和神甲擋了兩重，險險逃過一劫。

元修握住呼延昊抽刀的手腕，拳風如鐵，狠狠一砸！

錚的一聲，半截彎刀在空中一折，反刺向呼延昊的喉嚨！

呼延昊避不過，竟就著元修的握力一擰，面不改色地擰斷胳膊，側身急避。殘刀擦著他刺入一個狄兵的胸口，狄兵栽下馬背砸向兩人，呼延昊從元修的手中掙脫，元修拎起趙良義便落到了坡頂。

這時，西北鐵騎殺到，一人策馬而逃，逐月西去。

元修挽弓搭箭，一箭將馬腹穿出個血洞，那人倒在黃沙裡，一翻身，元修已立在他面前，眸子深邃如淵。

年少時相約飲酒賽馬，離家後共聚邊關報國，竹馬情義，七年戰友，今夜卻化作暗刀，誅心誅義。

元修望著連墉，不動也不說話，朔風拂過荒坡，風聲蕭蕭，如人悲哭。

連墉自知事敗，心一橫，牙一咬！

喀嚓！

下巴被卸的聲響被馬蹄聲掩蓋，只見關城方向有千軍萬馬疾奔而來。

呼延昊喝一聲撤，率軍往塔瑪大漠中奔去。勒丹將領也下令撤軍，往北退去。

荒坡上，元修靜靜地站著，風沙拂過殘破的戰袍，背影猶如被大漠風沙吹朔了千年的英雄石。

「大將軍！」王衛海奔來，驚詫地看向連墉，尚不知出了何事。

這時已見大軍的輪廓，出關時，將士們皆未聽說今夜會有援軍，大軍忽至，必有緊急軍情。

領兵之人是魯大，魯大到了坡下，一見連墉就怒道：「你他娘的真是內奸！」

斥罷，魯大將密信呈給元修。「大將軍，盛京來信。」

元修接信，打開後目光頓住，這字跡……是她的。

風沙拂過信面，遮不住那風骨卓絕的字，元修著了魔似的撫上信面，一字一字地撫過，不在乎將士們的目光，也彷彿感覺不到心口隱隱的刺痛。他只是撫著那些字，撫著撫著，在一個謙字上頓住。

那字彷彿是根針，扎得他指尖一疼，半晌後，他從頭閱看，緩緩翻頁，指尖不知不覺已如沙白。

不知不覺過了多久，元修的手微微鬆開，信紙隨風而去。

魯大一驚，此乃軍機密信，不可有失，於是忙上馬去追。

噗！

血從元修口中噴出，血染鉤月，他踉蹌一步，仰面而倒……

大興元隆十九年四月二十三日，夜。

狄王呼延昊率輕騎火燒勒丹北部馬場，西北軍主帥元修率軍於望關坡伏殺狄王，反中奸計，險遭刺殺，吐血昏迷。

次日凌晨，西北軍趕回關城，軍醫會診，險險保住了元修的性命。

顧老將軍親自審問連墉，用刑撬開了連墉之口，使其招供了連家勾結晉王一黨的祕事。

關外，呼延昊帶傷征戰，強攻烏那，逼得因主帥遇刺而軍心不穩的西北軍撤入關內，烏那部族被滅，草原上只剩狄部和勒丹兩部。

諸事八百里加急奏入朝中時已是四月三十日，元廣震怒，連夜命龍武衛查抄連府，滿門六十三口皆斬。

元敏急召巫瑾進宮，命他前往西北，為元修醫治心疾。

從龍武衛血洗連府到巫瑾奉旨出城不過兩個時辰，巫瑾臨走時，連暮青的面都沒來得及見上。

暮青得知軍報，急忙要出營回城求藥，聽說巫瑾已奉旨往西北去了，這才鬆了口氣，卻又忽覺不妙——她曾疑元謙古怪，如今看來，元謙應該在伏殺事敗後便知會暴露，於是傳信西北，定下了裡應外合擾亂大興的計策。

那麼，從邊關出事到今夜已有七日，元謙會不會已經收到了事敗的消息？他要害元修，元廣和元敏不會再容他，他絕不會坐以待斃……

暮青吸了口涼氣。「快！傳信回京，元謙要逃！」

就在暮青命月殺傳信時，相府裡起了大火。

火是從閔華閣裡燒起來的，元謙尚在閣樓裡。

當時，太皇太后的鳳駕剛到相府，元廣望見火光，拋下鳳駕趕到南院時，火勢已經大了起來。

護院統領撞開窗戶，想進屋救人，卻被元謙一掌打成重傷。下人們提著水桶進進出出，相府裡吃水的水桶，水潑進去不過殘星入海，大火很快將閣樓吞噬，眼看著梁子塌了下來，元廣奪過水桶，將水澆在身上便往閣樓裡衝去！

「相爺！」華郡主驚喊一聲，陶伯急忙抱住元廣。

元廣悲痛欲絕。「謙兒！謙兒！」

華郡主見此情形，嘴角僵硬地揚了揚，說不清是嘲弄還是淒苦。二十多年了，他還是記得那病故的原配，是她眼拙，竟沒看出他如此心疼謙兒。

元敏來時，見元廣正在痛哭，便對安鶴道：「宣江北水師都督。」

軍中，暮青得知消息，將密信往桌上一拍。「不可能！」

月殺道：「宮裡已經來人傳旨了，要妳去相府。」

暮青道：「在這節骨眼兒上開城門？」

「懿旨是太皇太后下的，宮裡的人出城也就片刻工夫，元謙未必能混出來。」

「當初我和你主子夜裡出了趟城，也不見得有多難。元謙和晉王一黨隱藏在京師中十餘年，不要小看他們的暗樁。今夜你們能傳遞消息，他們也能，我和你主子能辦到的事，元謙想必也不難辦到。」

暮青知道宮裡的人此時應該已經出城，現在說什麼都晚了，只能先到相府看看，再做打算。於是，她命烏雅阿吉立刻去姚府的莊子，讓姚蕙青準備跟她回府。

傳旨之人來時已是凌晨，宮人們見轅門外停著輛馬車，皆不敢多問。暮青帶著親衛隊從營中出來，宮人們便隨她往京師馳去。

戰馬的腳程非御馬能比，宮人們顛得屁股都麻了，趕回城時，暮青早已進了相府。

天色大亮，閔華閣燒得面目全非，燒塌的閣樓冒著白煙，月殺挪開幾根大梁，暮青走了進去，見一具焦屍躺在地上。

二樓已塌，焦屍頭南腳北，兩手蜷縮，從身量上看，比元謙瘦小些。

「這不是謙兒！」元廣杵在閣樓門口，嗓音沙啞，像一夜之間老了十歲。

暮青蹲在屍前道：「無論生前燒死還是死後焚屍，肌肉都會因高溫而縮短，四肢屈曲，比生前瘦小很正常。」

說罷，她便剖開了死者的咽喉。

燒鬆了的房門哐噹倒下，險些砸到元廣，華郡主在東廂陪著元敏，見此情形出來對小廝道：「還不把相爺拉開！」

小廝搬門框的搬門框，扶人的扶人，正亂著，閣樓裡傳來了暮青的聲音：「屍體的口鼻、咽喉、氣管裡皆有煙灰和炭末附著，確實是被燒死的。」

門口一靜！

暮青又掰開死者的嘴看了看。「死者的牙尖已磨平，有的磨耗嚴重，牙質點暴露，年齡在三十到四十歲之間。」

元廣顫聲問：「是……謙兒？」

暮青冷笑道：「元謙常年扮演體弱之人，吃食必定精細，他的牙齒應該比同齡人的磨損程度小，磨到這種程度，怎麼也得四十歲。」

元廣如聞死人復生一般，眼中的神情令華郡主頓生怒意，她問道：「都督之意是，此人不是謙兒？」

暮青道：「很有可能不是，但不排除他天生牙齒鈣化不好。昨晚是誰先發現起火的？」

管家陶伯道：「回都督，是護院統領，他被謙公子打傷，至今未醒。都督若有話問，不妨問問其他的護院。」

說罷，他便將兩個護院喚來了。

暮青道：「將火起時的情形細細說來。」

兩人回道：「昨夜統領發現起火，一喊走水，屬下們就衝進了院子，火是從門後燒起來的，統領劈開了門鎖，卻發現裡頭下了門閂，那時火已燒到了門口，統領見二樓透出火光，便想進窗將公子帶出來，沒想到被公子一掌打成了重傷。屬下們將統領抬出院子時，火勢已經容不得人進了。」

暮青問：「火是從樓下燒起來的？」

「正是。」

「這就奇怪了，人是死在樓下的。」

護院們一愣，沒聽出哪裡奇怪。

「一個自焚之人，先點火燒了樓下，又到樓上點火，再回到樓下等死，有這樣的道理？」

「閣樓已經燒塌了，或許公子是死在樓上的，二樓被火燒穿之後，從上面掉下來的……」

「有道理，不過你絕對沒有看過現場。」暮青對月殺道：「把屍體搬開，給他們看看。」

月殺聞令去西廂扯了半幅帳簾，將焦屍兜出來放到了門口。眾人以為暮青之意是讓人觀屍，不料她仍蹲在閣樓裡，指了指地板。

元廣一看，頓時驚住——地板有一片人形空地，地上乾淨無塵，尚能看出梨木地板的色澤。

暮青道：「火要燒穿樓板是需要時辰的，這時辰裡，樓下遭火燒水潑，必生灰塵，死者即便從樓上掉落，屍身下的地板也應該是髒的。可現場的情況是，屍身下乾淨無塵，地板的燒痕也淺，這只能說明人是死在樓下的。」

元謙若想自焚，上樓點火後，沒必要下樓等死。樓上是他的臥房，沒道理有榻不躺，反要下樓躺在冷冰冰的地上等死。

「火起前有誰進過閣樓？」暮青問護院。

護院道：「只有統領進去過。」

「何時進去的？」

「晚膳時分。」

「進去多久？」

「沒多久。屬下們奉命圍住南院，沒有相爺的手令誰都不能進出，一日三餐都是統領送進去的。公子不許人上樓，統領會將飯菜放在樓下的桌子上，公子會自己下來拿。」

暮青愣了愣，腦中忽生閃念，問道：「你們統領呢？」

「被公子打傷，昏過去了，屬下們將他抬回房了。」

「找來！」暮青幾乎和元敏同時出聲。

禁衛隊當即命護院引路，出了南院。

過了些時辰，禁衛首領回來稟道：「啟稟太皇太后，屋裡沒人。」

元敏將茶盞往地上一擲，砸了個粉碎，怒道：「好一個金蟬脫殼！」

那護院統領應該就是元謙了。

「你們統領進屋送晚餐時，樓下可點了燈？」暮青冷聲問。

護院哆哆嗦嗦地道：「沒點，公子在樓上，只有二樓點了盞燈。」

「你們統領進窗救人時，你可親眼看見他被打傷了？」

「看見了，統領想要進窗，窗子忽然從裡面推開，屬下親眼看見有隻手把統領給打了下去，統領當時就吐血昏死過去了。」

「你們統領和元謙的身量呢？」

「差不許多。」這話是華郡主答的。

暮青聽後，再沒問話。

顯然，護院統領進屋送飯時，元謙在樓下等著，人一進屋，他就將人制住，隨後出來的人就是元謙了。

元謙是如何在短時間內易容成護院的，這不難推測，他蟄伏相府多年，盯上一個身量與自己相仿的下人，暗中差人按其容貌做一張面具並不難。火起後，進窗救人的是元謙，他「重傷」後被人抬回房中，趁著相府的人忙著救火時輕而易舉地金蟬脫殼了。

那麼，在閣樓裡放火，和元謙一起演了這齣戲的人是誰？

元敏道：「清點府裡，可有少人？」

陶伯領旨而去，片刻後回來，臉色很難看。

府裡少了個護院，那護院晚餐後忽然拉肚子，向統領討便宜想用南院下人們用的茅房，統領便允了。

那時的統領已是元謙，他將同黨放進南院，趁換崗時從窗戶進入閣樓並不難。起火後，南院中亂糟糟的，救火的人都湧到了門口，放火之人從後窗出來，他是護院，自然無人在意。

院子裡陷入了死寂，暮青來到門口，默不作聲地割下焦屍的頭顱，進了灶房。

護院們目露駭色，元敏在東廂裡喝著茶，宮人們垂首屏息，誰也不敢瞥外頭的光景，唯獨華郡主盯著灶房，目光不移半分。

院子裡又陷入了死寂，灶房裡咕嘟咕嘟的聲音聽著令人脊背生寒。誰也不知過了多久，暮青揭開鍋蓋時，院子裡頓時飄來一陣肉香。

一顆人頭被放入冷水中，緊接著便是刷刷的洗骨聲。

待骨洗淨，暮青又默不作聲地抱著頭骨進了西暖閣，著手顱面復原。

下人們偷偷瞄向屋裡，既懼又好奇。盛京城裡早有傳言，說英睿都督有讓死人開口說話的本事，連枯骨都能再現其容貌。此事有人信，有人不信，誰也沒想到今日有幸親眼一見。

只見顱骨放在桌上，暮青用黃泥、小尺、牙籤和刻刀，或量，或黏，或貼，或雕，手下泥屑紛飛。一炷香的時辰後，一顆人頭被端了出來，泥雕的眉眼，丹青暈染的面容，雖無髮冠，相貌卻仍有幾分熟悉。

「……統領！」一個護院指著人頭，手指顫抖。

「像！太像！」陶伯道。

暮青不曾見過相府的護院統領，卻將這顆頭顱復原出了統領的相貌，只能說明死的就是此人！

若方才的一切只是對案情的推測，此刻暮青手裡端著的就是鐵證了。

元敏看著那鐵證，腦中忽然響起了一句話──『暮青有陰司判官之名，儼然我大興朝的女仵作，她能做得大興的女仵作，怎就做不得大興的女都督？』

「孽子！」這時，元廣怒道：「嚴查城門，命上陵、許陽、越州各城縣密查那孽子的下落！」

元敏道聲乏了，命城門每隔一個時辰往宮裡呈遞奏報，隨後便起駕回宮，臨走前意味深長地看了暮青一眼。

暮青把屍骨拼好，命護院將屍骨送回統領家中，這才回府去了。

都督府門前停了頂轎子，暮青當沒瞧見，下了馬就要進府，轎中人道：「都督留步！」

暮青回身，見一個褐袍男人下了轎，滿臉虛偽笑容，明明是官，卻一身市儈氣。

暮青明知故問：「姚參領？」

「都督斷案如神，今日一見，果真名不虛傳。」姚仕江皮笑肉不笑地見禮道：「下官正是驍騎營參領，姚仕江。」

「姚大人不必多禮，本都督前些日子為躲刺客進了姚府的莊子，幸得小姐相救。救命之恩無以為報，只能許以婚約，今日將小姐帶回府中，明日自會有官媒去姚府提親。」

這些事姚仕江都聽莊子的管事回稟過了，府裡此時已經翻了天。

英睿遇刺一事滿朝皆知，可他直到今早才知道，那夜救了他的人竟是他的庶女。管事稱，水師的人守在莊子裡，誰也出不去，直到昨夜他的庶女被水師接走，管事才有機會回城稟報。

姚仕江窩著氣，企圖說理：「能救都督是小女之幸，但婚姻大事乃父母之命媒妁之言，三媒六聘且未過，都督將小女帶回府中，豈不是毀她名節？」

暮青冷笑道：「姚小姐剛到莊子那日，馬車被人動了手腳，險些死在山溝裡。這些日子在莊子裡養著，沒見有人來看過，本都督還以為她上無高堂，自然就直接接她進府了。」

「你！」姚仕江早聽說暮青口舌甚毒，不由怒道：「都督之行徑與強盜何異？就不怕遭御史彈劾，遭天下人恥笑？」

「原來姚大人要臉，本都督還以為姚大人把女兒送入侯府時就已經不要臉，也不顧女兒的名節了。」暮青轉身進府，只留下一句話：「要告隨意！要想嫁女，列張聘禮單子來，自有官媒送去府上。」

……

都督府後園東苑有一間主屋，兩間廂房，配一間小廚房，姚蕙青主僕住了進去。

暮青一進門就將姚仕江來過的事告知了姚蕙青，姚蕙青道：「我爹怕是會參都督一本，再命人送禮單來。」

都督府的榮華富貴不過一年時日，結此姻親，日後都督府被清算，少不得要連累姚府，因此她爹定會參都督府一本，再將她逐出姚家，讓滿朝文武知道這門親事不是姚府自願的，免去一黨之嫌。但她爹是個重利之人，在將她逐出姚家前，定會敲都督府一筆錢財。

姚蕙青歉意地道：「禮金……」

「禮金無需操心，妳進了府就是我的人，我自不會讓妳受委屈。日後需要什麼，只管跟楊嬸說。」暮青說罷就走了。

姚蕙青怔在屋裡，院中梨花已謝，暖風一送，如初夏飄雪。只見少年信步離去，墨髮飛揚，青絲挽了碎梨花。

香兒面頰飛紅，吶吶地問道：「小姐，都督真的不是男子？」

暮青的俸銀大多貼補了將士們，委實沒什麼聘金能給姚家，於是午後她帶上劉黑子和烏雅阿吉到了玉春樓。

一進玉春樓，暮青就喚來掌事，說道：「聽好了，我只說一遍，我要帶蕭芳回府，我知道她是罪臣之女，不可贖身，但我要帶她走，報宮裡、報相府、報盛京府，隨意！誰有意見，讓他來找我要人，你別與我置喙，照做便是。」

這時辰，玉春樓裡的姑娘們都在歇息，掌事的愣了半晌，還以為自己沒睡醒。

暮青看了劉黑子和烏雅阿吉一眼，兩人抬腳就往後園去。

「都督！」掌事的回過神來，趕忙喊住人。

「我的話說得不夠清楚？」暮青冷冷地問。

「清楚！清楚！」掌事的陪著笑。「只是……您犯不著把蕭姑娘帶回府中，若喜歡，常來不就是了？」

「常來給玉春樓送錢？」暮青冷笑一聲：「你倒是提醒我了，我剛才有句話忘了說——除了蕭芳，我還要黃金萬兩。」

「什麼？」

「我看上的人，進玉春樓時好好的，接出去時腿已殘了。這些年來，她沒少為你們玉春樓賺進金山銀山，可除了胭脂水粉、衣裳吃食，連一個銅板兒的月例都沒有，現在她要走了，玉春樓連嫁妝都不備？」

「啊？」掌事的懵了，自古青樓女子想走都是要拿銀子贖身，沒聽說過反倒要青樓陪送嫁妝的。

暮青當然不指望掌事的照辦，她看了眼劉黑子和烏雅阿吉，兩人分頭行事，一人去尋蕭芳，一人去找帳房。

掌事的、龜奴及護院打手全都懵了，聽說過世上有匪，沒聽說過敢搶官家的，還搶得如此明目張膽！

「都督，使不得！玉春樓裡的姑娘皆是罪臣之女，出去了，小的可是要掉腦袋的！」掌事的苦苦哀求。

「你平日裡想必也沒少幹惡事，這顆腦袋早該掉了，十八年後再長出來，記得長一顆忠正純直的。」暮青不為所動。

掌事的見苦求無用，只好使了個眼色，護院忙去攔人。

後院很快就打成了一片，魏卓之去江南前顯然將此事告知了蕭芳，綠蘿推著蕭芳從那間十八年來從未出過的院子裡出來，任劉黑子與護院們在身邊拚殺，兩個女子目視前方，暢通無阻地走到了大堂。

這時，烏雅阿吉取了銀票回來，銀票被裝在錦盒裡，錦盒鑲金嵌翠，他擲給暮青，大笑道：「這盒子不錯，當是利息吧！黃金萬兩，接著！」

暮青接住錦盒，道一聲走，便帶著蕭芳和綠蘿揚長而去。

青州形勢未決，晉王一黨未清，元謙失蹤，元修負傷，草原的形勢不容樂觀，在這內憂外患的關頭，暮青強搶二女入府，姚仕江的奏本和玉春樓的急報一前一後遞進宮裡。元廣拂袖一掃，奏報雪片般飄了一地。

元敏淡淡地道：「如今時局雖亂，卻也亂不過當年，兄長當年尚能沉得住氣，這些年倒越發易怒了。」

元廣道：「此人如同野馬，實難馴服。自從他入朝為官，事情一樁一樁的就沒斷過。」

「皇帝已經長成，修兒在西北民心已穩，江北形勢漸定，朝廷本就該到亂時了。」

「但此人是亂局裡的一把火，想燒的是妳我。」

「那就由他燒吧，到時將黨羽一同肅清了就是，蕭家的根留了這麼多年，也到了該肅清的時候了。他剛入朝不久，竟能跟蕭家搭上，此事必是皇帝出的力。」元敏笑了笑，眸光雖涼，倒無怒意。

元廣冷笑。「皇帝想謀奪朝政，當年蕭家留下的巨財若有，倒是一筆起事之資。」

「皇帝的心思深著，若有此意，也不過是其一。」元敏的目光落在姚仕江的奏摺上，意味深長地道：「英睿的身分存疑，此時娶妻，意圖再明顯不過。只是，此一時彼一時，哀家原想知道，如今倒不急著探究了。皇帝和英睿想瞞著此事，就叫他們瞞著吧。」

近來時局生亂，不宜再添亂事，英睿的身分非但不宜查，還得盡力瞞著。

「英睿是把刀，明刀無妨，兄長不如把心思放在謙兒身上，他才是那支暗箭。」元敏淡淡地看向元廣，她知道兄長不捨，但江山大業與父子之情只能擇其一，這便是帝王家。

謙兒不能活，必須要捨。

第六章

都督娶妻

暮青將姚蕙青和蕭芳都安排在了東苑，姚蕙青住在主屋，她傷了腿，主屋裡有暖炕。東廂是暖閣，門外無階，便於進出，蕭芳便住在了東廂。

「我在軍中時，府裡只有崔家人，有事找他們。」姚蕙青和蕭芳的事，暮青已對楊氏說了。「我的閣樓和書房是軍機重地，侯都尉在前院客房裡養傷，除了這三處地方，府裡可隨意走動。」

暮青簡單地介紹了府裡的人事後，便與蕭芳和綠蘿去了東廂。

人一走，香兒便悄悄地問：「小姐，都督真的是女子？奴婢怎麼有種……姑爺去了姨娘屋裡的感覺？」

姚蕙青正喝茶，聽聞此話嗆了一口。

血影蹲在屋頂，腳下一滑，驚奇地瞅了眼瓦下——這小丫頭該不會有磨鏡之癖吧？

東廂房中，暮青把錦盒交給了蕭芳，這黃金萬兩是魏卓之前段時間給玉春樓的，她都拿回來了，只收一張千兩匯票當酬金，給姚府下聘用。

「蕭家沒了，婚約不作數。日後我是都督府的人，與魏家無關，那些銀票……勞煩都督替我還給魏公子。」蕭芳沒接錦盒，轉著輪椅就去了裡屋。「謝都督救我出玉春樓。」

暮青望著裡屋沉默了片刻，無話可說，便出了房門。

步惜歡正在閣樓裡等暮青，見到人就笑道：「都督真乃官匪也。」

「周二蛋本就是匪。」暮青理直氣壯地把錦盒往桌上一放。「給姚府的聘金有了，剩下的還給魏卓之。」

步惜歡嘆道：「娘子怎麼這麼傻？我問妳，妳去買包子，包子吃了，銀錢給了店家，此時有一惡匪進店，搶了包子又搶銀錢，銀錢如若追回，理該還給店家還是自個兒拿著？」

「自是還給店家。」

「那若追不回呢？」

「自是惡匪留著。」

暮青答完就沉默了，見步惜歡笑意濃郁，頓時無語——包子是蕭芳，魏卓之是買家，玉春樓是店家，惡匪是她。

「那就是了，妳非但不該把錢財還給魏卓之，妳救他的心上人出水火，他理當重金謝妳才是。」步惜歡算得十分清楚。

暮青明白了，這人還記著魏卓之當說客讓她娶兩個的帳。

步惜歡舒心了些，這才拿出單子來，說道：「來，瞧瞧姚府列的聘單。」

姚府剛剛派人送了單子來，暮青在東苑，單子就到了步惜歡手裡。

暮青一看就笑了。「人才！」

單子上所列的聘禮少說要萬兒八千兩，朝中皆知前些日子都督府領了一萬兩的賞銀，姚仕江不多不少，剛好要了一萬兩。

「四品武官的庶女，聘金萬兩，姚仕江可真敢要。」步惜歡把單子往桌上一扔。

「要就給他。」暮青將那張千兩黃金的銀票往聘單上一壓。「只多不少！」

「就是拿著臉臊。」步惜歡替暮青說完後半句，她在玉春樓裡鬧的事，此時必已傳得滿朝皆知了，都督府用從青樓裡搶來的銀錢當聘金，姚仕江怕是會氣得暴斃。

暮青道：「賣女求榮之輩，也就配拿些尋歡之財。」

姚蕙青不在乎閨譽，不妨用這銀錢氣一氣姚仕江，激得他把姚蕙青逐出家門。如此一來，日後姚蕙青有個好歸宿時，姚家才沾不得她的光。姚蕙青救過她的命，她沒什麼可幫她的，只能為她博個前程似錦且無後患的將來。

暮青將銀票交給月殺，吩咐道：「送去姚府，就說我軍務繁忙，沒時間置辦彩禮，讓姚大人自己去買吧！」

月殺接過來便走了。

姚府接到傳話後，姚仕江氣得將銀票揉成一團，卻沒狠心撕碎，一腔怒火無處發洩，便怪罪到了姚蕙青身上，加上妻妾扇風點火，他一怒之下請出族規，列數庶女之罪，將其逐出了姚家。

姚府的告示前腳貼出去，後腳就有宮人高舉賜婚聖旨到了都督府。

「……奉國將軍、江北水師都督周二蛋，文能破案平冤，武能戍邊安邦，操練水師，查察亂黨，功於社稷，實乃棟梁之才。姚氏聰慧蕙質，勇救忠良，賜為奉國將軍之妻。蕭氏貞烈，朕念蕭家過往之功，准蕭氏從良籍，賜為奉國將軍之平妻，特准置兩夫人，欽此！」

廟無二嫡，此乃古訓，三妻四妾是帝王、諸侯才有的特例。依大興律，夫有二妻則誅，妻有外夫則宮，從無兩夫人之例。

這道聖旨一下，朝野議論紛紛，疑皇帝有替蕭家平反之意，恨不得把一道聖旨琢磨出個洞來。

都督府裡的日子卻照過，暮青次日上朝謝恩，下朝後回了軍營，把打理中饋的事交給了姚蕙青。

將士們聽說都督要成親，還一娶就是倆，鬧哄哄地討酒喝，暮青道：「想喝喜酒？半個月後演練比武，頭百名可去，否則肉湯管夠，酒沒有！」

將士們聞言眼冒藍光，操練起來跟狼似的，活似要跟誰拚命。

日子過得快，轉眼到了成親這天。

都督府裡張燈結綵，滿朝文武，暮青一個也沒請，卻有個不請自來的——季延。

後園擠了百來人，季延為首，侯天在後，後面擠著百來個水師精兵。

暮青從閣樓裡出來，雪冠紅袍，束髮如旗，晨風穿廊而過，髮似墨般潑來，氣勢威凌。

「我說都督，這大喜的日子，你板著張臉，可別把媳婦嚇跑了。」侯天痛心疾首，他年紀一把了還光棍一條，這小子一娶就是倆，簡直欠揍！

侯天的傷勢已無大礙，只是傷筋動骨，少說還得養三個月。他的胳膊吊在胸前，以往纏的是素白的帶子，今日換了紅的，襯著那張精瘦黝黑的臉，甚是滑稽。

季延將暮青上上下下地打量了一番，打趣道：「果真人靠衣裝，可惜也就襯出些氣勢來，相貌還是那麼平常。」

暮青道：「小公爺相貌不凡，就是油頭粉面了些。」

「嘿！」季延惱了，剛要還嘴，就聽見一聲傳報。
「聖上駕到──」
眾人一愣，急忙跪迎聖駕。
人潮層層疊疊地矮了下去，暮青抬眼望出林子。
石徑曲幽，梨林遮人，晨風送來慢悠悠的馬蹄聲，步惜歡牽著卿卿慢步而來，天藍石青，他在一樹梨枝後，衣袂舒展如雲，雲中隱現金龍，半張容顏醉了良辰。
兩人隔著人群遙遙相望，一時都有些失神。
那夜，他們拜堂成親，沒有今日熱鬧。今日，她穿著新郎官的衣裳，他卻依舊穿著那夜的龍袍。
「愛卿大喜，朕來道喜。」步惜歡笑道，眸中有藏不住的苦澀情意。
「謝陛下。」暮青裝模作樣地要跪。
步惜歡沒好氣地道：「得了吧！平日裡數妳沒規矩，今日倒要跪朕，成心讓朕折壽？」
暮青腰板一直，當真不跪了。
步惜歡瞥了眼眾人，淡淡地道：「平身吧，今兒是英睿大喜的日子，朕來討杯喜酒，不分君臣，不必拘禮。」

眾人謝恩起身，季延偷偷抬眼，嘴角抽了抽。

聖上喜穿紅袍，此事滿朝皆知，可今日連裡襟都是紅的，也忒不講究了。哪有主家成親，賓客穿喜袍來喝酒的？到底誰是新郎官兒？

「吉時將至，愛卿該去迎新人了。」步惜歡幽幽地把韁繩遞給暮青。

暮青不知該氣還是該笑，對這廝的醋意，她實在不知該如何安撫。

「微臣身不嬌體不貴，幾步路無需騎馬。」暮青說罷就往東苑去了。

東苑裡，幫新娘子梳妝的除了楊氏，還有步惜晟的孀妻高氏帶來的婆子、丫鬟，暮青沒請朝中文武，獨獨請了高氏。

院子裡停了兩頂花轎，屋裡歡聲笑語不絕。

「新郎官來了！」楊氏剛說了句話，瞥見聖駕，忙出門跪迎。

步惜歡道聲平身，望見高氏，目光微暖。

暮青的心也跟著暖了些，恆王府裡沒什麼好親戚，好歹有個長嫂，能填補一分缺失的親情。

「多謝夫人過府幫忙。」暮青對高氏致謝，語氣多了分和善。

高氏笑道：「都是女人家的事，能幫上忙，妾身高興還來不及。」

這時，吉時已到，楊氏喊：「吉時到，新娘子上花轎嘍——」

沒有鞭炮，沒有喜號，穿著喜服、蓋著蓋頭的姚、蕭兩人就被丫鬟扶著上了花轎。暮青步行引路，兩頂花轎跟著她到了花廳。

拜堂時，兩條大紅綢子，新郎官一手牽了一端，左右兩旁都是新娘。步惜歡坐在上首品茶，聽著鬧哄哄的道喜聲，眉頭微蹙。

暮青也覺得彆扭，但實屬無奈，她將步惜歡的神色看在眼裡，一屋子的哄鬧聲全然不在耳中。禮成之後，姚、蕭兩人被送回東苑，前廳開了喜宴。

暮青喚來血影，悄悄吩咐了幾句，囑咐道：「辦好之後，把東西都送進廂房裡，別讓你主子瞧見。」

血影走後，暮青挨桌敬酒，步惜歡獨占一桌，漫不經心地把玩著酒盞，目光隨著暮青在各席間轉著。

季延拉著暮青喝酒，誓要將她放倒，被暮青一句「我不會飲酒，你贏了」給堵懵了。

侯天內傷剛好，暮青只許他喝三盅，沒喝盡興的侯天和季延嚷嚷著要去練武場比試。

到了練武場，侯天在臺下看著，其餘人上去和季延打鬥。眾人皆醉，打起架來似孩童摔角，打到後來，一群人橫七豎八地倒在練武臺上睡了。

五月中旬，盛京已暖，少年們這一睡，醒來時已是傍晚，於是嘻嘻哈哈地回到前廳接著吃晚宴。

晚宴過後是重頭戲——掀蓋頭，鬧洞房。
暮青卻道：「都散了吧。」
「酒沒喝痛快，洞房還不給鬧？」季延不幹，但看見暮青涼颼颼的目光，只好退了一步。「好歹掀個蓋頭，給我們瞧瞧新娘子吧？」
「我媳婦，你瞧什麼？」暮青不肯，她並非真成親，姚、蕭兩人日後若能尋到良人，這蓋頭還是讓她們的心上人揭吧。
季延打趣道：「你這小子這就知道護著媳婦了？」
侯天拐了拐暮青，擠眉弄眼地問：「都督豔福不淺，今夜打算去哪位夫人屋裡？」
暮青面無表情地道：「一起。」
侯天頓時嗆到，季延哈哈大笑，水師少年們面頰飛紅。
步惜歡攏袖倚在門口，睨著暮青，嘴角噙笑。「愛卿屋裡的床榻可夠寬敞？」
暮青還沒說話，步惜歡又道：「朕醉了，借愛卿府裡閣樓歇一宿，反正愛卿今夜洞房花燭，宿在東苑。」
說罷，步惜歡便頭也不回地走了。
此時月已升空，皓月掛在梨樹枝頭，男子踏著石徑向月而去，紅袖舒捲，風姿勝過瑤池中人。

暮青苦笑，這醋真是釀酸了。

暮青不許人鬧洞房，眾人只能回府的回府，回客棧的回客棧。月殺將高氏送回了將軍府，人去屋靜，暮青道：「人都走了，妳們倆還蓋著蓋頭，看來是不嫌累。」

姚蕙青和蕭芳一同揭了蓋頭，姚蕙青笑道：「這一日已是從簡了，竟還這般累人。」

蕭芳把蓋頭搭在膝上，手從袖下翻出，手裡竟還握著本書。

「梳洗歇息吧。」暮青道，成過親了，事兒就算辦完了。

暮青出了東苑，直奔後院廂房，半晌後出來，又進了灶房。

今日擺了兩頓喜宴，步惜歡卻只動了幾筷。暮青到灶房裡煮了粥，蒸了魚，炒了素菜，熬了湯，這才上了閣樓。

步惜歡看著手箚，聽見腳步聲頭都沒抬。「新娘子坐了一日，想必腹中飢餓，都督親自下廚，不妨送……」

話沒說完，一幅衣袖入眼，華錦為底，上繡金鳳，紅火喜慶，甚是眼熟。

步惜歡仰頭，見暮青立在他面前，鳳繡帶，牡丹裙，一襲戲裡的紅裝，正是兩個月前拜堂時穿的那身。

燭光在男子的眉宇間一躍一躍的，許久後，步惜歡將暮青攬入懷中，深深地嗅著她的香氣。

暮青笑道：「有什麼好聞的，一身的灶火味兒。」

步惜歡一笑，洩了氣似的。「胭脂香混著灶火香，的確不好聞。」

暮青扭頭去擺碗筷，步惜歡忙執起裙袖又聞了聞。

暮青冷冷地道：「不是不好聞？」

步惜歡笑吟吟地道：「但為夫喜歡。」

此話悅耳，暮青的嘴角揚了揚，說道：「用膳吧，新娘子確實腹中飢餓。」

「娘子坐。」步惜歡拉開椅子，暮青為他盛了碗湯。以往都是他為她布菜，今夜她難得殷勤，他嘗了一口，嘆道：「比喜宴好吃多了。」

暮青見步惜歡舒心了些，又夾了筷魚肉，連刺都細心地挑了出來。

一頓消夜用了半個時辰，步惜歡心滿意足，嘴上卻矯情了起來。「都督今夜不回東苑？」

暮青嘶了聲：「沒完了？這婚可是你賜的。」

步惜歡道：「是元敏賜的，但兩夫人的旨意是我下的。沂東的百姓卻還記著蕭家之功，還蕭芳良籍，百姓自會記在心裡，元家把民心送到我手裡，為何不收？但此間事，若能使性子，我寧願不收這民心。」

沂東遠在東南，變數太大，絕不是靠一道聖旨就能收到囊中的。可她練兵是為助他謀奪江山，他又怎能不將心思放在大局上？但他放了，真到了成親這日，心裡竟悶得緊，她拜堂時，他連看一眼都覺得呼吸不暢。

「這樣的事，日後可別再來第二回了，為夫真會受不了的。」步惜歡將暮青擁到懷裡，他一生從未失過理智，可若再生一回這樣的事，想必他不會再有今日的理智。世間事皆需取捨，唯獨她，一根頭髮他都不捨。

「你想多了。」暮青說罷，命人將飯菜收拾了下去，而後冷不防地道：「我要去廂房沐浴，一起不？」

問罷，不待步惜歡回神，她便牽起他的手下了樓。

皓月當空，瓊枝滿園，西廂裡燭光暖黃，一座織錦屏風立在門口，燭光照得屏風雪亮，與滿園瓊枝呼應，景致之美，令人屏息。

暮青拉著步惜歡進了屋，剛轉過屏風，步惜歡就愣了。

屏風後置著只鴛鴦浴桶，周圍點著一圈喜燭，形似兩顆仙桃，湯霧氤氳，燭影搖紅，夜深夢長，望之醉人。

暮青有些緊張，今日見步惜歡不太開懷，她搜腸刮肚也想不出浪漫的法子，唯一想到的就是燭光浴。

這法子忒土，但看他的神情，似乎……效果還不錯？

「這是什麼圖？」步惜歡望著喜燭擺出的兩顆仙桃問，目光柔極。

「兩顆在一起的心。」暮青將步惜歡的手翻過來，在他的掌心裡畫。

步惜歡怔了怔，擺畫人心雖然聳人聽聞，但的確像她會做的事。他見過她剖屍取心，畫的心比起真的人心來，竟有些可愛。

兩顆在一起的心……

步惜歡揚了揚唇角。

「喜歡？」

「甚合心意。」

此話安了暮青一顆懸著的心，心裡灌滿了蜜。

步惜歡牽著暮青的手邁過喜燭，兩人寬了衣袍，入桶共浴。

香湯水暖，暮青隔著湯霧瞅著步惜歡，見他入了水竟還穿著中衣，不由皺眉。「你一定要穿得如此嚴實？」

步惜歡笑了聲，知道她只是怕他忍壞身子，嘆道：「為夫又何嘗不想占著娘子，此生不離？奈何……神功未成，只能苦忍。」

暮青愣了愣。「何意？」

步惜歡撇開臉，神色有幾分彆扭。「就是……神功大成之前不可破純陽之身。」

暮青又愣了愣，半晌後，哦了一聲。

這麼大的事，這人從前可從未提過，她一直以為這廝每每苦忍是在等親政成婚的那一日，鬧了半天還有此等緣由？她大抵能猜知他為何早不肯說，純陽之身說得好聽，不就是雛兒嘛！以荒淫聞名天下的人竟是個雛兒，這廝是怕她笑他？

暮青不想取笑人，但她還是沒忍住揚起了嘴角。

步惜歡看著暮青難得一見的明媚笑顏，不由氣惱，小沒良心的！不是見她常擔心他，他何至於提這茬？

看來，百日之期後，他真得抓緊練功了。

暮青也想抓緊練兵，於是次日一早，她便將府裡的事交給姚蕙青，而後帶人出府，快馬回營。

此後，軍中就忙了起來，一忙就忙到了六月下旬。

六月二十二日這天，是暮青十七歲的生辰。

這天夜裡，青州的消息傳來，青州刺史壽誕之夜，總兵侯承業前去赴宴，被喬裝成小廝的吳正當場刺殺，青州刺史配合吳正將侯承業的心腹將領射殺在府中，故意放走一人逃回軍中報信，侯承業的副將得到消息後率軍出營，孤注一擲夜攻青州城。

青州軍中，吳正的舊部趁侯承業的親信部眾出營之機，斬殺了其餘親信，控制了青州軍大營，並連夜點兵出營，把攻打州城的三萬兵馬包了餃子，侯承業的副將被射殺在城下，殘餘皆降。

一夜之間，青州軍就完成了兵權的交替，吳正接掌州軍，兵權回到了朝廷手中——確切的說，回到了步惜歡的手中。

這無疑是最好的生辰賀禮，暮青將密信交給月殺，命其處理掉。信剛遞出去，暮青便怔住了。

接過密信的人一身親衛軍袍，眉眼是月殺，但那手絕非月殺的。

「……你怎麼來了？」暮青怔了好一會兒才問。

那人一笑，說道：「娘子生辰，為夫怎能不來？」

暮青笑了笑。「你出來，城裡可安排妥當了？」

「天亮城門換崗前回去。」此刻已是三更，水師大營離京師有三十里，算算回城的時辰，他與她相聚的時間只有一個時辰。

一個時辰，不足以慰藉相思，但哪怕只是見上一面，他也想來。

步惜歡牽起暮青的手，笑道：「走，我們出營。」

斷崖山頂，山風徐徐，樹蔭遮月，軍營裡星火點點，排列如棋，蔚為壯觀。步惜歡和暮青立在崖頂，如在九霄之上觀天地星河，心境豁然。

「來，坐。」步惜歡在崖頂尋了棵老樹，將披風鋪在地上，帶著暮青坐了下來。

老樹蒼勁，枝向崖邊，兩人並肩而坐，步惜歡從袖中拿出只木盒來，盒裡放著支簪子。

簪子以竹為形，還沒做好，暮青以為步惜歡帶她上山會說些情話，沒想到他坐下後就低頭專心打磨起了髮簪。男子的手清俊修長，上頭覆著一層木屑，剛被崖風吹散，又覆上了一層……

半個時辰後，步惜歡執著簪子瞧了瞧。

「給。」遞給她前，他吹了吹木屑，又拿帕子擦了擦。

暮青接到手中，對著月光賞看，只見簪子以竹為形，簪頭嵌翠，翠玉雕以竹葉之形，甚是精巧。簪頭之下，簪身烏紫，打磨得平滑精細，如一枝烏竹生著翠葉，煞是好看。

步惜歡道：「頭一回雕，費了些時日，簪骨沒來得及打磨好。」
暮青轉頭望去，見細碎的月光灑在男子的眉宇間，靜若夜湖。
「沒過子時。」暮青笑道，不晚，她的生辰還沒過。
步惜歡笑了笑，露出些許懷念的神情。「此玉是從母妃的簪子上取下來的，那簪子是母妃的嫁妝，有些女兒氣，不襯妳，我取下重雕，想必母妃不會說不好。」
暮青愣了愣，不知該如何接話，只覺得百般滋味在心頭。簪頭之玉取自母妃的嫁妝，那簪身應是取自兄長王府裡烏竹吧？
母妃、兄長和他，他給了她最珍視之物。
步惜歡瞧著暮青動容的神色，將她冠上銀簪取下，把翠竹簪子簪入了冠中，說道：「但願妳在世間還有親族在。」
暮青沒說話，能不能查到其實無妨，有他和兄長，她已知足。
「生辰永樂。」步惜歡盤膝坐在樹下，笑容比夏風還暖。「願能歲歲為卿簪首，度百年，至白頭。」
暮青只笑不語，兩人就這麼在樹下坐著，上承天河，沐著夏風，直至到了分別的時辰，才牽著手下了山坡。
暮青上了馬背，卻沒捨得離去，一直在官道上目送著步惜歡遠去，直至他的背影被夜色所吞……

這天之後，練兵照舊，不時有邊關的消息傳來。

元修受傷，顧老將軍接手了軍務，西北軍按兵不動，未再干預過關外的局勢。

暮青不解，烏那和月氏歸順了狄部，戎部歸順了勒丹，草原五部各有信仰，滅族之仇和信仰矛盾必然存在，元修不能出戰，未必沒有離間計能干預草原局勢，可西北仍然一兵未動。

六月三十日，魏卓之回到了京師，九名將士的遺體已運回故土安葬，追封的旨意和撫恤銀皆已送到。

七月初三，關外桑卓節將至，勒丹王修書狄王，盼暫停戰事，賽馬摔角，共祭山湖，呼延昊應允。

七月十六日一早，兩部兵馬各據桑卓山口，大軍陣前，王帳大敞，狄王和勒丹王坐於帳中遙遙相望。祭祀過後，摔角賽馬，兩部族各拚本事，互有輸贏，氣氛雖劍拔弩張，卻一直相安無事，眼看著比試臨近尾聲，殺機突生。

比賽馬球時，勒丹金剛多傑忽然策馬馳衝狄部王帳，狄軍欲拉弓射敵，烏那降部忽然叛變，斬殺弓手，致狄軍生亂。

呼延昊斬開王帳出逃，多傑率軍追進塔瑪大漠，在塔塔盆地遭遇機關箭陣和狄軍的伏擊，烏那叛部被斬殺於大漠之中，多傑率小股殘部突出重圍，失蹤於大漠深處。

勒丹王沒料到呼延昊早知烏那有叛心，竟以王軍將士為餌，誘敵中計。勒丹失了金剛部眾，再受重創，狄軍乘勝追擊，勒丹連戰連敗，兩個月後，退至草原北部苟延殘喘。

九月二十日，水師軍中大比，章同升任東大營軍侯，侯天任西大營軍侯，老熊任南大營軍侯，莫海調往北大營任軍侯，盧景山任一營都尉。除此之外，劉黑子、烏雅阿吉和湯良皆領了都尉之職，軍中有一半將領成為了暮青的嫡系。

在安排軍職時，暮青和韓其初將幾個難以融入水師的西北軍舊部安排在了嫡系營區內，如此一來，即便有人叛離，也不會鬧出大亂。而兩座由西北軍舊部統帥的營區內，則安排了幾個處事穩重的新將領，此舉為的是寬老將之心，若兩座營區內一個新將領也無，難免有親疏分明之嫌，若新老將領人數相當，則易分成兩派，有爭權之弊。且新老將領共事，難免會生摩擦，新將領處事穩重才不至於與老將們起大衝突，致使軍中生亂。

挑選人才、考量制衡、防患於未然，中軍大帳裡的燈火常常五更才熄，一連十日，江北水師終於做出了全域調整。這是韓其初為水師提出的最具有全域觀、目光最長遠的部署，多年以後，回想今日，暮青仍然慶幸當年之策。

十一月初五，盛京入了冬，西北下了第一場雪。

這場雪下得正是時候，勒丹縮在草原北部苟延殘喘，入冬大雪封關，草原進入了休戰的季節。勒丹王想著，部族休養半年，許能重整旗鼓。

這天夜裡，風嘯狼號，雪大如毛，勒丹兵都進了冬帳。冬帳裡生著火盆，風雪從瞭望口裡灌進來，一個勒丹兵瞅了眼外頭，思忖著這雪若下一夜，明早外面怕是馬都跑不起來。

他一邊想著，一邊轉身要去烤火，一把彎刀忽然從瞭望口外刺入，一刀刺穿了他的面部，抽出時，血潑了帳子。

幾個圍著火盆的勒丹兵驚住，一人欲吹響角號，帳簾忽然被掀開，風雪灌入，勒丹兵們覷眼的工夫，披著雪裘的狄兵衝了進來，刀起刀落，血濺火盆。

這夜，沒人說得清是哪座冬帳裡最先死了人，也沒人說得清火是從哪座帳子裡燒起來的，只知狄兵有備而來，穿著狼皮袍靴，披著雪裘，而勒丹人驚慌失措地從冬帳裡跑出，迎接他們的是寒冷刺骨的風雪和森寒鋒利的彎刀。

夜黑吞月，風雪殺人，無數逃出部族的勒丹百姓凍死在了草原上，而勒丹王族由王軍護衛著突出重圍，逃向嘉蘭關城，路上遭遇伏殺，天亮時只剩五千殘兵。勒丹王族出逃時沒顧得上帶冬帳氈毯，突圍時偏離路線，進了塔瑪大漠，雖數次逃過了狄軍的圍剿，卻沒抵得過大漠的寒冷和狼群的襲擊。

三日後，僅剩千人的王軍和勒丹王族凍死在了沙漠裡，屍體遭到了狼群的啃食。

十一月初八，勒丹覆滅，自暹蘭古國遭遇黑風沙，暹蘭大帝率百姓遷徙到烏爾庫勒草原後，五族分立長達七百餘年的時期宣告終結，草原一統。

十二月初八，呼延昊稱帝，定國號為遼，年號真武，史稱真武大帝。

十二月十五，遼帝遣使入關，向大興遞交求親國書，望結姻親之好。

十二月三十日，和親聖旨下到了安平侯府，安平侯府張燈結綵，大宴賓客。

◇

這日傍晚，暮青回到都督府，與姚、蕭兩人用了年夜飯，飯後去了後園。

步惜歡等在閣樓裡，今兒是除夕，他來陪暮青守歲，暮青卻沒心思溫存，見了面就說道：「元謙還沒消息。」

這半年多來，朝廷收了青州的兵權，清剿了亂黨分舵。晉王被關押在天牢裡，朝廷要脅嶺南王進京，嶺南王料定朝廷承受不了晉王死於天牢的後果，因此拒不來朝。但他也不敢起事，朝廷和嶺南就這麼僵持，而元謙一直沒有消息。

「不必尋他，他自會現身。」步惜歡道。

暮青問：「你是說觀兵大典之時？」

步惜歡道：「和親人選已定，呼延昊必會來接和親之女出關，當初約定由妳送嫁，因此他來京的時間必在觀兵大典之時。他重視和親是假，與晉王一黨勾結，另有所圖才是真。來年三月，水師閱兵、遼帝來京、和親送嫁，想想都知道京城裡該有多熱鬧，這等渾水摸魚的大好時機，元謙怎會放過？」

「元家也能猜到元謙會在那時現身吧？」

「自然。呼延昊入京是有所圖謀，元家也需要他將元謙引出來，因此朝廷定會同意遼帝入關。」

說白了，各取所需罷了。

暮青沉默了，許久後才問：「西北軍一兵未動，元修似乎在等草原一統的這天，你說……他會不會也料到了元謙會在何時現身，因此才未干預關外局勢？」

步惜歡嘆了聲：「元修視元謙為大哥，他心裡憋著許多話，想等元謙現身親口問一問，也在情理之中。」

暮青理解元修的苦，不想站在國家大義的高度上去評判他，只是她所認識的那個元修不像是會眼睜睜看著呼延昊稱帝的人，而今他做了，她心裡有說不出的擔憂。

步惜歡從瓜果盤裡挑出顆花生擱進暮青手裡，笑道：「今兒是除夕，妳我成親後頭一年守歲，不想這些事了。」

暮青看著掌心裡白白胖胖的花生，心不在焉地應了聲。

想想去年除夕夜時，朝局還如一潭渾水，今年就四方待動，大戰近在眼前了。

暮青過了個憂心忡忡的除夕，正月十五，大遼遣使送來了國書，遼帝懇請明年入關，親自接和親之女回遼。

如步惜歡所料，朝廷准了，事情就這麼定了下來，只等三月——元修還朝，遼帝入京，水師閱兵。

三月初十，鎮軍侯、西北軍大將軍元修率三萬精騎護送遼帝的帝駕入京，半個月後，進入京畿地界。

三月二十五日傍晚，西北軍三萬精騎及遼帝的帝駕駐紮於盛京城外五十里處，只待次日入京。

當晚，江北水師大營裡，十步一崗哨，百步一巡邏哨，哨樓高處四面值守，燈火密布，夜風從崖頂而來，肅殺逼迫。

大澤湖岸邊，暮青策馬巡視著湖面，湖上有衝鋒舟在穿行，舉火的、踩槳的、撈冰渣的，來回穿梭，行如流火。

離觀兵還有五日，夜裡湖水易結冰渣，這幾日軍中夜夜打撈，以保障觀兵當天戰船通行無阻。

朝廷興建水師的目的是用於江南戰事，觀兵不為看花把勢，因此觀兵大典就在大澤湖岸舉行。屆時，興、遼兩國的帝駕和文武百官會前來觀此盛事，元廣防暮青起事，將西北軍安排在了離水師大營僅二十里處的後方。前有驍騎營，後有西北軍，兩軍皆是騎兵營，合共有八萬精銳，若觀兵大典上水師有異動，兩軍前後馳衝，對水師來說將是滅頂之災。

暮青倒是盼著朝中把布防都放在水師上，如此才方便步惜歡在京師動手。

這時，一艘小舟來到岸邊，精兵們將冰渣往岸上運，暮青喚來小將詢問湖面上的情況，並未留意崖上有道人影立在樹後。

月如銀鉤，懸於樹梢，樹下之人裹在墨錦披風裡，崖風自湖面拂來，披風獵獵翻捲，隱約可見銀甲如霜。

那人定定地望著湖岸，時隔一年，她在京師練兵、遇刺、娶妻，他在西北戍邊、遇刺、養傷。而今相見，只隔一湖，他在蕭蕭樹影裡，她在燈火煌煌處，沉沉山湖，碎影如幻，近雖近，遠更遠。

馬蹄聲由北馳來，月殺馳到暮青身邊稟了幾句話，暮青便往軍帳去了。

黑袍人向北望去，直到暮青的身影看不見了才低下頭。崖風捲著衣袂，林中枝葉颯颯，一根老枝被崖風吹斷，晃晃悠悠地打著樹身，男子忽然將其折下，揮臂擲入了林中，斷枝刺穿了三丈外的一棵老樹，指著樹後之人。

幾名王兵拔刀護駕，樹後之人耳環上的鷹目血紅銳利。「大將軍百步穿楊，卻只刺穿了樹身，是功力大不如前呢？還是對孤王手下留情了呢？」

崖風陣陣，老樹的枝椏搖如鬼手，元修望著呼延昊，人在黑袍中，一言不發。半晌後，他走入樹林深處，冷沉的聲音隨風送來：「你還能活五日。」

呼延昊笑了聲，聲音落下，元修已經走了。他負手走到崖邊，望向暮青策馬離去的方向，喃喃地道：「還有五日，妳就是孤王的了。」

次日，元修帶五千精騎護送遼帝入京，暮青在軍中為觀兵大典忙碌著，一忙就忙到了三月二十九日，觀兵大典前夜。

這幾日和風無雨，湖水昨夜就不結冰了，但湖上依舊有巡視船。暮青到岸邊查看了一圈兒，回到軍帳後，月殺來送薑湯，她望見那端湯碗的手，抬眼問道：「你怎麼這時候出城？莫不是今夜難眠吧？」

步惜歡笑了笑，悵然地道：「許是吧，二十年了……成敗只在明日一舉。」

暮青喝了薑湯，披上大氅，拉著步惜歡就往外走。軍中四處是忙碌的人影，兩人馳出軍營，來到斷崖山頂，崖風蕩著她的氅衣，將她的話語送入他耳中。

「是輸是贏，我都陪著你。」輸了，無非是從懸崖上跌下去，縱是粉身碎骨，他的屍骨旁也會伴著她的。

男子看著她，漫天的星辰都在眸中，他打趣道：「就不能說些好聽的？旗開得勝，大業必成，這才是吉利話。」

暮青把頭一扭。

步惜歡捏了捏暮青的手心，笑道：「為夫倒有句好聽的話，娘子可想聽？」

「不想。」

「正經的。」他湊近她耳邊低語了一句。

暮青一愣。「當真？」

步惜歡笑道：「三日前。」

他神功大成了！

自去年她生辰後，他便一心練功，有意避著溫存之事，竟真趕在觀兵前夕大成了。

暮青道了聲恭喜，步惜歡笑了笑，怕她今夜憂思難眠，他才特意來了趟軍中，終於聽她說了聲恭喜，他卻又忍不住逗她。「這話可不像娘子說的，為夫還以為娘子會說總算能圓房了。」

暮青瞪了步惜歡一眼，扭頭就走，逕自下山回了營。

步惜歡立在崖頂遠眺軍營，如觀天下棋局。

二十年之待，只在明日一舉。

第七章

観兵立后

元隆二十年三月三十日，晨。

大澤湖岸修築了高臺，興、遼二帝同登高臺，共賞盛典。

文武百官坐於高臺兩側，坡上旌旗獵獵，御林軍、西北軍披甲執刀，昂首北望。

北邊築了座方臺，軍師執旗一揮，小將見旗而動，擂響了戰鼓。

一聲鼓，響若雷震雲霄，南邊湖岸隱隱可聞腳步聲。

陽春三月，崖高湖青，水天一色，一軍自湖道彎處行來，銀甲青袍，銀槍戰靴，碾著沙石，一步一踏，步聲齊若擊鼓。

二聲鼓，勢如猛獸嘯江，水師漸近。

只見三列大軍並行於岸，中列扛著一桿雲天大旗，左右兩列聞鼓揚槍，紅纓烈如流火，銀槍似箭，勢如破日。

三聲鼓，威如鐵築山河，水師已至高臺前。

大軍停步，轉身，收槍，驚心的齊整！

中列扛旗而出，行出十步，定身立旗，大旗立在高臺前正中央，青旗迎風而展，氣勢如虹。

築臺上，軍師再次揚旗，戰鼓擂起，一匹戰馬馳來，馬蹄踏著湖岸，急如白電，快得模糊了馬背上的人影。

神駒馳到高臺前未停馬蹄，馬背上的人直躍而下，任馬馳銜而去，來人跪於軍旗之前垂首抱拳，揚聲道：「臣江北水師都督恭祝聖安，萬歲萬萬歲！」

話音落下，大軍山呼，軍威錚錚，餘音不絕。

步惜歡目光暖柔，腔調慵懶：「水師有如此軍威，愛卿功不可沒。」

「微臣得沐皇恩，理當鞠躬盡瘁。」暮青垂首道。

步惜歡渾身彆扭，沒好氣地道：「愛卿別拘禮了，怕是百官此刻跟朕一樣，聽得渾身難受，平身吧！」

暮青率軍平身，這才掃了眼高臺，只見元修侯袍加身，人清瘦了許多，眉宇間鬱色沉沉，朗朗之氣已如往昔。

兩人目光相接，她的憂色沉沉，他的猶如沉淵。

一年未見，她依舊那麼直白易懂，他卻難再回到當初。

巫瑾也在，他隨軍從西北歸來，未沾半分苦寒之氣，依舊那般清冽出塵。

此時此地不便敘舊，暮青朝兩人頷首致意的工夫，韓其初再次揚旗。

暮青北望，翻身上馬。

呼延昊的目光釘在暮青背上，他已稱帝，這女人還是這麼輕視他。

這時，只聽軍號聲從南邊傳來，雲天青青，湖天一色，百艘衝鋒舟從平闊的湖面駛入月牙灣，將士踩槳，舟行如梭，如尖刀刺破湖天。

築臺上，旗語變動，鼓聲見旗而擂，號聲見旗而奏，戰船變換陣型，時若魚鱗，時若鋒矢，時若長蛇，時若雁行，靈活熟練，一派精軍之相。

號聲落下，鼓聲擂起，忽見遠處有大船駛來，戰船高闊，將士披甲，前有盾列，後有精弓，刀槍雪寒，軍威迫人。

百官正驚嘆著，忽見崖壁上有什麼東西急懸而下！崖高十丈，滾下之物轉瞬垂落，定睛一瞧，竟是繩索。

高臺上，有武將指著崖壁驚呼一聲！

只見約莫十人蹬崖而下，急若跳崖，離大船尚有丈許便鬆繩躍，落到帆上，乘帆滑至甲板，起身時將繩索隨手一扔，走向船頭。

百官定睛一瞧，十人披甲戴盔，赫然是江北水師的將領。

「好！沒想到才一年時日，水師竟操練得如此精銳，看來還是相爺慧眼識珠。」

「英睿都督是侯爺的舊部，所謂強將手下無弱兵，此乃常理。」

百官紛紛出言恭維，這時，大小戰船已駛到高臺附近，等待帝駕觀閱，正在這隊形變換的時候，湖上忽生事端！

只見湖面上忽然冒出數百個黑衣蒙面人，扯住千里船上踩槳的水師精兵，將人一拽，撲通一聲，水花四濺！

「怎麼回事？」百官起初以為是演練節目，可當聽見鼓號聲驟停，大小戰船上的將士皆因此變而驚住，群臣心裡才咯登一聲！

「刺客！」

「保護相爺！」

「護駕！」

高臺上一片混亂，元修卻沒有動，西北軍靜觀其變。

呼延昊抬手，剛拔出彎刀的王師便退下了。

步惜歡托著腮望著湖面，眸底波瀾不興。

湖面上水戰已起，幾人卻不約而同地望向臺下。

暮青坐在馬背上，沒有任何指示，大軍未聞軍令，無人喧譁，無人擅動，無人驚慌。年輕的將士們軍姿挺拔，如高山上的哨崗。

章同在最前方的船上，事出突然，眨眼間十艘衝鋒舟上的人便被拖入水中，黑衣刺客們奪船撞向衝鋒舟陣。此舉看似找死，但四面都是水師，大船上有箭不能發，實乃制敵之策。

見此情形，章同抬手，連發三令！

一發口令，百人下水，圍住大船，以防有人潛在湖底鑿船。

一打手語，盾列不動，弓列退後，刀列上前，以防奪船隻是聲東擊西，湖下藏著的人會冒出攀爬大船。

一打旗語，命被拖下水的將士往大船後面游，清出前方水域。三令下達後，水師兵勇扎入湖中，個個身似游魚，湖面浪花不生，而船甲上陣列變換，齊得晃眼。

這時，被拖下水的兵已向大船上游去，初春水涼，水師的兵身穿甲袍，竟游得飛快，一個個梭子似的。船上降下木梯，兵勇們三兩下便攀上了船，動作那叫一個俐落。

前方陣中，那十艘衝鋒舟橫衝直撞，水師們踩著船槳避開了碰撞，變換陣型，欲待合圍。

章同忽然命令：「棄船回撤！」

衝鋒舟雖不知合圍之策有何不妥，但軍令如山，不可不遵。

刺客們卻看穿了水師之意，先一步棄船入了水。

章同目光一沉，又發兩令！

一名小將奔向船尾，向後方發旗語，兩艘大船聞令駛進。三艘戰船並列，船首的弓手列陣拉弓，箭矢向著衝鋒舟齊射而去！那些並非普通箭矢，上面引著繩索，箭矢扎入船頭，衝鋒舟上即刻便有人將繩索解下在船頭繫牢，隨後攀上繩索，往大船上渡去。

只見百條繩索連著戰船與衝鋒舟，水師的兵攀在繩索上，引身上行，身手之敏捷，動作之迅速，令人目不暇接。

高臺上靜了下來，這一幕戰船相連、百索渡人的壯景令百官目瞪口呆。當數百名刺客從湖裡冒出頭來時，衝鋒舟上已經空了。再看戰船上，森冷的箭矢正對準湖面，只待射殺的軍令。

這時，築臺上傳來鳴金收兵之音，船上的將士們望向湖岸，湖水裡傳來哄笑聲，那數百名刺客扯下面巾，為首的竟是劉黑子。

「劉都尉？」

「這演哪一齣呢？」

韓其初自築臺上下來，到暮青身邊站定，少頃，大小戰船駛來岸邊，將士們下了戰船，劉黑子上岸稟道：「報都督，演練項目已完成！」

四大營的軍侯隨後上岸，侯天直翻白眼。「我說都督，軍師，不帶這麼玩兒的！末將們咋沒聽說有演練？」

韓其初只笑不語。

暮青道：「若事先告知你們，我怎知操練了一年，你們練出來的是花架子還是真本事？」

侯天問：「那都督倒是說說看，咱們是花架子還是有真本事？」

暮青目光欣慰，笑道：「幹得好。」
將士們聞言昂首挺胸，袍甲溼答答的，竟沒人打哆嗦。
章同笑道：「黑子演得不好，若真是敵軍，怎看得懂我們的旗語？」
湖裡一冒刺客來，他就覺得奇怪，軍營裡布防嚴密得連山雀都飛不進來，刺客是怎麼潛進來的，還在水裡憋了這麼久？
自大典開始到戰船駛進月牙灣，沒人能在水裡憋那麼久，除非躲在崖壁底下，這時節崖壁上的草還是枯黃的，尋根草桿便可呼氣。
水師練過潛水偽裝，這是基本功。
因懷疑刺客是自己人，他才下令，命衝鋒舟上的人棄船入水，此乃兩全之計，若刺客不是自己人，那麼棄船後，衝鋒舟上只剩敵軍，萬箭齊發便可殺敵。若刺客是自己人，自會摘了面巾表露身分。
但他沒想到刺客會先一步入水，顯然是看懂了旗語，那八成是自己人了。因此，他命所有人上船，果然，在萬箭齊發的當口，收兵的軍令便從岸上傳來了。
暮青道：「事出突然，能識破綻，能行軍令，能設計謀，章軍侯已能為將了。」
「都督就知道誇章同，好像末將們沒瞧出來似的。老子當時就納悶兒了，這可是江北，除了咱水師的人天天恨不得變成水鴨子，能有哪路人馬個個都是潛水的好手？」侯天將劉黑子鎖著脖子攬了過來，問道：「你這小子老實交代，是不是藏在崖壁那兒了？」

劉黑子靦腆一笑，算是默認了。

「行啊，你們工夫見長啊！一大早就貓那兒了，有大半個時辰沒？」侯天嘖嘖地問，劉黑子的水性在軍中若稱第二，沒人敢稱第一，他當了都尉後，手下一個營的兵都他娘的跟水鬼似的，一個比一個能潛，是都督專門為他組建的。

劉黑子撓了撓頭，依舊靦腆地笑著。

百官聽明白了，鬧了半天是有人把自己的將士們蒙在鼓裡，在觀兵大典上來了齣實戰演練。

如此大事，理該事先告知朝廷，不過話又說回來了，如若提前知曉，今日就難有這驚嘆之感了。

今日觀兵，江北水師一鳴驚人，一支操練了僅僅一年的新軍，本以為能有花架子就不錯了，沒想到竟有真本事。兵勇聞鼓而行，見旗而進，聞金而收。將領遇敵不亂，能識破綻，能明形勢，能制兵策。全軍軍容整肅，軍紀嚴明，儼然是一支精軍。

若再讓這支精銳之師的刀鋒上沾沾血，恐怕想不揚名天下都難。

相爺真打算卸磨殺驢？周二蛋是個能臣，若再讓他帶幾年兵，江南興許……

但也保不齊再讓周二蛋領兵幾年，江北水師會成為他的私軍，趁早換將，也未必是壞事。

百官各懷心思，暮青從馬上躍下，率眾將士跪稟道：「啟奏吾皇，江北水師操練一年期滿，四營諸將皆在，請陛下檢閱！」

步惜歡一笑，目光含怨，她連他都瞞著，想必是想給他個驚喜。他確實驚喜，一年練出一支精軍來，除了未經戰事，論軍威、軍紀，比龍武衛強得不只一星半點兒。

初春的湖水雖已化凍，但湖岸的地上還涼，步惜歡不忍暮青久跪，因此諸般情緒只在心頭一掠，便要讓她平身。

這時，忽聽一聲大笑，呼延昊走到高臺前，低頭望著下方率領眾將跪著的人，讚道：「精采！不愧是孤王看上的女人。」

這聲女人，如同平地一聲春雷，高臺上下頓時一片死寂！

百官以為聽岔了，可循著遼帝的目光移到高臺下——沒錯，遼帝正是在跟二品奉國將軍、江北水師都督周二蛋說話。

暮青被無數目光盯住，卻面色平靜。

今日舉事，練兵已成，何懼之有？

「草原上的女人如同牛羊，但孤王的女人貴為閼氏，尊貴無匹，可願跟孤王回大遼？」呼延昊問。

「遼帝陛下此話何意？」這時，一位老臣站起身來，問罷遼帝，又問暮青：「英睿都督，遼帝何意，難道都督不該解釋解釋？」

但呼延昊尚未開口，步惜歡就睨著那老臣問：「朕死了嗎？容得老國公質問朝中重臣？」

寧國公一驚，他致仕多年，已久不上朝，雖知聖上一直在韜光養晦，卻沒想到今日會顯露鋒芒。

鄭小姐一案後，昭兒受了冷落，至今在府中思過，期間病了兩回，宮裡和相府都未過問。可侯爺一回京，相府就命國公府陪賞觀兵大典，看來沒打算斷了親事。他只有昭兒一個孫女，看著她日漸憔悴，難免關心則亂。水師操練之期已過，相府要卸磨殺驢，正巧遼帝之言古怪，因此他才想藉機給相府遞刀，沒想到犯了皇帝的忌諱。

「聖上明鑑，遼帝之言荒謬，老臣以為英睿都督有必要解釋清楚，才不負聖上信重。」寧國公跪稟。

步惜歡冷笑一聲：「看來寧家是真當朕死了，朕要誰解釋，難道不會下旨，還需你寧國公來做朕的主？」

寧國公抬眼窺向龍顏，君臣目光一接，皇帝起身走來。他行得緩，玉帶上繫著的龍珮輕輕晃著，玉色寒沁，猶如雪刃，彷彿剎那間便可抹了他的脖子。

「想做朕的主，得等江山易了主，你寧家掌了后權再說。如今江山還是朕的，大興后位有主。」皇帝的聲音懶若春風，卻如驚雷。

百官琢磨此話時，皇帝已下了高臺，走到暮青面前，親手將她扶了起來，說道：「初春時節，乍暖還寒，妳一向畏寒，沒讓妳平身，自己就不知道起？以往不見妳守規矩，今兒倒規矩起來了。」

皇帝話中含斥，卻拂了拂戰袍上的沙塵，那般細心自然，彷彿這事已做了千百遍。

暮青沉默以對，她知道在百官眼裡他只是傀儡，因此才率大軍跪拜，以示江北水師擁護他的決心。至於呼延昊忽然在此時揭穿她的身分，她雖未料到，但已明其意——他想拖延時間。

觀兵大典結束，理應起駕回京，呼延昊專挑此時揭穿她的身分，無非是想藉事生亂，拖延帝駕回京的時間，此時元謙必在京師有所動作。

她任百官猜疑責問，是因為她知道今日不只一方有動，步惜歡的人此時必然也有所動作，那何不將計就計，陪著呼延昊一起拖？

步惜歡嘆了一聲，她的心意他懂，但今日，他亦有他的心意。他牽起暮青的手拾階而上，行至呼延昊身邊時，袖口神龍暗動，似挾著風雷，殺氣一湧！

呼延昊急退，王軍拔刀護駕，御林軍見勢圍住高臺，一片刀光劍影的態勢裡，步惜歡牽著暮青的手站在了高臺前方。

高臺下，水師以軍師為首，四路軍侯在後，良將百餘，精兵萬眾，一起仰著頭，驚疑不定地望著皇帝和自家都督。

「朕登基至今二十載，權相攝政，外戚專權，上無父族庇護，下無四海民心，唯得一人，託付真情。朕乃一國之君，上未能鋤奸佞勤朝政，下未能明吏治護百姓，使她父仇難報、有冤難伸，不得已以女子之身行兒郎之事，此乃朕之過，朝廷之過。朕當自省，百官當自省，這吏治究竟汙到了何種地步，才逼得女子從軍為官，替父報仇。」步惜歡望著萬千將士，尚未直言暮青的身分，便將罪責先歸於百官，堵了百官誅她之口。

高臺上下一片死寂。

只聽皇帝道：「朕背負昏君之名，被天下人罵了二十年，唯她對朕傾心相護。而今，她雖未尋得殺父真凶，但水師已成精軍，也該是她卸下擔子的時候了。今日朕便宣旨，汴州古水縣仵作暮懷山之女暮青，孝敢替父報仇，勇能從軍報國，智可斷案平冤，武能帶將練兵，英睿孝勇，肅正德茂，乃天下女子之冠，冊其為后，與朕同體，承宗廟，母天下，主六宮，大興江山一日不易主，六宮之中永不納妃嬪。」

春陽高照，湖風和靜，百官啞言，萬軍無聲。

暮青望著步惜歡，感覺到他將自己的手握得很緊，緊得像要嵌入骨血，永世不分。她笑了笑，抬手揭了面具。

這一揭，她在高臺之上，低著頭。

將士們在高臺之下，仰著頭。

一張貌不驚人的少年容顏變成一張面具，面具下的容顏成了軍中兒郎難以磨滅的記憶。當將士們老去，回首當年，依舊清晰地記得這一天，這一刻，這張驚豔了時光的容顏。

這一天，崖壁青青，湖天水綠，兩岸新芽點點，風日和暖。少女將袍加身，雪冠銀甲，青絲如旗。那是世間難見的風姿，亦是世間難見的嬌顏，無意比春芳，卻勝春芳嬌，國色無可鬥，只因易摧折。

將士們仰著頭，綠水逶迤，新草鋪岸，將人帶回那年夏天，呼查草原。

這是他們的都督，年少才高，睿智英勇，帶兵嚴苛，愛兵如子。將士們感激他，敬重他，卻忽然發現他是她。

相處兩年，竟不知夜燒大營、沙場罰將、教授武藝、貼補將士的人是女兒身。

若世間有一人，一眼足以驚豔時光，那人就在高臺之上。

若世間有一人，相處便可銘記一生，那人就在萬軍面前。

韓其初想起在青州山裡，因一碗飯，他看出了一個少年的將才，從此追隨輔佐，卻沒想到託付一生抱負之人竟是女兒身。

章同想起在呼查草原上，她因風寒無意間被他撞破身分。他一直不知她的閨名，未見她的容顏，今日終於得見，她身邊已有大興最尊貴的男子相伴。

劉黑子想起在石關城的那個傍晚，少年來到伙頭營點了他當親衛，從此他一瘸一拐地跟隨著她，從一個漁村少年到一軍都尉，卻直到今日才知都督是女子。

這天，很多人想起了從前，有著調的，有不著調的。

侯天從臉紅到了脖子，當初沙場受罰，他們可都是脫過褲子的！夏天登船游水，他們也沒少在甲板上晒鳥！

烏雅阿吉克制住跳起來的衝動，他竟然投奔到了一個女人所率的軍營裡，這輩子的英名算是毀了。

這天，也有人彷彿明白了什麼。

老熊想起暮青剛從軍時，新兵操練後常脫衣納涼，唯獨她總捂得嚴嚴實實的，今日終於明白是為何了。

莫海和盧景山也忽然明白了，為何元修待暮青格外親厚。

這天，太多人思緒萬千，元修卻一言不發。他垂首坐著，眉宇間烏雲密布，似有狼煙起，風雨會。

這時，呼延昊道：「大興皇帝帝位不保，立后之言真乃笑話。」

步惜歡看向暮青，笑問：「妳可覺得是笑話？」

暮青轉頭問道：「天下笑你二十載，你如何待之？」

步惜歡沉吟少頃，答道：「古人云，風濤險我，我險風濤；風波遠我，我遠風波。而今天下笑我，我欲靜待，待來日再回首，笑我之人笑當初。」

暮青道：「隱士遠離利祿功名，自可懶散貪歡，天下之君在風濤之巔，此日不可度，胸懷卻不可失。天下笑罵，自任他笑，笑人之人終笑己。」

步惜歡聽罷，負手長笑。

呼延昊看著那半張容顏，只是半張，比他所想像的更驚豔。那是草原的天，萬里青闊，不摻纖雲。

他不喜歡大興女子，太過嫻靜溫柔，不如草原女子強悍勇敢，唯有她是他想帶回草原的女子，原以為她的長相會很凶悍，沒想到生得雪一般白嫩，像羊羔肉。

他從不信天鷹大神，也不信桑卓女神，但他依舊記得阿媽講過的故事。他見過草原女子，也見過大興女子，唯有她，半張容顏便讓他想起阿媽故事裡的桑卓，乾淨美麗，像草原的藍天白雪。

「孤王再給妳一次機會，只要妳過來，妳就是大遼最尊貴的女人，妳的兒子會成為大遼未來的可汗。」呼延昊道。

暮青置若罔聞。

百官卻到此時仍難以回神，女子為官，軍前立后，二帝爭妻，隨便哪一樁都足以震驚天下。

這時，元修忽然飛身而起，騎上戰馬，往營門馳去！他一去，孟三急忙率軍馳出了大營。

元廣起身道：「看來遼帝對和親的人選不甚滿意，今夜裡宮中設宴，到時再議此事，遼帝以為如何？」

眼看著時間差不多了，呼延昊一口應下。

隨即，聖駕啟程，百官回京。

暮青喚來戰馬，上馬時看了眼韓其初和章同，這一眼似含千言萬語，她最終卻一言未發。沒有一句解釋，一句交代，一句珍重再見，甚至沒有讓將士們起身。

她冷漠，決絕，走得毫無留戀。

宮人在前，聖駕在後，百官隨行，御林軍護衛在側，重重身影遮了馬上之人，偶爾一現，那人脊背挺直，戰袍獵獵，銀甲寒得刺人眼眸。

韓其初悵然一嘆，眼底隱含淚光。

都督在故意疏遠將士們，以保全江北水師。

外戚把持朝政二十年，聖上與元相撕破了臉，想必京師裡已生大亂，孰勝孰負，只在今日一舉。若聖上勝了，則水師無險，若元家勝了，水師必定換將，現在的將領若不歸順元黨，必定難活。

都督是怕聖上敗啊……

她自己跟著聖上去了，死也要陪葬，卻不想讓全軍跟著陪葬。她冷漠疏離，只為讓將士們以為她是薄情之人，日後江山改換，軍中清洗，眾將也好識時務，不會因她而誤了前程性命。

揚塵漸散，人馬聲已遠，韓其初鄭重叩首。

轅門外，暮青回頭，深深地望了眼水師大營的天。

今日一別，此生不知能否再見。

她已無故親，但願那些尚有爹娘妻兒的兒郎，有朝一日還能還鄉。

「駕！」清音揚起，暮青馳出儀仗，先一步往前頭去了。

第八章

奪宮謀位

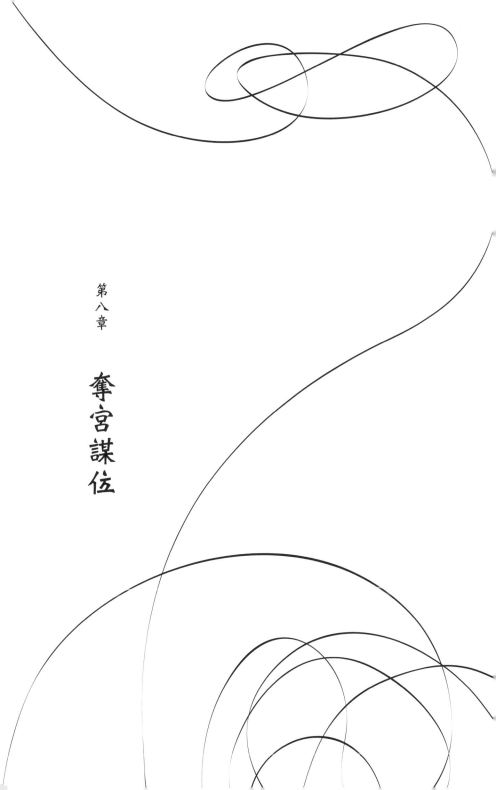

盛京城下，元修仰頭望向城樓。

城門關了。

大興建國以來，皇城白天關閉四門的事少有，城裡必然出了事。

孟三打馬上前問道：「鎮軍侯回城，外城守尉何在？」

城樓上慌慌張張地探出只腦袋來，往下一瞧，忙命人開城門。

守尉奔出來稟道：「侯爺總算回來了，內城的城門關了，謙公子……」

話沒說完，元修便策馬馳入了城中。

內城的城門果然關著，城門樓上立著一人。那人身穿玄松錦袍，面容俊秀，氣度謙和。

元修勒馬望向城樓。「大哥。」

元謙笑了笑。「六弟。」

「大哥的病好了？」

「好些了，只是病根未去，偶有痛時。」

「哦？」

兩人敘著舊，就像久別重逢的尋常兄弟。元修面色平靜，而元謙未再接話，許久後，他像是對兄弟敘舊的戲碼失了興致，話鋒一轉，笑道：「六弟戍邊還朝，為兄備了見面禮，望六弟莫嫌禮薄。」

說罷，元謙抬手，兩名女子被押了上來，口中塞著帕子，見到元修，皆露出驚意。

元修見到兩人，眸底終生驚濤。「娘！鈺兒！」

她們怎會在此？不是進了宮去？

時間往前半日。

早朝時分，天還不亮，帝駕剛出城，相府後門便來了支禁軍，華郡主和元鈺上了華車，往盛京宮而去。

車在巷子裡行駛著，裡頭隱約傳來說話聲。

「娘……」

「妳別想，斷了那念頭！」

馬車裡靜了靜，少女的聲音陡然拔起：「斷了，斷了，娘就會說斷了！我要見五哥，您關著我；那人成親，您關著我！五哥斷了音信，女兒的姻緣也斷了，還能再斷什麼？」

啪！

一聲脆音掩了車外的嗤聲。

元鈺愣怔地望著華郡主，眼神讓華郡主心中一疼，卻強把懊悔之意壓了下去。

這時，馬車停了，華郡主喝問：「何故停下？」

外頭靜悄悄的，華郡主一愣，將元鈺護在身後，緊緊地盯住了車門。

一道詭風拂來，車門無聲而開，車夫坐在前頭，卻不見了頭顱。

車馬前站著百來個黑袍人，地上的燈籠燒了起來，照亮了巷子裡的禁衛屍體。一個黑袍人將風帽一摘，笑道：「母親，七妹。」

華郡主噺了口氣！

元鈺怔怔地道：「五哥？」

破曉時分，安鶴進了永壽宮大殿，捧開燈罩，滅了燈燭。

元敏臥在榻上閉目養神，彷彿今日是再尋常不過的日子。「什麼時辰了？」

安鶴道：「回太皇太后，卯時末了。」

「她們娘兒倆還沒進宮？」

「老奴剛要派人去宮門。」安鶴答完話，見元敏沒出聲，便卻退而出。

這時，一個小太監匆匆而來，安鶴聽罷急稟，進殿道：「啟稟太皇太后，衛尉來報，前去相府接郡主和小姐的禁衛都死了，謙公子將人劫去了華府，綁了華老將軍的嫡孫，要求朝廷交出龍武衛的兵符。」

元敏睜開眼，眼底波瀾不興。「他想要京師的戍衛兵權。」

安鶴關上殿門，近身道：「看樣子是。青州之權已歸朝廷，謙公子欲成事，只能險中求勝謀取京師，您和相爺在他手裡，三軍便不敢動了。」

元敏揚了揚嘴角。「那就如他所願吧。」

說罷，元敏坐起，顯出靠背上以珠貝珊瑚雕磨的牡丹花，花開正好，粉蝶相戲，元敏在那蝶兒上一按，榻枕處滑出一只暗屜，屜中放著兩塊玄鐵兵符，乍一看，一模一樣。

安鶴笑道：「原來太皇太后早就料到謙公子想要謀奪京師了。」

「他恨修兒替代了他的嫡位，元家所謀的江山本該是他的，所以他再回來，必不會只洩私憤。」元敏淡淡地道：「把前頭的拿去送入華府，他必以兵符號令守軍關閉城門，把聖駕及百官關在城外，以滿朝文武的家小為要脅奪勢。守尉見了假兵符，自知本宮之意。」

「是。」安鶴將假兵符取出，隨即便要出殿傳旨。

元敏又道：「此事你親自去辦吧，莫讓謙兒傷了不能傷的人。」

安鶴躬身領旨，目光晦暗，問道：「該用早膳了，太皇太后可要去後殿用膳？」

「嗯，傳膳吧。」元敏將暗屜關上，往後殿去了。

安鶴望著元敏的背影，目光在暗屜上掃過，隨即高聲傳膳，宮人們將早膳送入後殿便退了出來。

安鶴在門口站了片刻，待後殿無人了，便悄悄地將門關上。

殿內昏暗，一道孤長的人影緩緩向前，似深宮幽魂，腳下無聲，靠近美人榻時停了下來。隨即，一隻手從孔雀宮袖裡伸出，在那只珠貝粉蝶上用力一推。

喀！

機關聲音細小，與先前無異，安鶴卻面色忽變，仰身一倒！

靠背上的東海珠貝磨得薄如刀刃，擦著安鶴的鼻尖削過，珠光照見了他露出驚色的老眼。

不好！

貝刃射入殿門，聲響一起，禁衛便喝問：「何人！」

拔刀聲傳來，安鶴腳尖點地旋身一轉，金鞭橫掃殿門，殿門從中一斷，當頭砸向禁衛！前頭的人被砸中，壓著後面的滾下宮階，烏泱泱的人堵在殿門口，禁衛一時進入不得。

然而，嘈雜的人聲掩蓋了一道細微的咻聲，就在安鶴掃毀殿門時，粉蝶之下，一叢細密的銀針猝然射來！

安鶴剛掃毀殿門，正當落地之時，招式已老，無處借力，一根銀針倏地扎入腿中！針上淬了毒，安鶴疾點大穴，一掌拍上殿磚，藉臂力掠出了大殿。

他將毒壓制在腿上，心知逃不了多遠，趁弓手和禁衛們愣怔的一刻，從袖中射出一支響箭！

銳嘯之音旋空而上，炸開之時，紅煙如血。

弓手們醒過神來，萬箭齊射，安鶴灑血墜下，身下是冰涼的宮磚，頭頂是金輝紅煙，青天白雲。

他的任務是查出兵符所在，取得兵符。主子料定有險，命他斟酌行事，他卻在緊要關頭算錯了元敏的心思。他以為元敏信任安鶴，沒想到她會以兵符為試。

大殿裡傳來腳步聲，聲音輕緩，華珮叮咚。

隱衛望著青天白日下的紅煙，揚了揚嘴角。

還好，主子說若事態有變，鳴箭示警，布置在宮裡的人可聞箭舉事。

還好，箭已發出。

還好……

可惜……

紅煙散盡，隱衛眼中的神采也散盡了，晨輝照著那雙沒能閉上的眼，生命的最後一刻，他目光清澈，不見陰柔。生命的最後一刻，他的笑含著希冀，而非陰狠快意。生命的最後一刻，他是他，不是安鶴。

禁衛軍一湧而上，一名將領見人雙手青紫，面色卻有不同，大驚之下伸手一揭，一張面具被扯入手中，面具下是一張貌不驚人的臉孔。

「啟奏太皇太后，此人是刺客，並非安總管！」禁衛軍將領將面具呈過頭頂。

面具入手仍是溫的，元敏的指甲刺破面具，怒道：「好！皇帝幹得好！」

將領垂首屏息，禁軍噤若寒蟬。

元敏厲聲道：「還不出去看看？今日如若有失，爾等跟哀家一起死！」

將領忙將一半弓手和禁衛留下護駕，率另一半人馬出了永壽宮。他覺得只是耽誤了片刻，宮裡即便生亂，也不足為懼。

然而出乎意料，只是這片刻，整個盛京宮都亂了起來。

在響哨煙起的一瞬，古老的盛京皇宮裡，每個角落都有人抬起頭來。

太監、宮女們問著出了何事，隨即不知從何處傳出消息，說永壽宮裡出了刺客，太皇太后已遭刺殺，刺客們混入宮中，似欲屠宮。

消息從四面八方而來，宮人們四散躲逃，盛京宮裡一片大亂！衛尉喝令止亂，但到處都是逃命的宮女、太監，實在不知何人是散播謠言者，何人是刺客。

衛尉命弓手圍住各宮，命宮人不得奔逃喧譁，否則殺無赦。

禁衛軍聞令而動，刀兵引路，弓手隨行。

一座偏殿的門關著，一隊弓手從殿前奔過，殿門悄無聲息地打開，一個太監點住後頭的弓手，將人拖進了殿中。少頃，一個弓手從殿裡奔出，混入了禁軍裡。

一個宮女躲在樹後，見禁衛經過，戰戰兢兢地道：「幾位將軍……」

那隊禁衛回頭，目光森然，宮女指向前頭，目光驚恐。

前頭有座宮殿，正是冷宮所在，冷宮平時只有少數宮人看護灑掃。禁衛們立刻奔向那座冷宮，弓手在外搭弓，刀兵踹門而入，人剛進去，數顆頭顱便飛過宮牆。弓手們仰頭之際，人影掠過，刀光一抹，一排人便被抹了脖子。

屍體被拖進宮院，裡面是趁亂聚集起來的宮人，足有數十人，眾人換上禁衛軍袍，混入了人群。

這一刻，諸如此類的事發生在各個角落，灑掃冷宮的小宮女、倒夜壺的老太監、浣衣局的、運糞車的、掃馬廄的、掌宮燈的……這些太監宮女做著低賤苦累的差事，平時被欺凌打罵都不敢出聲，這一刻取人性命同樣無聲無息。

這些人是當年六歲登基的幼帝在二十年裡一個一個安插入宮的，最早一批隱衛十年前就進了宮，沒有接到過一次任務，在漫長而苦悶的深宮生活裡，他們儼然成了真正的太監、宮女，從沒有人被懷疑過，因為沒有人做過什麼。

正因如此，今日一舉才勢若雷霆。

那從永壽宮裡出來的將領在路上聽見謠言，忙返回永壽宮稟奏見聞。

元敏道：「執本宮玉牌，命衛尉嚴閉宮門，擅近宮門者殺！命李朝榮率御林軍將這宮裡的太監、宮女，不論品階，所屬宮局，見者皆斬！」

將領聞旨，心中震驚！

這是要屠宮？

盛京宮有八門——東有承天門、端門、午門、掖門、崇榮門，西有崇華門，南有崇文門，北有崇武門。

前殿在東，後宮在西，崇華門是進入後宮的要門，由李朝榮率御林軍鎮守。

李朝榮的父親是先帝的御前侍衛長，榮王之亂時，先帝遇刺，李將軍捨命救駕，戰死於午門，李夫人早產得子，死於血崩。李朝榮自幼體弱，三歲那年，祖母將他送至江湖名山忘川峰上，拜忘川道人為師。

八年前，李朝榮的祖母去世，他回京料理後事，期間聽詔入宮，經一番大比，被封為御林衛副將。三年後，一出喪期，他就娶了華郡主的遠房姪女為妻，憑姻親關係升為了御前侍衛長，統帥御林衛，頗得信重。

他在崇華門口接到懿旨後，起身問道：「真要屠宮？」

禁衛將領道：「宮中已混入亂黨，寧可錯殺一千，不可放過一個，李將軍依旨行事吧，末將還得去其他宮門傳旨。」

這將領說罷就走，胸口忽然透出一把長劍，晨風拂過劍刃，其聲悠如弦音。

清風劍是李朝榮的佩劍，乃江湖十大名劍之一，忘川道長所傳，朝中無人不知，無人不羨。

傳旨的禁衛們怔住，他們明白了什麼，然而太晚了。

一道青光抹過，挑破雲天一般，血灑宮門，十幾人身亡時連刀都沒來得及拔出。

三千御林衛嚴守宮門，目光冷漠，似沒看見這場殺戮。

李朝榮收劍，將玉牌提出，說道：「依計行事。」

盛京宮東，五重宮門由衛尉許方率軍鎮守。

李朝榮有宮內騎馬之權，許方望了眼他所率的千餘御林衛，問道：「李將軍不鎮守西門，來此所為何事？」

「傳太皇太后懿旨，宣禁軍將領入宮聽傳。」李朝榮手執玉牌道。

許方詫異了。「將領們入宮聽傳，何人指揮戍衛？」

「方大人是在質疑懿旨？」

「不敢！」許方領旨，卻疑慮未去，問道：「李將軍傳旨，為何率這麼多人前來？」

「宮裡混進了刺客，疑為晉王亂黨。太皇太后有旨，宮女、太監，不論品階，所屬宮局，皆斬！」

許方一驚，這旨意倒像是那人下的……

他當即命副將去前頭宮門傳旨，但剛走兩步，忽然覺得不對！太皇太后若下令屠宮，想必事態已嚴峻至極。那麼，她理應派人給李朝榮傳旨，李朝榮此時應在屠宮才是，怎麼會到東門來？給李朝榮傳旨的人哪去了？

許方心裡咯登一聲，李朝榮鬼魅般的立在了他身後。「衛尉大人不該如此聰明。」

禁衛們大驚，張弓待發！

御林衛面色冷漠，一動不動。

李朝榮挾制著許方，對副將道：「不想你們統領血濺宮門，就把將領們全都傳來此處。」

許方被點了啞穴，只能用眼神威懾副將。五重宮門有五千禁衛，憑區區一千御林軍興不起風浪，李朝榮假傳懿旨命將領們來此，必是想挾制將領，令禁軍無人統帥，兵不血刃拿下宮門。

「你總該在意家眷的性命。」李朝榮道。

副將一聽，頓時大驚。

許方怒極，若李朝榮要以婦孺為質，綁了許家人要脅他便可，何必要假傳懿旨？他是江湖正派弟子，今日就是屠盡禁衛一萬將士，也絕不會手沾婦孺之血。

「北街永安巷，禁衛軍左將軍府，高堂尚在，嫡子兩人，庶女一人，而今嫡妻又添喜事。」李朝榮不緊不慢地道。

副將大驚，他的嫡妻三天前才診出喜脈，因知道近日京師不太平，故而沒有張揚，李朝榮竟連此事都知道！

家眷並未被綁來此處，威脅之言真假難辨，但副將不敢賭。他掙扎了一番，半晌後，閉著眼對李朝榮抱了抱拳，轉身奔出了崇榮門。「太皇太后懿旨，宣禁衛軍將領入宮聽傳！」

許方兩眼一黑，面露死灰之態。

盛京宮危矣！

這必將成為大興歷史上兵力相差最懸殊的一場宮變，註定寫入史冊，供後世參鑑。

這天，當禁衛將領們被「懿旨」傳進崇榮門後，埋伏好的御林衛將人全綁了，隨後副將傳旨嚴閉宮門，擅近者斬！

將領未歸便要關閉宮門，懿旨之意叫人猜摸不透，但軍中無將，禁衛們只能遵旨行事。

承天門、端門、午門、掖門、崇榮門，五重宮門落鎖，五千禁衛就這樣堂而皇之地被關在了宮門外。

鎮守崇榮門的一千禁衛被迫卸甲，自斷弓弦，自折刀槍。望著滿地的棄甲殘兵，有人不甘，有人恐懼，一抬頭，皆見劍指長空，殺音奏響。

這乾華廣場是百官上朝的必經之路，在漫長的歲月裡，帝位更替，朝局變幻，這裡的每一塊青磚都被血染紅過，六百年洗刷不盡。

厚重的宮門將沉悶聲掩住，宮外的禁軍沒有聽見殺戮聲，卻聽見一聲響箭破空之音。

李朝榮上馬，射出一支響箭，此乃東門已下的信號。

盛京宮裡各處都有人抬起頭來。

崇華門，兩千御林衛自西而出，分作兩路，一往南去，一往北去。

崇文門，奉命鎮守南門的將領招來一隊禁衛說道：「到東門一探，有何軍情，速來回稟！」

崇武門，此刻亦有同樣的軍令。

兩隊禁衛從南北直奔崇榮門，迎接他們的卻是鐵血屠殺。

此時，後宮內鎮壓宮人的禁軍已亂。

當東邊升起紅煙時，混入禁軍中的隱衛一同動手，禁軍大亂。

一個禁衛揮刀斬殺了一個擋路的宮女，喊：「快報太皇太后，亂黨……」

嗤！

一支長箭刺入他的喉嚨，人灑血倒地，四周都是穿著禁衛軍袍的人，根本不知誰在放冷箭。

這時，馬蹄聲傳來，李朝榮率御林衛而來，禁衛頓時大喜。

卻見李朝榮劍指長空，喝道：「殺！」

刀起刀落，血花四濺，無數人頭飛起，血濺到臉上，驚醒了禁衛軍。

御林衛造反了？

有人想將消息傳出去，奈何這些御林衛的武藝高得出奇，出手招招奪命，殺人猶如割草，與其說是侍衛，倒更像江湖殺手。

禁衛軍脊背發寒，一個照面便被殺破了膽，邊抵抗邊後退，漸漸望見了永壽宮的宮門。

這時，崇文門前，一隊殘兵逃回稟：「李將軍率御林軍造反，現已殺到了永壽宮門口！」

將領如遭五雷轟頂，急忙喝道：「鎖閉宮門，馳救永壽宮！」

一隊人馬立刻去關宮門，迎候他們的卻是埋伏在宮外的箭矢。

留守在崇華門的御林軍不知何時摸到了崇文門外，將領大驚，欲待發令，卻見胸口透出一把染血的長刀，出刀的正是方才回來報信的禁衛。

當他明白中了圈套為時已晚，御林軍占盡奇襲之機，一撥箭雨過後，殘餘的禁衛棄門逃散。

此刻，同樣的事也發生在北面的崇武門，盛京宮諸門已下，唯剩後宮。

禁衛軍退至永壽宮，宮裡早聽見了殺聲，刀兵把守宮門，弓兵上了殿頂，將領手刀一落，萬箭齊射！

御林軍卻只進不退，那是一種不畏敵軍生死，亦不畏自己生死的軍威，一支長箭射進一名御林衛的頭盔，侍衛淌血倒下，眼神無懼，亦無留戀。後面的人拔出他頭上的箭，踩著屍體將帶血的箭刺進了一名禁衛的胸膛。

一千御林衛儼然死士，禁衛軍被殺破了膽，將領注意到御林軍刀槍不入，有人的衣甲被砍開，甲冑裡面竟還有一層金黃甲衣，晃得人眼睜不開。

神甲！

將領被自己的猜測驚住，這時，禁衛殘餘已退到了宮門外，一名將領喊：

「快開宮門！」

「嚴閉宮門，保護太皇太后！」守將發令道。

門後的刀兵嚴陣以待，一道宮門阻隔了人間慘象，殘兵背抵宮門絕望拚殺，屍體堆滿門前，場面猶如森羅地獄。

李朝榮掠過宮牆，劍氣如虹，將弓兵掃得人仰馬翻。弓兵陣一破，李朝榮便落入永壽宮內，一劍挑斷了宮鎖，如山般的屍體壓開了宮門，神甲軍馳入，李朝榮提劍入了大殿。

元敏坐在華殿上首，華裳寶髻，面覆霜色，目光幽涼，一言不發。

李朝榮道：「太皇太后，讓隱衛別動，神甲軍已在殿外，血肉之軀莫要找死。」

元敏眼中浮出幾分嘲色，她從未小看過皇帝，卻終究還是小看了他。

李朝榮抬手一揮，一支響箭射出殿外，紅煙升起在永壽宮上空。

盛京宮，已下！

永壽宮被圍，崇榮、崇華、崇文、崇武四門已下，幾匹戰馬在宮中馳騁，馬背上是執著明黃聖旨的御前侍衛，傳旨之聲往八方而去，響徹皇宮。

「聖上有旨，權相攝政，外戚專權，植黨營私，孤負任使。而今西宮已下，各門禁衛，順者赦罪，不臣者誅！」

崇榮門外的四千禁軍聽見傳旨聲才知皇帝奪宮事成，正惶然無措，聖旨仍在傳來。

「煽動軍心意圖不臣者，誅滿門！」

「攻闖宮門者以謀反論，誅九族！」

「禁衛卸甲、斷弓折刀者視為順，順者皆赦，不臣者誅！」

聖旨傳進禁軍耳中，立刻便有人放棄了抵抗。

這波瀾詭祕的政變說到底是王侯將相的事，江山歸於誰手，禁衛都不過是領著俸祿養活一家老小罷了，何需賠上性命？

天下誰主，與己何干。

錚的一聲，不知誰的弓弦先斷了，亦不知誰的刀槍先折了。隨後，殘弓斷劍擲了一地，鐵甲銀盔堆成小山，四千禁衛卸甲。

天剛晌午，傳旨之人從崇華門馳出宮去，百官府邸所在的城東、城南、城北，數條長街的上空傳出了響箭之聲。

今日將生大亂，改朝換代也有可能，滿朝文武在出城前就叮囑嚴閉府門，不論聽到什麼都不得出府。當響箭聲傳來時，各府的護衛不約而同地仰頭，見天上散開紅煙，猶如晚霞早至，染紅的卻是晌午的日頭。

這一刻發生了很多事，當年被府裡送去行宮的庶子、小倌、戲伶，這些年府裡買進的清倌、豔妓、歌姬、丫頭，府裡的清客、俠士、寒門子弟，都成了要人性命的殺手，府衛皆被斬殺，主子和下人被綁進了花廳。

這一刻，龍武衛大將軍府裡，血染庭院，元謙坐在花廳裡品茶，門口跪著兩人，正稟事。

「宮門關了，裡面是何情形探知不得，只聽見三聲響箭，一聲在東，兩聲在西。」

「百官府邸裡有變，所行之事應與公子差不多。」

「差不多？」元謙放下茶盞笑了笑。「不是今日之舉，還真看不出聖上有此能耐。」

「聖上奪宮，宮門鎖閉，虎符許已落入聖上手中，而我們的人馬進不去宮門。」

「那就上城門。」元謙走出花廳，並無急態。

聖上用二十年只做了一件事，這件事被他做到了極致。這二十年來，他從來沒有碰過兵權，因此在百官眼中，他是昏君也好明君也罷，都不足為懼。

可誰也沒有想到，聖上另闢蹊徑，往宮裡和百官府中安插暗線，這些暗線從進宮和進府的那一天起為的就是今日，他們從未動過，故而一動才有今日之功。

今日，聖上一舉奪宮並控制了百官的家眷，得了京師的戍衛兵權，還以太皇太后為挾制，牽制住了元家。

遇到這樣的對手，急有何用？

聖上下一步要做的必是挾太皇太后以令龍武衛，包圍華府，將他和晉王一黨拿下。

那就只能上城門了。

「聖上顧念元修，那就瞧瞧元修顧念什麼。」

◇

元修在城門下，身後是五千西北精騎，面前是巍巍城牆，城牆上站著他的兄長，左右綁著他的母親和妹妹。

華郡主和元鈺口不能言，只能憂焚地望著元修。

「瞧我這記性，六弟久在邊關，母親和七妹念你念得緊，那不妨敘敘舊吧。」元謙笑了笑，將華郡主和元鈺口中的帕子拔了，隨即退開。

「哥！」元鈺奮力往城樓外探身。

「元謙！」華郡主怒望元謙，寶簪搖搖欲墜，其光雪寒鋒銳。

元謙問：「母親不喚我謙兒了？這些年養育著原配之子，母親心裡不好受吧？」

華郡主怒道：「你還知道叫我母親？我將你視若己出，你竟做出這等狼心狗肺之事，有何顏面叫我母親，有何顏面去見元家的列祖列宗！」

元謙嘲諷地道：「視若己出？我很好奇，郡主為何能說出這等違心之言來，莫非是違心之言說久了，連自己都信了？我倒想問，若我一直都是這般，文略高妳兒子一籌，武藝未必低於他，妳可會允許我大展抱負？妳不會，妳甚至不會允許我謀個一官半職，或者不會允許我活到今日，就如同妳進了相府後，府裡的姨娘就再無所出那般。妳待我不薄，只因我沒有威脅。妳的養育不過如同養一隻金絲雀，華屋錦衣，玉食金湯，費些金銀罷了。妳博得了賢良之名，我卻困於籠中，要我感激妳？我想妳不知道，這二十多年來，每日叫妳母親，都讓我噁心！至於列祖列宗，祖宗若知那些胎死腹中的元家骨血是死於誰手的，被責問的人只怕會是郡主。」

華郡主聞言怒急攻心，今日兒女皆在，即便元謙說得對，也不能是對的。

「你裝病欺瞞於我，反怪我不允許你出仕？我待你不薄，反遭你猜忌，繼母難為，真乃良言！」

元謙牽了牽嘴角，不願再多言，只道：「妳我之間的事，妳我明白就好，但求郡主日後莫要再提視若己出，如果……還有日後的話。」

華郡主緊張地問：「你想如何？」

元謙道：「那就要看六弟如何取捨了。」

元修在城牆下看盡元謙的陌生之態，眸底卻不見波瀾。「大哥有何條件，說吧。」

元謙笑了笑，輕描淡寫地問：「六弟可願自廢功力？」

此言一出，聞者皆驚！

「不可！」華郡主喊：「修兒，你若答應，娘就撞死在這城牆上！」

修兒乃英雄兒郎，百姓敬他如戰神，將士敬他勝過帝相，戍邊十年得來的功與名是他坐擁江山的依託，這身武藝亦是他自保的依託！

「郡主身陷囹圄，自決生死似乎不妥。」元謙看了眼身後，立即有人押著華郡主和元鈺退遠。

「六弟可想好了？」元謙淡淡地道：「自廢功力，或者她們的人頭落地。」

話音落下，有刀舉起，刀光掠過戰甲鐵蹄，晃得人睜不開眼。

元修坐在戰馬上，不動也不眨眼，只道：「好。」

五千將士望向元修，目光比烈日還要灼人。

「不可！」孟三急道，保家衛國是大將軍的志向所在，讓他成為一個廢人，還不如一刀殺了他！

元修聽而不聞，只望著元謙，掌心一翻，衣袍翻飛，戰馬驚鳴。

「大將軍！」孟三翻身下馬，面向城樓抱拳相求。「謙公子，末將願以命相替！」

五千將士下馬，一同跪求：「願以命相替！」

將士之言帶著西北的鄉音，叫心如刀割。

元謙笑容嘲弄，目光森涼。

元修掌心一握，振袖一揮，大風平地而起，五千將士乘風退開三丈，城牆下只剩元修一人。

「大將軍！」將士們淚灑戰袍。

元修沒有回頭，再次翻掌。

這一刻，將士們的喊聲似是無聲，孟三拔刀擲向城牆，五千將士奔向元修！

元修的掌力決絕地向著丹田而去，時間似乎停止，唯有城牆上的一道人聲破風而來——

「慢！」

元修的掌心離丹田只差半寸，收力不及，臟腑受震，噗地噴出口血來！

元謙兒戲般地道：「我改主意了。」

元修面色蒼白，問道：「大哥還想如何？」

「難為六弟了，竟還願叫我大哥。你尚武，有保家衛國之志，大哥不忍奪之，那便換個條件吧。」元謙看了眼身後，左右將華郡主和元鈺押近。「她們兩個，我只打算留下一人，你選吧。」

元修一晃，險些墜馬，含血問道：「大哥為何如此？」

元謙望向外城城門，冷淡地道：「你有一刻的時辰考慮，時辰過了就不由你挑了。」

「大哥！」

「別叫我大哥！」元謙忽然怒喝，目光苦恨。「我乃原配夫人所出，從無兄弟！」

元謙道：「你向來有我沒有的東西，大興戰神，母貴妹嬌，姑母待你如子，將士願為你死，江山為你而備。世人羨慕的你都有，而我……什麼都沒有，連妻女都被你所奪。」

華郡主一驚，元修卻愣了，大哥娶過妻，嫂子多年無所出，於七年前亡故。大哥守了三年，府裡為他操持續弦之事，定了長平侯的么女，因那姑娘尚未及笄，便先定了日子。

元謙道：「只因她對相府無助，因此府裡看上了長平侯的么女。什麼對相府無助，不過是對篡位無助，對你無助罷了。我要娶妻，還要娶個對你元修有助的女子，真乃滑天下之大稽！這就是待我如己出！」

元鈺毫不知情，喚道：「五哥……」

「閉嘴！」元謙一把掐住元鈺的脖子。「誰是妳五哥？妳只有受罰時才會來尋我，為妳求情，幫妳出府，陪妳玩鬧，哄妳開懷！在妳眼裡，兄長如狗？」

「鈺兒！」華郡主怒道：「元謙！」

元謙伸手，也掐住了華郡主的脖子。「自妳進了府，妳兒子就得了本該屬於我的一切，妳也從我身上得了賢良的名聲，世間的好事都叫你們母子占盡了，這可不好。」

元謙看向城牆下。「你擁有的太多，總要取捨，你若選不出來，那便一個不留！」

這些年，那個在南院裡與詩書為伴的男子溫雅謙和與世無爭，誰也沒想到他心中積了如此深的怨氣。
一刻的時辰慢如半生，卻又只在轉瞬。
「時辰到。」元謙鬆開元鈺，看向了華郡主。
華郡主的面色已然平靜。「你回來不僅是為了報仇吧？我們若都死了，你拿誰來謀事？既然你最恨的人是我，殺了我便可。」
元謙嗤笑。「郡主似乎忘了，華府的人也在我手中。」
華郡主道：「但都不如我們娘倆能掐住相爺的命門，不是嗎？」
元謙不說話了。
華郡主望向城牆下，望著那坐在馬上的英武兒郎，那是她的兒子，十五歲從軍，二十五歲還朝，從少年到青年，他一生裡最好的年華，她一日未曾相伴。
但，她從未悔過。
「修兒，娘有幾句話，你聽著。娘知道，政事非你抱負所在，可生在元家，這是你的宿命。娘任你戍邊十年，不是望你成就何等的功名，而是想讓你過一段想過的日子，一生裡最好的年華不被宿命所縛。日後你若歸京，大漠關山，你見過；烈烈長風，你伴過；巍巍關城，你守過，這一生終是不負。」
這十年，每個夜晚，她的心都在西北。自他離家，屋裡少了個請安的人，院子裡少了個練拳的人，府裡少了道爽朗的笑聲，一缺就是十載。他歸家那日，長高了，晒黑了，眼底的笑卻比烈日刺眼，襯著那身戰袍，那一刻，她覺得十年的守望都是值得的。

「娘知道，你一生都想守著邊關，自由自在。可是兒啊，天底下哪有那樣的自由自在？若當年不爭，如今世間恐怕就沒有元家，沒有你了！即便此時不爭，你姑母貴為太皇太后，你爹貴為丞相，你戍守邊關，麾下三十萬重兵，關外便是大遼，哪個帝王能容得下你？聖上親政，頭一個要殺的就是你姑母和你爹，即便顧念你戍邊之功，也難保聖意一生不改。即便聖上真乃千古明君，你能保儲君也如此？能保證大興的帝王都如此？削兵權是遲早之事，輪不到你也會輪到你的兒孫。」

「你記住，普天之下莫非王土，率土之濱莫非王臣，江山非你所主，自在就不由你說了算。」

春陽當頭，華郡主望了眼馬背上的男兒，緩緩地閉上眼。眼前是那日兒郎披甲歸家的爽朗笑容，那笑容比今日的日頭暖多了……

兒啊，其實娘希望你一生都能像那日那般笑著，其實娘希望你沒投生在娘的胎裡，這樣便不必夾在家國之間，難以兩全。可你生在元家，這是你的命，你的抱負與性命，若要娘選，娘希望你活著。

娘的苦心，願你懂！

華郡主睜開眼，城牆下起了風，風吹亂髮，步搖輕揚，玉牙咬上舌根，口中漫開血氣。

「元謙！」城下傳來一聲怒喝，元修手握馬鞭指向元謙，這是他頭一回不稱他為大哥。一年前望關坡之叛，今日城門樓之迫，終在咄咄相逼之後，將他逼出了真怒。「你要天下，那就放人，我當你的人質！」

「修兒！」華郡主大驚。

元修充耳不聞。「我受了內傷，敢上城樓，你可敢換？」

元謙揚了揚眉。

元修道：「天下才是你今日所圖，報仇不過是餘興之樂。你在等聖駕回城，以謀大利，那就別怪我沒提醒你，我現在還能上城樓，聖駕到了可就上不了了。」

聖上不會看著他死，否則必失西北軍心，待聖駕回城後再談此事，變數可就多了。

「你果然都明白。」元謙笑了。他都明白，卻肯自廢功力，甚至不惜性命，正因如此，他才不喜歡這異母所出的弟弟。他費盡心機謀活路，為練武藝險失性命，而這些元修輕易就有，卻如此輕付！

「好。」元謙望著長街盡頭虛了虛眼。「不過，你為何會以為你一人可以換兩人？」

元修眉峰一壓，這時，忽聞長街盡頭傳來馬蹄聲。

「你若想換兩條人命，需那人一起上城樓。」元謙迎風笑道。

長街盡頭，人來得頗快，不見容顏，唯見神駒馳如電掣，馬上之人髮如黑墨，到了城下勒馬急停，勢如住劍。

馬停蹄，人仰頭，春日照見那張容顏，見者屏息。

元鈺望見神駒的那一刻便似有所感，一年未見，即便遠遠望見，她也知道是那人。卻沒想到待人勒馬仰頭時，看見的是一張陌生的容顏。

那是一張少女的容顏，目光清冷迫人，彷彿南國的雪，北原的竹，於這巍巍皇城之下生出一道挺拔風姿，讓人見上一眼，一生難忘。

陌生的容顏，熟悉的戰甲，元鈺忽然明白了什麼，震驚地瞪圓了眼。

華郡主早知暮青可能是女子，但當真看見，仍震驚至極。

暮青望著城樓，再見元謙，當時在相府不能問出口的話，此刻已問之無妨了：「前年夏天，汴河城內，驗看柳妃屍身的古水縣仵作暮懷山，可是你毒殺的？」

元謙怔了許久，喃喃地道：「原來如此……」

此話意味深長，聞者難明其意，暮青的眉眼間卻生了霜色。春日當空，她彷彿披甲立於寒天雪地，肌骨生寒。

彷彿過了半生那麼久，暮青握緊轠繩的手一鬆，目光落在元修染血的衣襟上，寒聲喝問：「藥呢？」

孟三趕忙摸藥瓶。

暮青道：「有藥不吃，你是想說我當初剖心取刀的力氣都白費了？」

元修一聲不吭地把手往孟三面前一攤，接藥仰頭便吞了下去。

孟三詫異了，在邊關這一年，不發心疾，大將軍從不服藥。那日，他哭喪著臉到書房裡送藥，說老將軍下了軍令，大將軍若不服藥，他就得去領軍棍，結果大將軍說：「那就去領吧，在營房裡多趴幾日，省得天天來送藥。」

大將軍倔得跟頭驢似的，他每日都從書房裡哭喪著臉出來，日子簡直不是人過的。可咋都督冷言冷語了一句，他就一聲不吭地服下去了？

這是欺負人吧？

孟三瞄了暮青一眼，古怪地把目光轉開。

這時已經不能叫都督，該叫皇后娘娘了吧……

華郡主看著城下，見少女冷眼望著城樓，元修也執轠望著城樓，兩人誰也不看誰，可在她這當娘的眼裡，卻看得出兒子眉宇間全是彆扭的在意。

她忽然便想起前年兒子回京，她勸他見見寧昭，他卻說已有意中人，是朝廷三品官府裡的小姐。

她又想起兒子自戕那日曾於病榻前喚一女子的閨名，那閨名裡有個青字。

原來真是她！

這世間竟真有敢從軍殺敵、入朝為官的女子！

華郡主想著，眼底忽生厲色，這女子與聖上不清不楚的，實乃禍水。

這時，元謙丟了把刀下來，玩味地道：「若想救這兩人，需拿你和她換。拾起刀來，押她上來。」

一把刀從城樓上落下，鏗的一聲，削白了青磚一角。

一把刀將華郡主的喉嚨壓出了血痕，暮青不上城樓，她便要血灑城牆。

元修的眉峰壓得極低，似黑雲壓城，風雨欲來。

元謙笑著立在城樓上，等著看。

看元修的抉擇，看暮青的抉擇。

看元修拾刀時，暮青的臉色，或看元修不肯拾刀時，華郡主的悲戚。

抑或暮青自願為質，聖上來到後江山與美人之擇；又或看暮青不肯為質時，元修面對至愛的見死不救會是何等的苦悲。

不論誰如何抉擇，他都有戲可看。

華郡主已不懼死，她只看暮青敢不敢上城樓。若敢倒也罷了，若不敢，正好叫修兒看清此人值不值得託付真心。

暮青淡淡地道：「一年不見，你蠢得我都認不出了。」

此話不知何意，元謙溫雅的笑容僵了僵。

「母親與妻子哪個重要，我不介意你問這麼無聊的問題，但你至少要先弄清楚此問成不成立。」暮青望向城樓，春陽照著她的眉眼，清寒如雪。「我的夫君是步惜歡，我們寫過婚書蓋過國璽，已拜堂成親一年有餘。生身之母與他人之妻哪個要緊，這種愚蠢的問題虧你問得出來。」

少女嗓音清亮，吐字如掌摑，一字一個響兒。

華郡主震驚不已，且不提直呼帝王名諱是何等的大膽，婚書國璽之禮即是嫡妻，聖上已立此女為后？

元修怔怔地望向暮青，夫君、婚書、拜堂成親、他人之妻，心口不知被哪個字眼戳得生疼，喉口隱約湧起腥甜之氣。

一年有餘，即是他回西北前……

此事眾人皆是頭一回聽說，但今日觀兵大典，聖上在軍前立后，卻是人人親眼所見的。

元謙看見西北將士的神情便知此事不假，笑容不由淡了些。

暮青道：「你想以我為質換京師的戍衛兵權，這兵權，步惜歡得之不易，給了你，他便有險。他人之母和我的夫君哪個要緊，你說呢？」

此話涼薄，元鈺聞言，面露失望之色。

元修看向暮青，暮青卻沒有看他，她只期望元修能相信她，配合她。

半晌後，元謙笑了笑，還是那般從容不迫。「原來是皇后娘娘，失敬。」

他口中說著失敬，臉上卻並無敬意，那把抵住華郡主的刀壓了壓，血珠順著刀鋒滴落，他對元修道：「押她上來，不然今日這城樓上便會先潑上郡主的血。」

說罷，他又對暮青道：「娘娘是誰之妻並不要緊，只要有人心疼娘親。六弟向來忠直，我對他脅迫鳳駕的場面很感興趣，這可形同謀逆。」

華郡主未吭聲，只是看著元修。

暮青也看向元修，同樣沒有出聲。

城樓下陷入了死一般的寂靜，元修握著馬韁的手背上現出了青筋。

元謙耐心已失，身旁之人將刀狠狠壓下，刀鋒入肉，華郡主喉前的血頓時如線般淌落。

「慢！」元修伸手喝止，周身忽生狂風，長刀被風拔起，刀鋒直指暮青！

暮青面色一寒，喝道：「卿卿！」

神駒長嘶一聲，轉身便逃！

元修策馬緊追而去，兩匹神駒相逐，去得極快，很快就聽不清了。

元謙見暮青策馬轉進一條巷子，隨後便不見了身影，面色不由沉了下來。

華郡主鬆了口氣，修兒總算邁出那一步了……她方才沒有阻止，就是在等他動手。元謙說得對，挾持皇后罪同謀逆，修兒太難邁出那一步，今日的時機剛好可以逼一逼他，只要他肯邁出一步，過了心裡的那道坎兒，日後就容易了。

華郡主閉上眼，今日死也瞑目了。

這時，忽聽長街盡頭有車馬聲駛來。

聖駕到了！

第九章

黃粱一夢

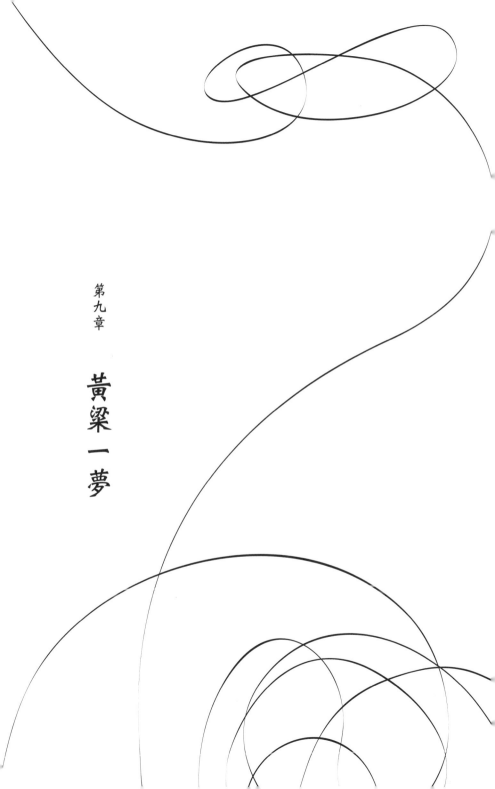

外城。

馬蹄聲在一座觀音廟前停了下來。

元修下馬棄刀，看向暮青。

暮青道：「把刀帶進來，馬也牽進來，莫留痕跡。」

她很高興和元修之間還有默契。

元謙挾持著人質，與其僵持，不如另尋他法。這裡的密道直通內城，步惜歡現在應該已經進了內城。

今日，步惜歡的布置她都知道，回城時，聖駕會繞道走驛館那條街，讓遼帝先回驛館，而後才會去往內城。輦車裡有暗層，替子一早就藏在其中，步惜歡會在輦車裡換上御林衛的衣裳，由御林衛掩護換來車外，找機會從密道進入內城。

李朝榮會率神甲軍奪宮並控制百官府邸，隨後命龍武衛圍住華府拿下元謙一黨，但元謙已占據了內城城樓，龍武衛想必已不敢動，步惜歡進城後會臨機決事。

算算時辰，聖駕就快到了，元謙想玩逼迫的把戲，那就讓元廣陪他好了。她不如和元修潛入內城，伺機而動。

……

觀音廟裡，暮青打開密道，牽馬先行，元修隨後。

密道裡狹長逼仄，暮青左拐右繞，熟門熟路。

「為何願救我娘？」不知走了多久，元修出聲問道，聲音在幽深的密道裡顯得低低沉沉。

暮青住步回身，皺著眉問：「你不信我，為何要跟來？」

「我想知道妳是為了誰。」元修問，他信她看重律法珍視人命，哪怕有罪之人也由不得私判。但他想知道，除了信念，她是因為什麼救人，為了那人的江山，還是為了他？

「為了步惜歡，他答應過你，若有今日，必赦元家婦孺，我不能讓他失信。為了你，戰友的娘親被劫持，豈可不救？為了我自己，元謙與我有殺父之仇，不共戴天，且我有九個將士死於他手，救人可敗他之謀，為何不救？」暮青看不清元修的神情，卻能想像得出來，於是問道：「我說得可夠清楚？」

元修沉默以對。

「可夠清楚？」暮青不容元修沉默，他的心事悶了一年，早就憋出了病。

她的鋒銳逼人讓元修自嘲地道：「清楚，不過是我執念太深。」

他只是戰友，她早已明言，不過那時她未嫁，他不肯放手。可當他再回來，她已嫁作他人婦。

「妳何時成的親，怎不請我喝杯喜酒？妳與人拜堂成親時，我就在京城，為何不告知我？至親逼著我，朋友避著我，你們何時考慮過我的感受？我不想要的非要給我，我想要的卻得不到。」

「你得到了十年自由自在的日子！元修，你忠孝難以兩全，但至少過過自在日子。你知道世上有多少人想有這樣的十年嗎？我希望我爹活得好好的，我可以再陪他十年，但是難以得償所願。朝中結黨營私，民間匪禍連年，有多少百姓希望有十年的太平日子，可誰得償所願過？人生在世，誰無愁苦？得不到的就是好的，得到的倒忘了，這是病，得治！那十年，你精忠報國，西北百姓記得你，三十萬將士敬重你，你不是什麼都沒得到。你的抱負，你的功績，天下人看得到！至於我，我是有些事瞞著你，可這條密道我沒瞞你。」暮青指向腳下，話音在幽長的密道裡迴盪著，久久不絕。「我帶你進來就是信得過你，我瞞著你的事，你記得；但願我信你的，你也能記得。」

說罷，她轉身便走，油燈照不盡幽深的暗道，那雪袍銀甲的身影如一幅古卷，漸漸泛黃，模糊了畫中顏色。

元修立在原地，漸漸被幽暗吞噬。

妳是信我，卻並非只因為信我……

元修低下頭，在暮青拐過密道彎處時牽馬跟了上去。

兩人再未說話，出了密道，進了榮記古董鋪。隱衛見到元修什麼也沒說，只對暮青稟明了內城裡的情形。

華家人由江湖死士押在城樓上，龍武衛不敢強攻。元謙放出話來，任何人不得進入東安街，見一人就殺一個華家人。

城樓很高，臨高遠眺，整條東安街都在眼底，想潛到城門下是不可能的，只能在此等著。

等合適的時機，等宮裡的消息。

這時，步惜歡剛剛進宮，望見永壽宮時，只見屍山守門，殘箭為林，血潑成河。

男子仰頭望了望天，二十年前，他走進這道宮門，飛鳳華雕的門楣遮了頭頂的天。而今再過這道宮門，門楣依舊在，卻遮不住青天高闊，春日當頭。

宮階下有攤血水，他踏血行路，衣袂拂過血泊，拖出一道瑰麗的腥紅。腥紅一路延到殿外方停，那裡躺著一具屍體。

人已死多時，眼卻睜著，望著高闊的青天。

步惜歡在屍前靜靜地站了會兒，轉頭望向殿內。

殿門已毀，內外皆被神甲軍守住，宮毯盡處坐著一人，一身華貴的穿戴，縱是一敗塗地也不失威重。

「老祖宗。」步惜歡停在殿門處，擋了照進大殿的日光。

「皇帝。」元敏望著步惜歡，面色聲音皆無悲怒。

兩人就這麼對望著，這一刻說長不長說短不短，卻有許多年的記憶繞在心頭。

他想起二十年前，王府的錦繡花燈，鶯鶯燕燕的歡歌笑語，母妃寂寞的眼神，大寒寺半山腰上的桃花……一切被一口華棺裡的慘象取代，刺碎了不解世事的童心，伴著他在深宮裡一度便是二十載。

她想起未進宮前，騎馬舞劍，心似兒郎；想起進宮後帝眷深濃，幼子出生；想起毀諾殺子，自閉宮門；想起一朝出宮，血洗宮城……她的一生都葬在宮裡，這深宮還葬了她的幼子，葬了先帝，葬了步氏數位皇子，今日，興許也會葬了她。

「皇帝來要兵符？」元敏問。

步惜歡道：「朕是來問問老祖宗，當年為何殺朕之母，她與老祖宗可有仇怨？」

元敏笑了，皇帝逆光而立，華袖將日光割得一塊一塊的，好似皇兒出生那
年冬天的雪。「無甚仇怨，不過是她命該如此。哀家生下皇兒那年，恆王妃也生
下了世子，宮裡宮外卻是兩道景。哀家聖眷正濃，恆王不得先帝喜愛，宮裡賞
賜不絕，恆王府門庭冷落，天下皆知先帝添了個九皇子，而不知恆王府添了個
世子。」

元敏望著步惜歡，皇兒若在，也該這般高，這般氣度。皇兒若在，哪由他
人在這御座上坐二十年，哪有今日的奪宮之辱？

「皇兒命該受盡帝寵，貴為儲君，登基為帝，坐擁四海。你命該因你父王而
受盡冷待。可皇兒被害，你卻活著，還得了帝寵。」

步惜歡聽著，記起四歲那年的除夕宮宴。先帝考校皇子、皇孫們的文治學
識，有意將父王和他略了過去，後經人提醒才想起了他。

他剛啟蒙，先帝並無考他之意，是他童心無忌，將前日所學背誦了一遍，
又以其中之理賦詩一首，驚了滿朝文武。

先帝龍顏大悅，當殿將九皇子的啟蒙老師指給了他，此後時常將他召進宮
考問功課。

莫非因為此事……

步惜歡心神恍惚，這一晃神，上首忽然傳來一聲響動，殺機頓生！

步惜歡進宮時，帝駕和百官到了內城的城樓下。

帝駕未出，百官驚嘩，元廣下轎怒道：「孽子！還不放了你母親和妹妹，滾下城來！」

「父親莫不是老糊塗了，我娘已故多年，哪裡來的母親？」元謙嗤笑著將刀架在了華郡主的脖子上。

華老將軍疾步而出，怒問：「你以為挾持了華家滿門便可將京師握於手中？京師沒了華家，還有列位王公、文武百官，老夫勸你束手就擒，或可留條性命。」

元謙興味地望了眼玉輅，說道：「憑我一己之力自然拿捏不住滿朝文武，幸而有聖上襄助，此乃天意吧。」

元廣猛地回首，文武百官面色齊變！

范通將車門打開，只見皇帝坐在一團錦繡裡，容顏隱在暗處，唯有半幅紅袖鋪在日光下，龍潛雲靜，慵懶矜貴。

皇帝道：「朕幫的可不是你。」

「所以才說是天意。」元謙望向百官，嘲諷道：「滿朝文武竟無人有眼光膽識，錯將明君當成昏君，也怪不得有今日府邸之失。」

百官聞言，不由譁然。

「聖上已奪了盛京宮，此時太皇太后已遭圈禁，只怕自身難保了。父親謀算多年，竟謀得今日之局，果真是老了。」元謙拽了把華郡主的華髻，金簪落地，刀傷被生生扯裂，血頓時淌了出來。「父親老了，記性不好，有些事想不起來了，兒子幫您想想——您好好瞧瞧，眼前之人可是您的原配夫人？若瞧不清楚，我就把頭斬下來扔下去，您拾起來好好瞧。」

說罷，元謙面露厲色，橫刀便劃！

「娘！」元鈺大喊。

「不可！」元廣急呼。

然而，話音不及刀快，只見城樓上劃過一道銀月般的寒光。緊跟著，一道血光潑下城牆，半截斷手砸在元廣靴前，鵝黃錦袖，玉指如蔥，手裡握著把梅花匕首。

相府裡唯有元鈺喜愛舞刀弄劍，梅花正是她所鍾愛的。

元鈺欲刺殺元謙，右手被斬，半截手臂潑著血，面色蒼白如紙。

華郡主大怒：「元謙！今日你必死！」

「無妨，總會叫郡主死在我前頭。」元謙滿不在乎，說話時一直俯視著元廣。
見此形勢，元廣不得不答：「不是。」
華郡主聽見此話，眸底生出幽色。
「那您可有原配夫人？」
「有。」
「您的原配夫人是誰家之女？」
「御醫院提點之女馬氏。」
「我是何人所出？」
「馬氏。」
「原配夫人所出之子，是嫡是庶？」
「自是嫡子。」
元謙的目光寒如冬雪。「相府有幾個嫡子？」
「兩個，你和修兒。」
「誰為長？」
「你為長。」
元謙的笑容淡了下來。「既然我是嫡長子，相府所謀的一切理應由誰來承襲？」

華老將軍鐵青著臉看向元廣，元廣盯著愛女的斷臂，說道：「好，由你承襲。」

元謙道：「好，那今日就由百官為證，勞煩父親寫封手書，蓋上相印家章，元家的一切由我承襲，日後由我主事。」

城牆下陷入了死寂，一時無人動。

「若無人去尋筆墨，父親可蘸血而書，血不夠，有的是。」元謙道。

元廣臉色鐵青，華郡主不敢出聲，生怕惹惱了元謙，女兒再受其苦。

一封手書罷了，莫說是相府的手書，就是立儲詔書，儲君也有被廢的。且應下，再殺之，亦非不可。

華郡主如此寬慰自己，儘管她知道元謙拿到手書，必有後招。

元廣命人去尋文房四寶，呈來之後，小廝以背為案，元廣提筆疾書，蓋印之後望向城樓，說道：「手書可以給你，但你要放人。」

元謙似笑非笑地道：「父親不會以為我會為了得到手書而跪下求你吧？就像當年一樣。」

就像當年一樣。

城樓上下聽得懂這話的只有兩人——元廣和華郡主。

元廣連連點頭。「好！好！你還記得那件事，你果然記恨爹。」

父子兩人說的是何事，百官聽不懂，只見元謙在笑，笑裡飽含了太多，是悲是苦，是怨是恨，連他自己都說不清。

幼時的記憶已模糊，他只記得日復一日的人和事，在榻前為他把脈的外祖父、黑苦的湯藥和滿屋子的藥味。日子無趣，唯有傍晚可盼，那時爹會出現在屋外，背襯晚霞，高大如天。

那時，爹正當盛年，而他身子不好，從未出過南院，每日盼的就是外面來人。每當傍晚，他便會看著窗臺，窗臺上的花依四時而換，沒換過幾回，府裡便添了喜事。

那日府裡張燈結綵，連南院的樹上都掛上了紅燈籠。那日，爹沒來南院，次日一早帶了個新婦來，爹說，這是他的母親。

從那日起，繼母天天來噓寒問暖，過問湯藥吃食，爹便來得少了。

過了一年，繼母生下麟兒，爹就來得更少了。

南院還是南院，吃穿用度一如從前，傍晚卻再盼不到人來。

外祖父說他若想見爹，身子好了，可自去請安。

於是，他熬著針灸之痛，並與外祖父約定瞞著身子日漸好轉的事，只待有朝一日自己走出南院，給爹一個驚喜。這一瞞就是三年，終在那年爹生辰時，他走出南院，乘上一頂小轎到了花廳。

那一年，他七歲。

那一晚，卻沒能見到爹。

六弟那年啟蒙，卻不肯用心，趁爹生辰宴請之機溜出學堂習武去了。爹在宴上命人去喚六弟，欲當眾考他，不料撞破了他蹺課之事。爹發了雷霆之怒，將六弟關在祠堂悔過，繼母趕去護子，無人理會家宴，飯菜溫了兩個時辰，他等到子時，爹都沒來。

那晚，他在花廳裡吹了兩個時辰的風，回到南院就病了，爹卻沒來看他，連外祖父都來晚了。丫鬟說六弟跪了大半夜，發了燒熱，太皇太后來了相府，看著御醫診脈開方。外祖父身為御醫院之首，請旨來南院時已是後半夜。

他清晰地記得外祖父憤恨的神情和憐憫的目光，事後聽丫鬟說，外祖父請旨時受了斥責，太皇太后責他不知輕重，竟允許他出來走動染了風寒。這話聽著是關懷，實際上就是嫌他病得不是時候。

他難過了兩日，爹來看他時，他問爹，六弟年幼，為何要對他大發雷霆？是因為爹看重學問嗎？

爹答，是。

從那以後，除了每日忍著針灸之痛、湯藥之苦，他開始苦讀詩書，想著若是學問好了，爹必能看重他。

可是，他再一次失望了。

他文采冠絕京城，爹初時還出言讚許，後來習以為常，多是頷首作罷。而對六弟，爹時常動怒，府裡常能聽見兩人的爭吵。

很多時候，他羨慕六弟，爭吵好過點頭之情。

很多時候，他不解，為何爹待六弟如此嚴苛，為何那般在意六弟的喜好言行。

漸漸的，他懂了，從府裡人的眼裡、從文武百官的眼裡懂的。六弟康健，性情忠義，武藝超群，有人中龍鳳之姿，爹將期望都放在六弟身上，教之嚴苛，盼他成龍，而另一個身子孱弱的嫡子成不成器則關係不大。

外祖父教他隱忍，爹不知他的身子是哪年好起來的，不知外祖父研習祖傳醫典殘卷裡的針法多年，不知他為了好起來，冒死讓外祖父施針，幾番險死。爹不知他何時結識了晉王一黨，何時得到嶺南高人之助打通經脈傳功習武，何時與嶺南王及關外裡應外合布局多年。

相府的嫡長子是他，該得到器重的本該是他。

而起先，他對爹只怨無恨，直到蘭月母女死後。

他成婚晚，原配之妻出身書香門第，其父有攀附之心，許是出閣前就與她言明了利害，以至於她成婚後一直偷喝避子湯，他撞破後佯裝不知，日漸淡了恩愛之心。她多年無所出，心裡大抵還是苦的，只是難對人言，沒熬幾年便鬱鬱而終。

南院又清淨了，他索性以為妻守喪為由躲了三年清閒，而後，他遇到了蘭月。

他很少出府，偶有要事便會以與文人相聚為由去趟望山樓，他和蘭月便相識於望山樓內。

那是四年前的初夏，午後風和，一曲箏聲繞梁，醒人心神。他臨窗望去，見一面覆薄紗的少女坐在大堂裡撫琴，一曲《臨江散》撫出了大浪淘沙爭流勇進的不屈之境。

此曲乃前朝左相曲靖所譜，曲靖出身寒門，一生頗具傳奇色彩。他遭貶黜時乘舟南下，在登上江南岸後遙望江北，作了首《臨江散》，曲子可聞遠別江北的苦愁，可聞江風大浪淘洗人心的酣暢，可聞爭功博名後的釋然平靜，可聞爭流勇進的不屈奮發，乃文人至愛。

他沒想到世間能有女子撫出此曲的意境，曲境之妙竟令他彷彿身臨其境，於是即興賦詩一首贈與那少女。他的詩畫從不隨意贈人，少女卻問價值幾何，驚得掌櫃要將她攆走。

他問：「姑娘才情不輸文人，文人淡泊名利，姑娘何以如此看重？」

她道：「前朝人譜此曲時念的是爭流而上，我既奏得出此曲，自無淡泊名利的情懷，只怕世間喜愛此曲的文人皆是如此。既如此，公子何故希望小女子有？」

此話暗指他也無淡泊名利之心，他與她素未謀面，不料世間有人能憑一曲一詩便能解他心意。

「小女子無處安身立命，故而求財。謝公子贈詩，小女子心領了，只是今日未懷以琴會友之心，只好辜負此詩了。」她將詩還給了他，抱琴欲去。

他命人給了她張一千兩的銀票，她福身相謝，隨後便走了。

從那以後，她再沒來過望山樓，他命人暗中打聽，得知她是原上陵郡丞之女，閨名柳蘭月。郡丞病故後，蘭月無所依靠，便前來盛京投親。哪知數年前盛京發了一場瘟疫，那房親戚死了，蘭月便租了間老宅暫住。管事一家見她安身無望，竟趁夜偷了首飾、錢財跑了，她這才到望山樓裡賣藝求生。

因非盛京人士，她留京的日子即將到期，這一走只怕再難相見，他頭一回因私事出了府，尋機會見了她一面。

正是那一面，定了他和她的緣分，也定了她的命數。

那日，他問：「姑娘暗指在下有爭進之心，敢問姑娘是如何看出來的？」

蘭月道：「公子聽罷琴曲便即興賦詩，想必聽得入心，若非對此曲的意境感同身受，又怎會聽得入心？公子必有爭進之心，詩文卻悠然豁達，想必是不得不作悠然之態吧？」

他的詩，爹沒看出來，兄弟姊妹沒看出來，與他結髮七年的妻子沒看出來，倒叫一個只有一面之緣的人看了出來。

他問：「姑娘可知在下為何故作豁達？」

蘭月道：「公子錦服玉冠，出手闊綽，又能尋到小女子，身分必貴。士族子弟爭進而不露，不過是那些緣由，韜光養晦，以圖後進罷了。」

除了外祖父，蘭月是最懂他的人，縱然只有一面之緣，但彷彿就在那天，他的心找到了歸處。

他對蘭月說：「後半生跟著我吧。」

這是他第一次衝動，不假思索，憑心而為。

他仍記得蘭月的神情，彷彿隨風浪漂泊的小舟尋到了避風港，海波粼粼，天日晴好。

他與她皆是孤苦無依之人，那天起便成了彼此的依靠。

他為蘭月換了新的身分文牒，在城北買了間宅院將她安置了下來。柳家是書香門第，蘭月飽讀詩書，琴棋書畫造詣皆佳，他與她春日焚香撫琴，夏日賦詩賞荷，秋日臨窗作畫，冬日烹茶弈棋，過了段悠閒日子。那段日子是他一生裡最好的時光。他在內城，她在外城，他在城東，她在城北，不常相見卻彼此相念。

他們私定終身拜堂成親，那年開春時，蘭月懷了身孕，他欣喜若狂，相府卻在此時重提續弦之事。

他心煩意亂，卻知成大事者不可兒女情長，謀得大業之後，廢誰立誰自然由他說了算。因此他由著府裡議親，為了不讓蘭月傷了胎氣，便將續弦之事瞞了她。

府裡定了長平侯的么女，那姑娘尚未及笄，一番通媒、合婚、小定，待將日子定下來時已是來年深秋，蘭月將要臨盆。

每年深秋朝廷都要圍獵，長平侯世子來京，他不好不作陪，那日便在別院辦了場秋詩會，邀長平侯世子和一些文人賞園鬥詩。

沒想到那日蘭月忽然臨盆，丫鬟請了穩婆去，從清晨到夜裡，孩子一直沒能生出來。穩婆說是難產，只可保一人，丫鬟不敢做主，驚惶之下去了相府。

他與蘭月的事就這樣敗露了，爹大發雷霆，陶伯去別院請他回府。他問蘭月如何，陶伯不肯說，他心知不好，奪了馬車趕去外祖父府上，將他請到了外宅。

到了外宅時，丫鬟正被架著，屋裡有兩個婆子壓著蘭月的手腳，有人正對蘭月施以蓋帛之刑。

他用佩劍斬了那婆子，救下蘭月時，她身下已見了紅。穩婆將已露出頭的孩子接生出來，孩兒卻因憋得太久，沒了氣息……

他永遠也忘不了那天抱著孩兒的感覺，那小身子還溫熱，卻沒了氣息，甚至沒能看他一眼。屋裡滿是血氣，他不記得相府是何時來人的，只記得那天夜裡，花廳裡燈火通明，氣氛威沉。

爹發了雷霆之怒，斥他養外室丟了相府的臉面。幼時至今，爹頭一回對他動怒，卻不是為了他，而是為了顏面。

繼母看似恨鐵不成鋼，話外之意卻有些慶幸，慶幸蘭月生的不是麟兒，且孩子命薄，事情尚可遮掩。

那夜，他抱著夭折的孩兒跪在廳裡，青磚冰涼，懷裡冰涼，心一層一層的冷透。

爹命外祖父不得醫治蘭月，他拔出匕首抵住喉嚨，說不妨把他們一家三口同葬。爹怒極，他卻前所未有的冷靜，他知道爹吃這套，不是捨不得他死，而是他剛和長平侯府訂親事，他死了，姻親之利就沒了。

這場較量，誰重利，誰輸。

繼母勸爹：「相爺切莫動怒，瞧謙兒怪可憐的，養外室雖有違禮法族規，可謙兒痛失孩兒，有此過激之舉也是人之常情。平日府裡就數他和善，若非初為人父遇此痛事，怎會如此？他身子弱，這回恐怕要病一場，難道要把他往死裡逼？」

繼母又哄他：「你也是，男兒三妻四妾再正常不過，何況你是相府的公子？以往沒往你屋裡添人，那是為娘擔心你身子弱。但你若真喜歡哪個，娘還能不依你？你尚未續弦，看上了誰先放著，待娶了妻，過個一年半載的把人抬進府裡就是了，何需養在外頭？如今鬧出事來，你爹為了兩家的臉面不得不將人處置了，你也不能怪他心狠，這本就是你思慮不周惹的禍，還不快給你爹認個錯？」

他不動，亦無話可說。

若蘭月進府，華家根本不會允許孩兒出生，因為他的孩兒身上流著嫡親的血。而六弟尚未成親，亦無子嗣，華家不會允許他的子嗣先出世。

那夜，他不肯退讓，繼母再三相勸，爹才順階而下。

外祖父下了重針，蘭月命不該絕，醒來後，他告訴她，孩子被抱回了相府。蘭月要見孩兒，幸而身子虛弱，醒醒睡睡，無力強求。他答應她會回府護著孩兒，但其實孩兒已被他葬了，而他回府是因為圍獵期間人多眼雜，長平侯世子尚在京中，他不能避而不見。

大業不可廢，他發誓此仇必報。

回到相府後，他「病」了一個月，待圍獵期滿，送走了長平侯世子，他便直奔外宅去見蘭月。

卻沒想到人去宅空，蘭月已不知所蹤。

繼母告訴他，是蘭月自己要走的。

可蘭月念著見孩兒，怎會自求離去？相府又怎會放她走？

他一個字都不信，但後來信了。

蘭月自求離去，並非離京，而是進了宮。

朝中選妃，太皇太后下旨封了一位新入宮的女子妃位，那女子是頭一個深得聖上寵愛的妃嬪——柳妃。

他以死相逼，要見蘭月，最終等來的卻是姑母。

姑母說，蘭月未到臨盆之期，那日發作是因為得知了他要續弦。

他買下宅子後，為了不讓蘭月被街坊指指點點，便稱自己是行商之人。蘭月性情嫻靜，很少外出，他並不擔心蘭月會知道此事，但沒想到，世間總有意外。

那日晨起後，蘭月聽說近來有圍獵盛事，便讓丫鬟去外頭聽聽市井趣事，回來說給她聽。丫鬟在外聽說了他要續弦的事後慌慌張張地回來，蘭月見她神色有異，追問之下得知事由，動了胎氣。丫鬟見蘭月難產，自知闖了大禍，六神無主之下去了相府，這才生了後來的事。

他跟蘭月說孩子在相府，蘭月便知道他在說謊，他要續弦，相府絕不會將庶長女抱回去。

她清楚孩兒不在了，所以要為孩兒報仇。

這些話是她自薦進宮時說的，說柳家沒落，她從未想過能做他的嫡妻，只因兩情相悅才不在乎名分，沒想到他會欺瞞她。

她說進宮為妃是為了報復他，讓他嘗嘗被心愛之人欺騙的滋味，她寧願死在宮裡，也不想再見他。

他不信，他更願意相信她是為了取信於姑母，為了伺機報復相府。

他不願相信蘭月恨他，他想見蘭月，而後帶她走。

那日，姑母走後他便病了，直到來年開春也不見好轉。故而，當他說想去城外莊子裡住些日子時，府裡答應了。

他在莊子裡住到入夏，聖駕去江南時帶上了蘭月，他迷暈了莊子裡的人，繞道趕往江南。但當他趕到江南時，看到的卻是蘭月的屍體。

元謙慘笑一聲，笑出了戾氣。「我太天真，以為我到底是爹的孩兒，忽然不知所蹤，你至少會派人尋我。沒想到你料到我會去尋蘭月，於是命人殺了蘭月，既絕了我的念頭，又能使我現身，還可嫁禍給聖上，一舉三得。」

這世間唯一一個真心待他的人去了，他心裡唯一的那點兒期望滅了，還能剩下些什麼？仇恨罷了。

「我無家眷，事敗不過一死。爹看重的卻有很多，所以不要拿捏我。對我來說，她們是鳩占鵲巢的賊人，手刃賊人，我絕不會手軟，不信可以試試。」元謙淡淡地一笑，城樓上的風忽如刀子，凜冽割人。

「住手！手書給你就是！」元廣高舉手書，厲聲阻止。

元謙卻笑了，笑著笑著，手起刀落！

這一刻，永壽宮裡。

大殿的角落裡擺著兩座梧桐鳳燈，鳳尾對著殿門。步惜歡陷在回憶裡，兩羽鳳尾無聲無息地展開，羽下藏著細密如針的暗孔。角落無光，殺機久伺，現之奪命。

針上淬了毒，猝然射出，李朝榮提劍回頭，喝道：「陛下小心！」

警示之聲發出，殿內生了三事。

華帳後刺出劍光，永壽宮裡的隱衛破帳而出，陽光灑在劍尖上，步惜歡身上霎時猶如落下星辰。

李朝榮挑劍擋針，神甲軍破窗而入，與隱衛纏鬥在了一起。

元敏在榻上一按，暗屜滑出，她抓起兵符奔往後殿，殿牆一轉，轉出一道密道口，她閃身進去，牆便關上了。

步惜歡在大殿門口沒動，殿裡卻起了微風，這風有別於劍風的凌厲，亦非神甲軍破窗捎入的迅風，微風起於步惜歡的衣袖，似不受天地所制，方寸之間，生滅由心。

毒針射到衣袖上時聲息不聞，卻聽見左右兩盞鳳燈轟然一響，霎時塌壞。

鳳燈一倒，步惜歡邁入殿內，於刀光劍影裡緩步而行，不避不停，直入後殿，住步於牆前。

殿牆雕著雲鳳天宮，步惜歡按下鳳頭，方才凶險環生，隔著大殿，他竟看清了元敏進入密道時按了何處。

但如同盜取兵符時那般，密道開啟後，機關便改了，再按下時已是殺招。

鳳喙裡射出的依舊是毒針，步惜歡依舊沒動。

他未動，鳳喙卻毀了。

牆上雕有鳳凰九隻，他慢悠悠地抬手，一個一個地按，身後是刀光劍影，面前是毒針來往，機關錯一個毀一個，毀盡之時，殿牆開了。

步惜歡孤身入內，拾階而下，沒多久便看見一間大殿，元敏正襟坐於盡處，四面已無去路。

步惜歡在密道口停下，打量著密殿道：「倒是華美，怎無出路？枉朕還以為要費些工夫才能見到老祖宗。」

元敏道：「深宮似海，進來的人面前就只有一條路，只能往深處去，直至走到暗無天日的閻羅殿。看來，今日我要先行了……我與步氏皇族的恩怨今日終有了結，願賭服輸，你恨了我二十年，那便來吧。」

步惜歡道：「還是老祖宗過來吧。」

這話漫不經心的，殿裡卻生了風，元敏驟然被風帶起，手往扶手上狠狠一扣，指甲斷裂，步惜歡的頭頂上頓時傳來石落之聲。

這石門設在密道口，步惜歡正在此處，眼看著門要將他和元敏隔開，他一抬衣袖，千斤重的石門落勢一頓，他趁機掠入，石門轟然落下，元敏墜地大笑。

「你終究還是進來了，我說過此殿沒有出路，石門已落，憑你有大羅神仙之力，也出不去了。這本是我為自己留的陵墓，如今有皇帝陪葬，想必在閻羅殿裡也不孤單。」

這一刻，巡捕司的一間廢舊倉屋裡，隱衛帶著暮青和元修從密道裡出來。

這間倉屋是離城樓最近的地方了，暮青和元修避在窗後，透過結著蛛網的破爛窗紙往外看，隱約可見被綁在城樓上的華家人。

亂黨執著刀來回巡視內城的動靜，城牆上潑著兩道血跡，已經乾了，風從城樓上吹來，卻仍能聞見血腥氣。

血腥氣不濃，元修的眼底卻乍露驚意，忽然破窗而出，過官邸，掠長街，直上城樓！

他的身影在青空下迅如鷂鷹，頓時驚了城樓上的人。

「何人？」

「射箭！」

城樓上安著重弩，弩箭破空，貫日而去！

元修人在空中，袍袖一捲，大風掃得弩箭猛地一沉，他踩著那箭鷂躍而上，逼近城樓。

亂黨連聲呼喝，卻沒斬殺人質——殺也沒用，來人既敢強上城樓，必是不將華家人的性命放在心上的。

「殺了他！快！」頭目呼喝著，一抬頭，卻發現人忽然不見了。

頭目一驚，扒著城樓望向下方，城下大風拍面，有槍貫來！他的影子遮住了槍頭，不見寒光，卻聞風聲貫耳，見血濺晴空。

頭目被一箭穿喉，倒下之時，元修躍起，手握弩箭，拳背青筋猙獰，血從指縫中滴落，鮮紅刺目。

華家人目露喜色，亂黨急忙舉刀，墨黑的衣袂忽然遮了日頭，元修往城樓那頭兒縱去。

那頭兒，血從城樓上潑下，潑在元廣高舉的手書上，一顆頭顱滾落在他靴前，亂髮遮了半張臉。

「娘！」元鈺慘呼一聲。

元廣踉蹌一退，顫巍巍地指著城樓。「你……」

元謙長笑一聲，暢快不已。「賤婦總算死在了我手上！」

華老將軍痛呼一聲，怒道：「老夫必殺你！必殺你！」

元謙笑得愈發痛快，笑罷看向手書。「此書寫與不寫無關緊要，只要爹的骨血都死了，剩我一人，一切自然是我的。」

說罷，他拿出帕子擦了擦手上的血，而後將帕子一丟。

這一丟看似隨意，風卻捲著帕子飄向後方。血帕在青空下一展，撲向了元修的臉。

元修一箭挑破血帕，揮臂一甩！

正是這一刺一甩的時機，元謙擲刀而去，刀尖向著元修的心口！

元修任刀扎來，刀刺上神甲，他的目光越過元謙，望見了元鈺的斷臂和倒下的無頭屍，不由瞳仁一縮，猛地墜下，砸在瓦上，滾了下去。

元謙足尖一挑，將刀挑入手中順勢斬下，元修單膝跪地，明知有險而不避，提著弩箭便往前一送，刺向元謙的丹田。

元謙一驚，收刀疾退，避到元鈺身後，抵住她的喉嚨，淡淡地道：「六弟到底還是上了城樓。」

元修雙拳緊握，弩箭碎成齏粉，揉進傷口裡，堵了湧出的血。

他終究是來晚了……

元謙將刀往元鈺的喉前一壓，說道：「我剛剛才跟爹說殺盡他的兒女，相府的一切便是我的，而後你便來了。那就動手吧，你和她總要死一個，以六弟的性情，若只可活一人，必會選擇至親，可對？」

元修沒有回答，元鈺閉上眼，將淚忍了回去。

這是她一母同胞的哥哥，在她幼時就離家戍邊，相處時日不長，卻從未有過疏離感。終究是一母同胞，她瞭解他，哪怕他知道五哥說的是謊話，還是不會捨棄她。

元鈺睜開眼，目光堅如鐵石，沒有道別，沒有流淚，她張開口，合力一咬！

血噗的噴出，驚了元修，也驚了元謙。

「鈺兒！」元修奔來，元謙嗤了一聲，抬手一拂，元鈺頓時如殘葉般跌下了城樓。

風從城樓下吹上來，少女含血的嘴角輕輕揚起，神情輕鬆。

天下人皆道她貴如公主，卻不知她也苦悶。她可以騎馬射箭，卻不能披甲從軍。她可以策馬馳過京城的每一條長街，卻永遠馳不出皇城的城門。她的馬是溫順的御馬，馬術再精湛也騎不得神駿不羈的戰馬。她射的是校場上年年日日不變的箭靶草人，百步穿楊也永無滿弓射胡虜的一日。

她是相府的嫡女，也是金籠裡的雀兒。生為女子，註定一生只能看著一城一府，在家從父，出嫁從夫，夫死從子，看得見天高，卻看不見海闊，一生都不能做自己。

今日，她終究可以做一回自己，哪怕選擇死路。

這一生短短十五載，未享夫妻恩愛，未嘗兒女天倫，但終究是幸的，爹娘寵愛，兄長疼愛，衣食無憂，飢寒不侵。縱然心悅之人是錯的，但總歸身在其中時是歡喜的。

那少年，抑或說那少女，或許是世間僅有的不被禮教所縛的女子，她終於知道為何她會心悅一個貌不驚人的少年，因為她有著她嚮往的東西……

今日她差點錯得離譜，當那人不願隨六哥上城樓時，她將她當成了貪生之輩。可六哥明明在外城，卻從內城而來，想必是她假裝逃遁將六哥引走，為的是另尋救人之法。

其實，她從未想過讓誰以命相救，生難由己，死可由已，她亦有想以命相護之人。

少女乘著長風，仰望著愈漸高遠的城樓，望著那呼喚她的人，意識漸漸模糊。

六哥……

鈺兒先走一步，五哥再沒什麼能要脅你了。

莫為我悲，我很歡喜，來世上走一遭，總算不是毫無用處。

莫為我恨，我無怨悔，願來世可為男兒，願生者一世長安……

元鈺跌下城樓的一瞬，元修縱身飛出，殺氣自身後逼近後頸！

孟三揚鞭策馬，衝到城下，伸出雙手去接元鈺。

元修見勢在半空一旋，黑風般回掃城樓，剛猛之力順著刀傳向元謙的手腕。元謙鬆手，刀身禁不住風雷之力的撕扯，錚地折斷！

兩截斷刀崩下城樓，元修撈住半截擲出，斷刀嵌入磚縫，他踩著斷刀借力而起，掌心裡不知何時多了那半截刀刃，刀割得掌心鮮血淋漓，墨袖翻舞間若黑雲裡射出紅電，劃天裂地，直劈而下。

元謙堪堪一避，刀從他肩頭劃過，血霎時湧出。他實未料到元修受了內傷還能有此功力，捂肩疾退之際，斷刀從一架重弩旁射過，一刀斷了牙弦。元謙往那方向一瞥，見死士們押著華家人正往這邊奔來。

這時，城樓上空忽然飛起數顆人頭，一個死士逃出廊角，寒光射入了他的腿窩。他跪倒之際，被人一按，眉心登時磕進被斬斷的牙鉤上，一人從他身後站起，白袍銀甲，風姿清卓。

「低頭！」暮青冷喝一聲。

寒光殺來，元謙仰身急避，丹田前傳來掌風，他急忙旋身，綿柔之力絞著剛烈的掌風，一地瓦碎飛射如矢。

暮青作勢要避，轉身看見一攤血跡裡躺著半塊舌頭，不由目露驚色。

元謙見機，拈過一片碎瓦便向暮青射去！

暮青抬頭，目光冷若寒霜，哪還有方才的驚色？

元謙明白中計時已晚，這時，城樓窗內射出一道冰絲，那人功力高深，殘影晃過，處處殺機。元謙此時殺招剛出，躲避不及，元修的掌風又至，他勉強避過神兵，胸口被掌風擊中，登時噴出口血來，腳底一滑，墜下了城樓！

城樓下，元廣跪在妻女身旁，悲痛難抑。

百官噤若寒蟬，六神無主，忽見元廣趺趺撞撞地衝出人群，手裡握著把刀，神態悲怒癲狂，奔到城樓下，舉刀便刺向元謙！

元謙仰面墜下，覺出殺氣，強行運力一旋，翻身便是一掌。掌力逆風而出，刀身崩斷，噗的刺入了舉刀之人的喉嚨！

元廣踉蹌著退了兩步，望著元謙，指著青空，喉口冒出的血吞了森白的斷刀。

「爹？」元謙離地丈餘，一時失了反應。

元修躍下城樓，凌空一掌，直貫元謙的後心！

骨碎聲傳來，元謙的血濺在元廣臉上，元修凌空將其踢開，一落地便奔向了元廣。

「爹！」元修伏在地上，悲痛至極。

元廣口中咳血，抬手指了指元修，指了指元謙，指了指城門。

厚重的城門隆隆一響，陽光從門縫裡透出，彷彿一道金毯鋪向長街，迎江山之主進城入殿。

元廣伸著手，看著城門緩緩開啟，看著白光渡至指尖，虛虛一抓，一手空無。

這一生的江山大夢，眼看著就要到手，卻在血裡化作了泡影。

城門裡走出一人，雪袍銀甲，披著一身白輝，與青天同色。

那抓向城門的手緩緩落下，打在青磚上，咚的一聲，不知敲在誰的心頭。

城樓下一片死寂，暮青立在城門口，話音似懸於百官頭頂的利刃：「亂黨已誅，城門已下，即刻起，文官棄轎，武官棄馬，卸甲入城，進宮陛見！妄言者，誅！妄逃者，誅！」

百官生疑——聖上在此，為何不傳口諭，而由皇后代傳？

這時，帝輦裡掠出一道紅影，落地時長劍出袖，已擱在了華老將軍的肩頭。那人一揭面具，露出張與皇帝有著三分相似的臉孔來，喝道：「拿下華家父子，百官進城入宮！」

御林軍將百官圍住，華家兩子受縛。

百官懼驚，懵然無措。

西北軍將士望向元修，元修跪在屍前一動不動，春日照著男子的背，卻始終照不到他的臉。

「爹……」元謙在三丈外，將手伸出。

面前捲過黑風，元謙滾了兩圈，脖子被一隻手狠狠掐住。

元修低著頭，除了元謙，無人看清他的眼，那是一雙血絲密布的眼，似深潭化作血池，殺意滔天。

暮青行來，按住元修，問元謙：「為何殺我爹？」

事到如今，元謙與柳妃的過往她已不想知道，只執著一個緣由。

元謙的目光隨笑意遠去，想起那年。他第一次到江南，見到蘭月遺體的那天下著雨，他扮成宮人混入刺史府，卻只能遠遠地看著屍身。江南六月已是夏天，那天卻冷得刺骨，像孩兒剛去那夜。

爹殺了蘭月，聖上不肯背鍋，下旨徹查，來驗屍的卻不是穩婆，而是仵作。蘭月已是妃嬪，聖上竟不顧她的名節，讓她死後蒙羞，他豈能讓那老仵作活著？正好安鶴到了刺史府，他便在毒酒裡下了毒閻羅，反正人是被毒死的，沒人會察覺酒裡有兩種毒，如此既可不露痕跡，又算是他親手為蘭月報了仇。

那天起，他餘生只有一個目的，就是報仇。

那天起，有人走進刺史府，從軍入朝，也只有一個目的，也是報仇。

他與她不共戴天，註定有今日。

他這一生寂寞渴求，不是未遇見，只是一念之差，錯過了。那天去追蘭月時，他本可以讓晉王黨羽假扮自己，卻擔心離京太久，一旦扮他之人露了破綻，多年所謀便要毀於一念。

一念之差，妻女付了性命，他多年所謀也毀於今日。

「六弟……」元謙看向元修，看見的竟是年少時一同在府裡的時光。「你我這一生，終究是被一個元姓給辜負了，若有來生……」

若有來生如何，他沒有說出口，只是付之一笑。

指下的脈息漸停，元修的手顫了起來，兩行熱淚淌下，他的手掐著已死之人的脖頸，卻終究沒有捏斷。

我這一生，早知是苦，從軍戍邊，只因不願被元姓辜負。辜負我的從來就不是元姓，而是至親背叛，是你啊……大哥！

你若肯說，這世上幫你之人必有我一個。為何不說？為何不信？竟至今日，弒父殺母，逼死妹妹，至親絕盡，了結一生？

元修跪於兄長面前，暮青仰頭看了看天。

父仇已報，這一路所背負的，終該卸下了。

然而，正當此時，元修忽然起身，沒有一句交代，縱身掠過城樓，直奔內城而去！

暮青知道元修是要進宮，元家還剩一人——元敏！

她這才覺出步惜歡進宮的時辰有些久了，而元修剛剛經歷喪親之痛，勢必不容元敏再死，他這一進宮……

「百官進城，關閉城門！」暮青傳令。

然而，就在此時，一物忽然破空而來！

一條繩索將暮青套住扯起，飛過百官頭頂，落在一匹戰馬上，將她牢牢捆住，馳向了外城方向。

百官轉頭，孟三勒馬，月殺掠下城樓，急追而去。

第十章

抉擇之別

盛京宮裡，石門封死了密殿，元敏忽然覺得眼前模糊，金碧輝煌的大殿幻化成雲宮，雲海繚繞，有仙人自壁畫中而來，聲音虛緲，問：「此殿可有去路？」

元敏虛虛抬手，指向石門。

那聲音又問：「機關在何處？」

元敏依舊指著石門。

步惜歡瞥向身後，元敏神智一醒，見自己指著石門，頓時露出驚色。

「難為皇帝了，竟能練成這等上乘密功。」元敏冷冷一笑。

步惜歡道：「願賭服輸，老祖宗從來就不是這種人。到了此時，還想套朕的話，妳想出去將朕的人全處置了？」

元敏嘲諷地道：「先帝若有皇帝這般瞭解哀家，當年就不會留哀家的命。可憐我將他當成良人，他卻將我當成江山大業裡的一顆棋子，用時百般恩愛，用罷棄若敝屣，連親生骨肉都不放過。」

步惜歡嗤笑一聲：「老祖宗不是一樣不放過無辜？老國公助先帝平叛時要了立儲的密詔，就該知道會招致猜疑。老祖宗責先帝將元家當成棋子，難道元家就沒有藉皇子謀權之心？」

「皇帝不愧是先帝的孫兒，帝王家的薄情真是骨血裡帶的。元家先祖乃開國功勳，因受猜忌才不問朝事，當年先帝親自登門來請，元家怎敢不應？國難當頭，若敢不應，滿門性命皆會不保。」

「藉口！當年榮王起兵，胡人已打進了關內，老國公有治世之才，若輔佐榮王登基，元家亦有享不盡的榮華富貴，那為何應了先帝之請？還不是亂臣賊子之名遺臭萬年，平亂治世之名流芳百世？忠君既能得名又可得利，何樂而不為？」

「那又如何？難道江山由臣子來保，至尊之位由帝王來坐，好處都被皇家占全了？」

「那就別怨。妳謀利，他亦謀利，君臣博弈，願賭服輸罷了。何故既要謀人之利，又要人恩愛相待？難道這就不是想好處均沾？」

兩人你一言我一語，元敏一時啞口，蒼涼一笑。

如此說來也沒錯，錯的是她，心高氣傲，自認為配得上世間最不凡的兒郎，奈何嫁入了帝王家。那時到底是青蔥年華，盼著夫妻恩愛，直到皇兒用命將她喚醒，她才省悟此生要葬在宮裡了。

「皇帝既然看得明白，那就別怨哀家，哀家與你不過是同謀江山罷了。」元敏一邊說一邊走向步惜歡。

步惜歡問：「那朕的母妃與江山何干？」

「那是帝王家教哀家的！」元敏喝道，聲音貫耳，殺氣癲狂。「誰讓先帝殺了皇兒，誰讓你得了他的看重，誰讓你與皇兒同年！你有母妃可依，哀家的皇兒卻沒了，先帝暴斃，權相攝政，也難消我喪子之痛！折磨步家的兒孫，奪下步家的江山，哀家高興！」

元敏仰頭大笑，袖下有刀光一現，奮力刺向步惜歡！

噗！

匕首刺入血肉裡的聲音清晰可聞，兩人離得極近，幾滴血落在地上，元敏跌倒在地，胸口插著把匕首，血色湮開，彷彿在胸前繡出一朵紅牡丹。

她望著殿梁，氣息尚存，已在生死之間。

步惜歡沒費力殺她，而是看向石門，一掌擊出。石門受震，石皮碎落，露出一道鎢鐵內門，門上有幅女子騎馬狩獵的華雕，天上有龍穿於雲間，女子不射百獸，而在馬上拉弓，一副射龍之姿。

華雕美如陵墓壁畫，弓箭雕得格外精緻，仔細一瞧，竟是真的。

既然弓箭是真的，那麼開門的機關就是要射什麼，可雲龍百獸皆是浮雕，即便拉弓也射不到。

步惜歡思量了片刻，撫上那弓，輕輕一推。機槽滑動聲傳來，雕著弓箭的那塊鎢鐵竟被推入，壁上現出九道箭孔，連著雲龍百獸，而弓箭可以轉動，應該是要將箭射入某道箭孔中。
九道箭孔，即是九種選擇？
但女子背著的箭筒裡裝著十幾支羽箭，黑羽銅質，甚是小巧——看來選擇不只九種，天上雲龍，地上百獸，可射其一，可射其二，可射其三，亦可皆射，不知哪個才能開啟石門，亦不知錯了是何後果。
「人生步步是岔路，一步踏錯便是一生之失。」元敏望著殿梁，好心地提醒。「皇帝可要好好選，如若錯了，機關便會被箭卡住，到時就真開不了了。」
步惜歡瞥了元敏一眼，漫不經心地道：「有何難選的？這女子應是老祖宗吧？老祖宗當年有豪傑之志，卻從龍入宮，悔憾一生。若重來一世，當年會如何抉擇？」
元敏闔眸不答，她絕不會再中那攝魂妖術，絕不會親口告訴他如何開啟石門，她要他死在這裡，要江山改朝換代。
步惜歡目光嘲諷，卻無急色，他看向石門，慢悠悠地拉開弓弦，再懶洋洋地鬆手，弓箭向著天上，直射雲龍！
嗖聲入耳，元敏睜眼，見箭入龍槽，步惜歡又提出支箭來，將弓箭隨意一轉，拉弓就射！
箭入矢槽之聲如雷，步惜歡的聲音卻波瀾不驚：「元家總求圓滿，老國公如此，元廣如此，老祖宗亦如此，這機關何難之有？」

他將箭一支一支地射出——九孔，九箭，一箭未遺。

箭射滿，他負手回身，華袖一展，龍騰雲繞，二十年不露崢嶸，今日一現彷彿四海皆定。「不過是天上地下，唯我獨尊罷了。」

元敏雙目圓睜，石門隆隆一響，緩緩升起，一道白光自男子腳下升起，彷彿要入雲天萬里。

這一刻，敗勢已定，門後卻傳來刀兵相擊之音。

盛京宮被奪，永壽宮裡的隱衛不是神甲軍的對手，此時應被斬殺殆盡了才對，那麼刀兵聲是從哪來的？

元敏躺在玉磚上，眸中的生機分明已弱，卻忽然生出明光！

這時，石門已升上半道，密道裡大風鼓蕩，門下渡來一幅墨黑的袍角。

電光石火之間，元敏奮力握住胸前的匕首，狠狠地往血肉裡一刺！

噗！

步惜歡倏地回身，目光寒涼。

元修飛身入殿，目光落在元敏胸前的匕首上，僵住不動。

姑母……

元敏目光渙散，嘴唇蠕動了幾下，似有話要說。

元修急奔而去，附耳細聽，聽姑母素日裡威凌的話音變得細若游絲：「姑母……護不得你了，快……逃……」

石門升了上去，李朝榮進來，一聲陛下將逃字掩蓋住，也驚醒了元修。

元修握住雙拳，拳風如怒濤般，攜著崩山倒海之勢，直逼而來！

步惜歡兩袖乘風獵獵如旗，指間不知何時拈了片金葉，去勢破浪，孤勇無畏。

風濤勢已成狂，絞得金葉一震，只見殿內金波蕩漾，一息之後，忽然裂散，如怒蛟金鱗，片片殺人！

步惜歡一拂，金碎釘入柱上，翠飾簌簌震落，被狂風掃起，密如飛蝗。他探囊取物般拈住一顆翠珠，袖口被風絞裂，卻漫不經心地將翠珠一撚，抬手一揚！

齏粉散入寶珠碎飾之中，寶飾如活物般反噬而去。

元修赤手空拳揮出，硬生生將殺牆破開個洞，捲得殺物散向四面八方，射入殿梁華柱。

兩人早有君臣之約，此時卻誰都沒提。

李朝榮率神甲侍衛退守石門，見兩人不動如山，三丈之內遍布殺機，殿裡的華飾層層剝落，憑目力已難辨清那些殺人之物裡都有些什麼，只聽見喀嚓一響！

殿梁裂開一道大縫，伴隨著裂聲——兩人交手，殺招多射入梁柱，短短十餘個來回，威力竟能致殿塌！

李朝榮心驚之時，大梁從中一斷，步惜歡和元修一起退後，那斷梁只砸下一半，另一半懸著晃了晃，斷處正對著元敏的屍身。

元修飛身奔去，李朝榮趁機護駕退出石門，磚石呼嘯著砸下來，神甲軍以刀開路，掠出密道宮殿時，天塌地陷之聲仍在持續，而元修沒有出來。

這時，一隊御林衛奔進永壽宮，稟道：「啟稟陛下，城門有變！」

小將遞來一張密條，步惜歡打開後，眸中忽生濤浪！

李朝榮心裡咯登一聲，除了總管范通和汴州刺史陳大人，他是追隨聖上最久的一個。當年，他奉師命下山歷練，遇上了乘龍舟下江南的聖上，那時以為聖上昏庸無道，便夜探龍舟意圖刺駕，沒想到所見之人與傳聞相去甚遠。

此後，他藉遊歷之便和魏少主在江湖中祕密挑選隱衛，歷經數年建立了刺月門。後來祖母過世，聖上需要他入朝為官，他便回京拜在了元家門下。他從龍多年，深知聖上的性情，委實不知何事能讓他神色大變。

「備馬！」步惜歡將密奏一撚，齏粉溜過破碎的紅袖，留下一抹霜白。「出城！」

李朝榮驚住，剛剛奪宮，此時出城？今日若元修不死，必與聖上不共戴天，他若死了，西北軍必定譁怒。元修死不死，邊關之危皆已迫在眉睫，而外三軍的兵權尚在元黨手中，此時應將京師控制在手，內收禁衛和龍武衛的兵權，外由青州軍策應，江南水師再表歸順，如此才能壓一壓江北的局勢。即便這樣，大興也必生兵亂，少說會亂上個三年五載，聖上若此時出城，出了城，恐怕就回不來了！

「不敢？」步惜歡望了望盛京的天，聽見李朝榮率眾跪下。

「臣不敢！」李朝榮垂首道，說罷驚覺此言歧義甚深，急忙解釋：「臣的意思是……」

聖上若出城，元黨一旦尋得時機，帝駕必將有險。到時，江北恐怕將無容身之地，只能退走江南了。

這一走，豈不是要棄半壁江山？

聖上登基二十年，忍權相攝政，受天下唾罵，為的就是今日。今日大業已成，卻要捨棄半壁江山？

「有何不可？江山萬年，人世百載，日月山河萬年不改，朕能謀的不過短短百年，百年之後葬於帝陵，大墓華棺終有朽日，不朽的依舊是這日月山河。這江山死物一般，朕生時謀它，死後難留，待朽去，亦不過是在山河裡添了一捧土。而她與朕有百年之約，生可同擔悲喜，死可同棺而葬，即便化作灰土，也有她有我，永不孤寂。」步惜歡走向宮門，春風送來兩袖殘紅，身姿灑然峻拔。

「半壁江山，棄之何妨！」

李朝榮怔怔地望著皇帝遠去的方向，待人不見了才醒過神來，忙率人追隨而去。

神甲軍馳出宮門，與西北精騎擦身而過，孟三馳入宮門，見永壽宮的大殿轟隆一聲塌斜下來，塵土遮天。

孟三大喊：「大將軍！大將軍！大——」

三聲未落，揚塵漸薄，廢墟前站著一人。元修抱著具女屍，一身墨袍沾滿塵土，左臂赫然可見一道血口，他卻彷彿不知痛，眉宇蒙塵，眸鎖殘紅。

孟三神色一黯，這女子是太皇太后，卻不敢不稟事。「大將軍，都督被人綁走，往城外方向去了！」

「何人所為？」元修鎮定得讓人心裡沒底。

「呼延崽子！」

「御林軍在何處？」

「正帶著百官往宮裡來，可聖上剛剛率兵出宮了，不知是去城門還是要出城。」

元修聞言望向東面。「兵分三路，一路東去，開啟宮門，命禁衛戴甲待命；一路西出，截殺御林軍，救下百官；一路出城，八百里加急命越州、青州、上陵、下陵嚴閉州城，攔下聖上及遼帝帝駕；命沂東、陵北、西北三軍嚴待。」

孟三一驚，禁衛戴甲，截殺皇衛，攔堵帝駕，三軍嚴待！

這是要反？

……

然而，承天門外，押送百官的御林軍忽然扔下群臣，只帶著華老將軍出城了。

孟三率軍出來，遠眺城門，神色迷茫。

大將軍無意江山，而今要反；聖上圖謀親政多年，竟棄江山而去。

這叫什麼事兒啊……

「追！」

華老將軍絕不能再出事！

這時，外城已亂。

遼軍燒了驛館，並四處縱火，百姓慌忙逃命，外城亂成一片。

巡捕司裡沒有戰馬，追不上大遼鐵騎，龍武衛堵截遼軍，卻中了調虎離山之計。

城門戍衛空虛，呼延昊率王軍馳闖城門，守尉欲攔，被一刀斬了腦袋。盛京的城門已有二十年沒沾過戍衛軍的血，龍武衛久不經戰事，大遼王軍輕易闖出城門，往南去了。

龍武衛不敢追，竟下令嚴閉城門，龍武衛、巡捕司及逃命的百姓把長街堵成了塞子。

天色未晚，火光燒紅了半座皇城，御林軍從內城馳出，策馬在先之人鮮衣蒙塵，衣袂殘破，風姿卻灑然峻拔。

「一千人馬去都督府，接府中之人出城！」

「一千人馬去瑾王府，接瑾王出城！」

「百官府中之人撤出時火燒官邸，勿傷婦孺！」

大軍馳向城門，不時有千餘精騎奉旨離去，百姓正猜測出了何事，忽見聖駕勒馬急停，皇帝打馬回轉，目光落在城西。

日色西斜，官邸重重，幼時居住的王府入不了男子的視線，卻刻在記憶裡。長街寂寂，男子閉了閉眼，睜開時已斂盡喜怒。「去恆王府和宣武將軍府，接恆王和宣武將軍的家眷出城。」

「遵旨！」一名參將領兵而去。

步惜歡又道：「家眷在城中的，可帶家眷隨軍南下。此去生死難料，朕與爾等共存亡。」

御林軍助他奪宮，日後清算，家眷難活，只能隨軍南下。帶著百姓，南下之路看似不好走，實則不然。

大軍南下，無處可藏，若沿途州城攔駕，多半難以相抗。元修受百姓愛戴，既生反意，自不會濫殺百姓，故而有婦孺在軍中，反而能避戰事，助大軍順利渡江。

御林軍紛紛下馬，跪謝聖恩。

將士們散入街巷，龍武衛大驚，一個小將正欲混入人群，便被一道劍氣斬中，墜馬而亡。

百姓驚惶逃散，街上人流如蟻，路被堵住，龍武衛難以退走，被李朝榮領兵圍住。

步惜歡遙望城門，等。

李朝榮望向內城，只見濃煙飄過城樓，如黑雲壓城而來。

內城火起了。

這一刻，都督府後院，馬車停在後門，楊氏領著女兒正搬東西，箱子裡裝的都是死人骨頭和醫書手劄。

血影從後巷掠來，催促道：「別搬了，快上馬車！」

香兒嚇了一跳，不知平日裡慣會作些淫詩豔詞的崔家書呆子怎麼會武藝，她道：「這些是都督的，不可落下。」

血影拎起香兒便扔進了馬車，對綠蘿道：「禁軍來了！我護妳們殺出去，主子在城門口等著！」

姚蕙青道：「不可！馬車負重不輕，跑起來比不過戰馬，豈能闖得出去？兩軍交戰，將士們為護我等必受拖累，聖上多等一刻便多一刻的危險。」

「那怎麼辦？」

「我們不走。」

「什麼？」

說話的工夫已聞殺聲，姚蕙青吩咐：「把箱子都搬進馬車裡，叫車夫駕車隨御林軍殺出去，我們留在府中！楊嫿兒，妳可有普通百姓的衣裳？」

眾人頓時會意，以馬車引開禁軍，她們另尋他法出城。
城中有密道，血影立刻應了。

這一刻，江北水師大營裡，韓其初站在中軍大帳內，看著各級將領。
全軍譁然，將領們不知如何安撫軍心，只能到軍帳裡商討對策。
韓其初身為軍師，最當出謀劃策，卻一言不發。
章同率先表態：「我願追隨都督。」
「咋追隨？那小子……不是，那丫頭……皇后……」侯天三改稱謂，彆扭至極，不由罵道：「娘的，咋這麼彆扭！」
莫海道：「都督今已貴為皇后，如何追隨？」
章同道：「聖上是明君，迫於權相攝政，故作昏庸罷了。追隨聖上，便是追隨都督。」
西北軍的舊部們沉默了，大將軍是元家人，他們要如何明知聖上必除元家而不顧舊帥之情？
「只怕都督並不需要我等追隨，她已貴為皇后，臨走時沒有一句交代，想來後半生有榮華富貴可享，無需我等追隨。」一名都尉冷笑道。

章同道：「放屁！天下誰人不知權相攝政、外戚專權？都督若愛慕榮華，自可跟著鎮軍侯，跟著聖上朝夕難保，豈非自討苦吃？」

那都尉皺著眉道：「少拿權相外戚說事，老子只知沒有大將軍就沒有西北鐵防，沒有西北鐵防，哪有朝廷安穩？大將軍是大將軍，別扯他爹！」

「都督是都督，也別老扯聖上！西北半年，盛京一載，都督是何品行為人，何需多言？不信者不過是心不在罷了。」

「心不在怎麼了？老子生是西北漢子，就該在馬背上坐著，在水裡潛著憋屈！」

此話說出了一些將領的心思，許多人忘不了西北，想念在馬上殺敵的日子。這話讓江南將領們心裡不是滋味，馳騁沙場誰不願？但生在江南，許多兒郎生來就摸不著馬背，卻能抓魚鑿船，如同北方男兒以馬上功夫論英雄，南方男兒也能憑水性稱好漢。

江南將領多是少年郎，西北軍曾是他們的英雄夢，然而當憧憬觸碰到了信仰，他們決定捍衛，無論面對的是誰。

「都尉此時說憋屈，當初誰去求都督，說想留下來的？」

「軍中無帥，都尉就生了離心，怪不得當初大將軍不讓你回西北！」

此話戳痛了西北軍舊部們的心，一人怒道：「俺們犯了軍規，大將軍不讓回去，俺們認了！可這回是都督欺瞞在先，走時又無交代，寒了將士們的心。」

「就為這？都督平時待將士們咋樣，都尉們不清楚？都督的用度與將士們同等，省下來的俸祿和賞銀全給將士們貼補家用了，她把將士們的命看得比啥都重，臨走時卻連親衛都沒帶，一定有問題！」劉黑子操著一口古怪的西北腔，情緒激動。

韓其初將眾人的神情看在眼裡，這才道：「西北精騎紮營於水師後方，前方是驍騎營，今日看聖上、遼帝及侯爺之舉，只怕京城裡要出大事。」

「出事？」西北軍舊部們面色驟變。

「都督不與元相同心，朝廷用她練兵，卻也防她從龍，前有驍騎後有西北軍的布防，顯然是在防水師兵變，這說明聖上與元黨要一較高下了。都督想保全咱們，她隨聖上去了，卻不想我等共赴此險，她怕連累將士們，寧肯諸位以為她貪慕榮華。」韓其初長嘆一聲，大帳裡頓時靜了，他望著西北軍的舊部們，問道：「都督之心，將軍們可知？她從軍報國，斷案平冤，身負殺父之仇，肩背將士之命，心堅如石，志比青天。女子尚能擔如此重負，將軍們的心卻如此易寒！」

將領們聞言握拳屏息，一言不發。

韓其初問：「將軍們難忘西北乃人之常情，可都督也曾守過邊疆、殺過胡虜，曾追回撫恤銀兩，將軍們念著侯爺之恩，卻不肯將情義分她一分。敢問將軍們可有同袍戰死沙場，撫恤銀一事上可有人受過都督之恩？都督有何處對不住將軍們？」

西北將領們低著頭，誰也不吭聲。其實並非都督不好，而是她不擅兵法，雖有軍師在，但他們總想起大將軍，加上妻兒在西北，故而他們很想回去。

韓其初嘆道：「生死關頭，在下實難束手旁觀，願赴湯蹈火，死生無怨！倘若事敗，今日必將身首異處，將士們皆有家眷，在下不願強求，誰要離去，現在就走吧！」

說罷，他轉過身去，閉上了眼。

將領們愣了，依律擅離軍營者按逃兵論處，那是死罪。

「都督有險，發兵宜早不宜晚，爾等只有一盞茶的時辰思量，如若不走，那便聽候調遣。戰事一起，臨陣變心者按叛軍論處，定斬不饒！」韓其初回身，衣冠文弱，卻目光稜稜。

將領們聞言靜默了片刻，那都尉先開了口：「軍師此話形同私放，怎知事後朝廷不會追究？」

韓其初道：「朝廷大亂在即，聖上且難自保，哪有心追究此事？將軍們離去就是。」

「好！俺走！」那都尉當即除盔卸甲，而後看了眼同鄉。「有誰跟俺一起？」

又是片刻的靜默，一名將領走出，說道：「俺敬佩都督，可俺在西北還有老娘，不想戰死江上。死在西北，老娘知道俺是為了殺胡人而戰死的……好過死在江上，殺的是同胞。」

此話不能說錯，只能說人各有志。

軍帳中漸漸傳出卸甲之聲，將領們一個接一個地將盔甲擺到地上，退向帳外時無人抬頭。西北遍地好兒郎，這是他們一生中做的唯一一件愧事。

出走的將領有十來人，皆是都尉，眾人問道：「軍侯們不走？」

水師四路軍侯，其中三人是西北軍的舊部，卻無一人卸甲。

侯天笑了笑，一改痞態，神色惆悵。「兄弟們走吧，俺欠都督一條命，不還過意不去。死在哪兒，俺不在乎，反正沒家小。」

那都尉又問莫海：「莫軍侯也不走？嫂子前年給您添了個大胖小子，您都還沒見過。」

莫海愁眉深鎖，問老熊和盧景山：「你們呢？」

老熊道：「俺就不走了，當年，都督是新兵，俺是陌長。俺說過西北軍的將士親如兄弟，兄弟有難，俺不能走。」

「這是江北水師，不是西北軍，軍侯糊塗了？軍侯擔心都督，就不擔心大將軍？」

「大將軍志慮忠純，聖上不會為難他的。」

「你咋知聖上不會為難他？」

「俺信都督，都督瞧上的人，錯不了。」

「要是錯了呢？」

「俺拿命換！成不？」老熊握拳抬頭，兩眼血紅。「都督有險，大將軍也有險，你說哪個是能眼睜睜看著去死的？大將軍武藝高強，有五千精騎護衛，都督走時卻只帶了越隊長一人，俺先救都督有啥錯？要是聖上想殺大將軍，俺頭一個拿命去換，死也會擋在大將軍前頭！」

那都尉頓時語塞，又看向盧景山。

盧景山一直在念著西北，這是誰都知道的。

盧景山卻道：「俺留下，那年突襲勒丹，俺剛當上陌長，百名將士進了塔瑪大漠，活著出來的只有俺一個。原以為有撫恤銀，沒想到全讓狗官給貪了。此恩得報，俺替俺的兵報。」

說罷，他問莫海：「你呢？」

莫海低頭不語。

盧景山嘆道：「這些兄弟裡屬你軍職高，你帶著他們，俺們也放心。回去吧！咱倆是同鄉，俺爹娘就託你照看了。」

莫海望著盧景山，半晌後，鄭重地點了頭。「俺知道你攢的銀錢收在哪兒，給你捎回去，往後你爹娘就是俺爹娘！」

「多謝兄弟。」

「珍重！」

莫海抱拳相辭，隨即卸甲，退到帳外才看向韓其初。「軍師，對不住了！」

韓其初擺了擺手，沒有人話別，眾人都知道，這一走，隔的是主帥之擇、政見之別。今日分別，再見時只怕會生死相拚。

江北水師皆是江南兒郎，莫海等人走時沒帶一個兵，唯獨戰馬是從西北軍中帶來的，因此眾人收拾了衣裳、盤纏就策馬出了軍營。

將領出走，水師炸了營，正亂著，忽聞鼓聲自沙場方向傳來——點兵了！

中軍大帳裡，韓其初道：「今日留下之人皆是兄弟，日後禍福與共生死不棄，誰若背棄，軍法處置！」

眾將抱拳道：「任憑軍師調遣！」

劉黑子道：「軍師，前有驍騎營，後有西北軍，咱們出得去嗎？」

韓其初道：「不必擔心驍騎營，自有人為我軍引開他們。」

眾人問：「誰？」

韓其初看向盧景山等人。「你們覺得，莫軍侯等人出走後會即刻回西北嗎？」

盧景山等人恍然大悟。「海子他們擔心大將軍，出了營會直奔京城。」

老熊道：「軍師之意是，他們會碰上驍騎營？可是他們已經不是水師的人了。」

韓其初笑問：「你覺得驍騎營會信？」

盧景山驚道：「那他們豈不是有險？」

「季延與侯爺是童年玩伴，莫軍侯等人是侯爺的舊部，季將軍不會傷他們，但也絕不會讓他們入城。」韓其初道，見盧景山鬆了口氣，才接著道：「咱們叫不開城門，季延能叫開。想進城，需行擒賊先擒王之道——劫季延！」

「啥？」

「他們雙方定會在官道上僵持不下，季將軍必派斥候來探虛實，爾等隨我去沙場點兵，將聲勢鬧得越大越好！」

「這樣的話，驍騎營不是更防著咱們？」侯天聽糊塗了。

韓其初道：「驍騎營吃過咱們的虧，季延懷疑出走是計，若發現如他所料，反而會疑其中有詐。他與侯爺是青梅竹馬，必定十分擔心，半信半疑之下很可能會親自回城一趟。在下需要兩員勇將率百名精銳埋伏在官道，待季延路過時將其劫下，挾持他叫開城門。」

將領們聽罷，無不啞然。

侯天道：「軍師，你心可夠黑的。」

搞不好軍師剛才放人走，打的就是利用出走的將領拖住驍騎營，繼而劫持季延叫開城門的主意。

好個一箭雙雕，既清了懷有異心的將領，又沒讓人白走。

此行有險，水師大營附近必有斥候，出營之人不僅腳程要快，殺伏還需精準果斷。一番思量，韓其初決定命魏卓之和烏雅阿吉擔此大任，而後命章同挑選精兵。

「侯軍侯。」韓其初道。

「在！」

「驍騎營一旦探知我們正擂鼓點兵，為防有失，季延必會派人通知西北軍大營。你率兵埋伏在北營後，遇報信者，殺！」

「領命！」

「其餘諸將！」

「在！」

「隨我前去點兵！」

官道。

千餘驍騎坐在馬上，提刀指著十幾個身穿常服的水師將領，對峙了小半個時辰後，季延率親衛趕來，一見面就說道：「勞幾位回去傳句話，驍騎營奉命戍守官道，無相令任何兵馬不得進京，闖道者罪同謀反。韓軍師是聰明人，水師在兩軍駐營之間，朝中有何用意，他心裡清楚。水師將士們背井離鄉遠駐京師不易，可別想不開，把命留這兒。」

「季將軍誤會了，聽說朝中有變，末將等人卸甲出營，現已不是水師的人了。」莫海想要說明情況。

季延揉了揉眉間擰起的疙瘩，壓著惱意道：「少來這套！告訴你們，我是看在元大哥的面子上才勸你們的，再不聽勸，別怪驍騎營公事公辦。」

「季將軍……」

「有完沒完！」季延惱了，揚鞭指向莫海等人。「你們韓軍師贏了回驍騎營就自以為聰明過人了，命幾個西北軍舊部卸甲出營就想混進城去？也不想想，元大哥當初讓你們率領新軍是信得過你們，你們要是出走，豈不是辜負舊帥所託？這是西北軍將士能幹出來的事兒？」

莫海等人有口難辯，季延打馬就走。

眼見著闖不過官道，那率先出走的都尉喊：「小公爺不知，水師已經沒有主帥了，俺們都督是個女人，聖上已經立她為后了！」

「你說什麼！」季延一個趔趄，險些墜馬，問副將：「你聽見了？」

「沒聽清。」副將搖頭，今日風大，定是聽岔了。

「俺們都督跟著聖駕進城了，主帥沒了，末將等擔心大將軍，這才卸甲出營。要殺要罰，自會聽憑大將軍處置。」

季延張著嘴，山風往嘴裡灌，凍得牙疼。他想起那年冬夜大雪紛飛，玉春樓裡……

「去探！」猛不丁回神，季延立刻下令。

副將忙點兵往水師大營去了。

半個時辰後，斥候回來稟道：「報將軍，水師大營戰鼓擂動，軍師沙場點兵，營中將士高呼效忠皇后！」

副將附耳說道：「將軍，看動靜，西北軍舊部之言似乎無詐，但韓其初應知營外有探子，難道不該悄悄行事？鬧出如此聲勢來，恐怕有詐！」

「有理，但韓其初難道會不知擂鼓點兵的後果？你所料之事恐怕在他的算計之中。」季延說著，負手南望，目露精光，全無平日裡的驕縱之態。「不管周二蛋是男是女，若西北軍舊部要走，韓其初豈能料不到他們會去投奔舊帥？他會容元家在此時添幾員勇將？韓其初必然料到我們會在此截人，不會放他們過去，好一個借刀殺人！」

副將問：「那將軍打算放他們走？」

季延哼笑。「放他們走，他們也得進得去城門才行。」

「那……」

「本將軍和他們一起回去，城中戒嚴，國公府裡的消息傳不出來，我擔心元大哥，正好回去瞧瞧。這些人若是真心，那便交給大哥，若心存不軌，回城亦可殺之！」季延說罷便對莫海等人道：「你們叫不開城門，本將軍送你們一程，走！」

莫海等人喜出望外，連忙謝過。

季延命令：「速點人馬去西北軍駐營告知軍情，嚴防水師作亂！命豹騎營兵壓水師大營，不必闖營，只需將人看在其中。」

副將領命，季延揚鞭打馬，喝道：「走！」

日暮時分，季延一行停在了城外飛橋下。

城門嚴閉，氣氛肅殺，城樓上拉滿弓弩，一名小將見驍騎軍中有人身著常服，於是問：「敢問季將軍，那些是何人？」

季延道：「西北軍舊部，投奔侯爺而來。你只管開門，出了事自有本將軍擔待。」

「這……」小將覺得不妥，正要去稟告守尉，忽聞馬蹄聲來，有踏破山河之勢，小將急忙轉身，一支短箭倏地射喉而入！

季延一驚，親衛馳到城門下喊：「城外千餘驍騎可助戰！快開城門！」

城內大亂，無人顧及門外，親衛在門口馳了幾個來回，嗓子都喊啞了，正要大罵守尉，忽聽鐵索聲傳來。

親衛一喜，回頭稟道：「將軍，城門……」

話音未落，城門已開，伴隨刀光，一顆人頭飛出，馳出的騎軍黑袍狼靴，手執彎刀，竟是遼帝的王軍！

「胡人！」莫海怒罵一聲，抽出一個驍騎的刀便馳上飛橋，當先迎敵。

驍騎軍驚怔不已，不知城內發生了何事，竟致遼帝率王軍殺出了皇城。

「管他是誰，給我宰！」佩劍出鞘之聲猶若風吟，季延狠夾馬腹，戰馬如離弦之箭般竄上了飛橋。

林子！

剛上飛橋，季延忽然一僵！一道青影自驍騎軍頭頂掠過，擄起季延便入了林子！

這人一來一去如煙如影，驍騎們連面容都未看清，待參將反應過來，忙率軍下馬入林，捉拿刺客。

飛橋上，莫海等人被大遼王軍圍住，龍武衛不出，驍騎軍離去，十餘人寡不敵眾，接連有人戰死橋頭。

莫海的臉被血糊住，卻有幾分悲壯豪情，喊：「兄弟們，多殺幾個胡人，死也不虧！」

話音剛落，身旁冷不防有刀劈來，莫海堪堪閃過，腹部卻被暗箭射中，登時墜下了馬背。他翻到馬屁後頭，聽見馬蹄聲馳了過去。大遼王軍竟不戀戰，一心要走。

莫海探出頭來，見一匹駿馬從橋上馳過，馬上之人墨袍鷹靴，耳上的鷹環在夕陽下鮮紅如血，竟是呼延昊！

呼延昊身後綁著個人，莫海只瞥見個側臉，卻還是將人認了出來。他大驚之下自馬屁後竄出，抬手就將刀擲向了呼延昊的戰馬！

半空火星一綻，錚的一聲，刀被格出，王軍居高臨下地將彎刀一送，血濺半人高，莫海仰著頭，那張被血糊滿的臉上最後沾的是自己的血。

他咧嘴一笑，這正是他想要的，一腔熱血灑沙場，不滅胡虜誓不還……這是西北軍初建那年，大將軍說的話，這話是西北軍的信念，戰死沙場是他此生之志。

只是沒想到，沒死在關外，卻死在皇城下。沒想到為了大將軍棄水師而去，卻還是將命給了都督。

也好，至少走得坦蕩無愧，只是對不住老盧，不能回鄉照看他爹娘了……

莫海倚著橋柱，隱約看見月殺策馬馳過，緊追遼軍而去。他鬆了口氣，緩緩倒下，伴著馬屍。

官道西的林子裡，魏卓之將季延放到空地上，空地裡聚著五、六十個少年，眉眼被血糊住，軍袍被枯枝割得不成樣子。

「橋上什麼情形？」烏雅阿吉問。

魏卓之道：「遼軍！無需理會，咱有小公爺在手，先進城。」

說話的工夫，追兵的腳步聲已近。

幾個精兵立即將腳印引向林子深處，其餘人掩蓋痕跡，摸到林子邊緣時，大遼王軍剛下飛橋，眾人避於草後，見王軍在側，呼延昊策馬在中，西行而去。

日已西斜，黃塵遮天蔽日，烏雅阿吉蹲在最前頭，盯著馳過的遼軍，目光忽然一住！

「都尉，咋了？」一個精兵問。

烏雅阿吉嘖了一聲，將季延甩給魏卓之，竄上官道搶了匹驍騎的戰馬就緊追而去。

第十一章

逃出生天

暮青被綁在馬上，這繩索是牛皮繩，越掙扎收得越緊。繩子的一端在呼延昊腰間，兩人綁在一起，暮青眉間落著一點殷紅，那是將士的熱血，飛橋上的那一救，她睃眼看去，血落眉間，此刻心中殺意如狂。

黃塵遮目，周遭皆是王軍，後面沒了殺聲，風聲裡卻混雜著沉悶的聲響，似墮馬聲。

呼延昊策馬疾馳，聽墮馬聲近了，忽然解開繩索，將暮青一拋。「女人還你！」

月殺仰頭見暮青被拋了過來，頓時一愣。

這一愣，殺機逼至，月殺仰避時屈指一彈，左右頭顱飛起時，暮青已在眼前！月殺伸手便接，呼延昊卻忽然一扯，暮青與月殺打了個照面便被甩下官道，眼看要砸到樹上，月殺棄馬掠去，背後大開空門，王軍抬臂，短箭齊發！

「他不會殺我！別管我！」生死一瞬，暮青喉口腥甜，含血喝道：「呼延昊！我若不死，必殺你！」

怒聲破風而去，帶著鐵血之氣，呼延昊牽繩的力道頓了頓，暮青的去勢隨之微頓，月殺頃刻間便近了半寸。奈何箭速不減，眼看著月殺便要血濺官道，一股詭風忽然颳來，箭射入了草中。

官道對面掠出一人，正是烏雅阿吉！

呼延昊使力一扯，暮青回到馬上，腹部撞在馬背上，頓時翻江倒海。

這時，遼軍後方大亂，烏雅阿吉的武藝不知師出何門何派，中招者無不身中奇毒，死相慘極。

呼延昊拎住繩索，將暮青頭朝下一沉，揚聲道：「再緊追不捨，這女人的臉可就保不住了。」

「隨便！」烏雅阿吉踹翻一個遼兵，奪馬緊追。「又不是爺的媳婦兒，好不好看，關我屁事！」

呼延昊長笑一聲，將暮青狠狠地往下一沉，路當中橫著塊碎石，眼看暮青便要撞個頭破血流，烏雅阿吉啐了一聲，棄馬翻進林中，一抬頭，見月殺也退了進來。

烏雅阿吉瞥了眼月殺的肩膀和腰間湮開的血跡，問道：「越老大，沒事兒吧？」

「死不了。」月殺出了林子，翻身上馬。「跟上去！」

遼軍西去，呼延昊和暮青卻未往西走，行到岔路時，呼延昊拎著暮青退入林中，隨行的只有十個王衛。

老林深處停著一輛馬車，灰篷青簾，甚是普通。

呼延昊將暮青扔進馬車，跟著鑽了進去，隨即看了眼車外。

王軍讓開，有人領著個孩童走了過來，竟是呼延查烈！他長高了些，進了馬車後便低頭盯著靴子。

王衛們脫下外袍，露出一身小廝衣衫，把軍袍就地掩埋後，趕著馬車上了小路。

餘暉將逝，漫山蕭瑟，車軲轆吱嘎吱嘎地響著，不知駛向何處。

天黑時，馬車翻過山頭，山坳裡有座村莊，燭光微弱，偶聞犬吠。馬車沒進村子，而是停在了村口二里外的莊子門口。

莊子破舊，院牆缺磚少瓦，門口的白燈籠在冷瑟的山風裡搖著，鬼氣森森。

一個王衛上前拍了拍門，裡頭有腳步聲傳來，老者不耐地道：「來了來了，哪個癆鬼要死了，拍門的力氣都沒。」

門吱呀一聲開了，老者將白燈籠提得高高的，照見的卻是森寒的彎刀。

燈籠落地，火苗竄起，被王衛踩滅，老者被刀抵著退入莊內，後面的人將馬車趕了進來，插上門閂，四面把守。

暮青掃了眼院子，見堂屋裡掛著白簾，簾後透著棺材影子。地上生著火盆，蒼朮、皂角混著炭火的氣味飄出來，卻掩不住屍臭氣。

義莊……

呼延昊帶著暮青和呼延查烈進了堂屋，守莊人被押在簾後。遼兵搬進兩個炭盆生了火，解下水囊打開包袱，將烙餅放在火上烤。

呼延昊看向暮青，少女的眉眼被黃塵熏得灰撲撲的，雙手已被勒得青紫，他笑道：「這手再綁下去，怕是要廢。」

暮青一言不發。

呼延昊也不惱。「手若廢了，可就再不能驗屍了。想不想鬆綁？想鬆綁，妳求我。」

暮青冷笑道：「寧廢雙手。」

呼延昊聞言，笑意漸冷。兩人對視著，燒紅的木炭劈啪一響，火星四濺，猶似雷聲。

王衛們烤著餅，小王孫看著靴子，氣氛熬人。

忽然間，呼延昊一言不發地出了堂屋，回來時拿著帕子，他蹲到暮青面前，拿著帕子便往她臉上一頓亂擦。

帕子是溼的，寒冷刺骨，暮青的臉頰被水激得有些紅潤，眸底生著兩團火，倒是添了些許生氣。

呼延昊把帕子一扔，咧嘴笑道：「長得怪好看的，手廢了可惜。本汗不遠千里娶個殘廢回去，不划算。」

兩個王衛抽刀架住暮青，呼延昊挑斷了繩索，解了暮青的袖甲，又拾起一段繩索將她的手腕反綁了起來，這次捆得鬆了些。

「這是牛皮繩，草原上套狼用的，我勸妳別自討苦吃，妳的力氣不會有狼大。」說罷，呼延昊就拾起袖甲坐回炭盆後，打開袖甲後見其中綁著一排薄刀，長短刀形各不相同，有七把之多。他拿出一把，掂著分量，問道：「聽說在大興，驗屍官是賤籍，這套兵刃可有些難得，大興皇帝給的？」

暮青聞言，眉心微微動了動，心緒不言而露。

呼延昊嘲諷地道：「妳真當自己是皇后了？大興皇帝是個傀儡，妳以為他真能親政？元家敗了，還有元修，就算元修不反，元黨為了保命也會反。假設大興皇帝能親政，他敢把滿朝文武都斬了嗎？他剛親政，收買人心才是穩定朝局的上策，而安撫群臣最快且有效之策就是後宮。到時，百官必爭后位，妳覺得他們會讓妳稱后？不說那時，且說現在，本汗綁了妳，大興皇帝必已得知此事，江山與美人之擇，他會選妳？」

此話字字戳心，暮青的眉心間卻靜若沉潭，波瀾不興。

呼延昊盯著那倔強的眉眼，鬼使神差地竟有些心軟，說道：「仵作在大興是賤籍，在大遼卻如神明一般，草原上醫病、驗屍的皆是神官，妳跟著本汗，本汗保妳能成為最尊貴的女人，百姓會敬妳如神明，妳的兒子會成為可汗，大興皇帝給不了妳的，本汗都能給妳。」

呼延查烈聞言抬頭，不知是哪句話觸動了他，他看向暮青。

暮青反問：「那你呢？江山與美人之擇，難道你會選女人？草原一統，你沒少殘殺其他部族的百姓，恨你入骨之人怕是不少。而今大遼初建，部族殘餘尚存，國內百廢待興，你謀求和親，不是想尋一個助你安邦興國的女子，難道是出於兒女情長？大遼闕氏非我不可，無非是百姓信奉神明，你欲藉桑卓之名收服民心罷了。你與他皆有帝王之志，他給不了我的，你也給不了我，而他給我的……無人能給我。」

暮青望向屋外，義莊裡的氣味那般熟悉，好似回到江南，讓她想起那段跟爹在義莊裡的日子，從三歲春到十六歲夏。

而後光陰忽轉，從十六歲夏到十八歲春，一生裡最好的年華，她遇到了步惜歡，教她懂得兒女情長，陪她嘗盡人間苦甜，時日雖短，於她卻是難得之幸。

既是幸事，自該感激，豈有貪多之理？

「江山與我，願他能選江山。這世間不容女子之志，他卻不曾奪我之志，我又怎能盼他為我棄志？他親政必能吏治清明，興國安邦，現盛世之治，成千古一帝。」暮青望著門外的天，彷彿已能看見國泰民安的盛景。

呼延昊嗤笑。「逞強！」

暮青冷笑。「你不懂，你與他同懷帝王之志，他求的是明君之道，你求的是王霸之道。我與他志向相投，與你則是道不同不相為謀，你可以不必再多廢口舌了。」

呼延昊怒極反笑。「好！那本汗倒要看看，他對妳是不是也如此有情！妳就盼著他派人來尋妳吧，不過能不能找得到就看他的本事了，只怕誰都想不到，本汗會把妳藏在這裡。」

暮青沒吭聲，不得不承認，呼延昊把她藏在義莊裡確實出人意料。正所謂藏一具屍體，最好的地方就是別人的墳墓，有誰能想到仵作會藏在義莊裡？

她不能靠人來尋，想逃只能靠自己。

啪！

這時，一道響聲打斷了暮青的思緒，呼延昊將袖甲往地上一扔，剛好砸在另一只袖甲上。

那只袖甲內藏著寒蠶冰絲，呼延昊不知此事，因而沒在意。暮青曾暗自慶幸，沒想到如此不巧，寒蠶冰絲若被呼延昊得去，絕非好事。

奈何呼延昊已留意到那只袖甲，他拾起翻看了兩下便發現了機關扣，但出於謹慎，他沒動，只說道：「好東西不少啊！什麼寶貝？」

暮青道：「機關就在你手旁，眼盲？」

呼延昊沒錯過暮青眼底一縱即逝的憂焚神色，袖甲裡的東西對她甚是要緊，她看似不在意，實則不然——至少看似如此。

這女人太聰明，他不只吃過一次虧，這回她是不是又有何盤算？

「不管是何物，就當是妳的嫁妝好了。」呼延昊忽然失去興致似的把袖甲扔開，而後拿起一塊烤好的烙餅。

烙餅熱騰騰的，暮青肚子裡咕嚕了一聲，這才想起今日粒米未進。

呼延昊一笑，拿著烙餅遞到暮青嘴邊，見她的唇粉若春櫻，竟怔了怔神兒，想起牧場山坡上的野花，覆著薄雪，觸之寒涼……

他鬼使神差地伸出手，指尖尚未觸到暮青的唇，她便避開了。

呼延昊回神，見暮青毫不掩飾厭惡神色，不由森然一笑，扔開烙餅，捏住她的下巴便欲一親芳澤。

暮青奮力低頭，呼延昊的氣息擦著她的唇撲在耳珠上，烈火般灼人。

呼延昊心神一蕩，彷彿撞進神山之巔。她的耳珠如脂似玉，手藝再出神入化的寶石匠人也雕不出這般可愛的物件來。

可愛？

呼延昊因自己的念頭而怔了怔，他過著狼的日子，不是在殺戮就是在等待殺戮。十五歲那年，他冒死救了老狄王一命，終於能隨他出入王帳，錦衣玉食。

然而，在很長一段時日裡，他嘗不出美酒佳餚是何滋味，酒肉味若餿食，香料聞著像豬屎尿臭。那時他才意識到就算坐在王帳裡，也改變不了那奴隸般的過去。許多年後，他才能品出些別的滋味，比如血腥氣和烈酒的辛辣，除此之外，再無其他。

這祕密他守了十多年，可愛的東西從不曾在他的生命裡出現過，他也不知何為可愛，何為香甜。

沒想到，這就是……

呼延昊忍不住碰了碰那耳珠，小心翼翼的，像是觸碰稀世珍寶。

這一刻長若半生，窗外月暗，燈火猶盛，男子的眉宇間鍍了層金輝，落進眸底，洗盡殘紅，那眸底寧靜得如同海市蜃樓。

這時，暮青曲膝踹去，呼延昊猛然驚醒，暮青的腳踝被抓個正著，她順勢仰倒，借力疾挑，呼延昊的下巴結結實實地挨了一腳！

暮青的虎靴乃精鐵所製，靴尖似刀，呼延昊的下巴登時冒出了血。

王衛們驚怒而起，只聽嗤的一聲！

呼延昊握著暮青的腳踝，扯住褲腿狠狠一撕，少女的腿頓時春光乍露。堂屋裡霎時亮了幾分，那肌膚勝似瓊玉明珠，是秀麗江南才能滋養出來的好顏色，卻偏偏因習武而有著不輸草原女子的緊致，若非親眼所見，難以相信世間有如此美景。

暮青怒不可遏，奈何雙手被綁反抗不力，片刻間衣衫便被粗暴地撕扯開來。

呼延昊盯住暮青的神甲，森然笑道：「這神甲是當初本汗幫妳穿上的，今天本汗就幫妳脫了！」

暮青奮力抵抗，被迫承歡的姿態讓她備覺屈辱。撕扯之間，一滴血珠落在她的頸窩裡，似殘梅飄入雪裡，不知刺了誰的眼，只聽咕嘟一道吞嚥口水的聲音。

呼延昊眼底殺意忽盛，抬手將彎刀擲向身後，一個王衛被一刀穿喉，其他人慌忙請罪。

「滾出去！」呼延昊吼道。

王衛們急忙退下，經過呼延查烈身邊時，不忘將他帶上。呼延查烈看著呼延昊在他面前施暴，看著暮青露出痛苦之色，想起草原上那個噩夢般的夜晚。

王衛們想將呼延查烈抱走，卻不敢抬頭，就在這遲疑的工夫，呼延查烈忽見暮青睜開了眼。

那是一雙清冷的眸，靜謐無波，憤怒、屈辱、驚惶……皆不在其中，那雙眼眸冷靜得超乎尋常。

這目光呼延昊沒看到，王衛們沒看到，唯獨被呼延查烈所見，在他愣怔時，暮青忽有所動——那雙被反綁的手不知如何掙脫了出來！
暮青伸手抓住一只炭盆，炭盆燒得通紅，滋啦一聲，劇痛傳來，暮青卻咬著牙將炭盆一翻，一盆子炭火當頭扣向了呼延昊！
呼延昊聽見聲響時便已警覺，想起身卻被暮青扯住，她縮在他身下，火從他背上燒起時，她從他身下滾了出去。
王衛們大驚，火光、胡語、腳步聲，屋裡亂成一團。呼延昊的帝袍是雪狼皮毛做的，遇火燒得極快，王衛們忙著救火，一人見暮青去拾袖甲，提刀便砍！
暮青衣衫殘破，行動礙事，加上燙傷了手，避之不及，眼看便要傷在刀下，那王衛的腰間忽然刺入了一把匕首！
呼延查烈立在倒下的王衛身後，見人提刀奔來，抬手一潑！那王衛急忙躲避，聞見酒氣，臉色頓時大變！
呼延查烈方才殺人時摸了只酒囊，王衛一避開，烈酒頓時潑在了呼延昊身上，火苗登時竄起，頃刻間便將人吞了。
王衛們慌忙救駕，暮青趁機拾起袖甲，拉著呼延查烈奔出了房門。
雲淡月疏，山風搖樹，殘破的庭院裡一地碎影。

王衛們跪在門口，噤若寒蟬。

呼延昊立在屋裡，周圍是橫死的屍體、翻倒的炭盆和燒成殘布的大氅，所有的東西皆被水潑過，地上一片狼藉，他的目光停在一根皮繩上。

繩結完整，未被割斷，就連擦痕都沒有——她是將繩套直接從手腕裡脫出來的。

此繩連狼都掙脫不開，她竟能完整地脫下，他不清楚其中關竅，只知道這女人再一次耍了他。

她既有掙脫的本事，想必早已算好了逃走之策，只是需要時機，所以她故意激怒他，因為只有在她掙扎時解索才不會被他看出來。

好！好得很！

這時，兩個王衛從外頭回來，稟道：「稟大汗，沒發現人，我們只找到了這些。」

兩人將東西奉過頭頂，不敢抬眼。

大汗有神甲護身，但肩臂仍被燒傷，傷勢不輕。大汗沒帶神官，有人將村裡的郎中綁來，卻被大汗殺了，大汗命他們去追大興皇后和小王孫，但他們不知人往哪個方向逃了，只在山中發現了些東西。

呼延昊抓起來看了看，這是衣衫布料，像是被樹枝刮下來的……

「在何處發現的？」

「稟大汗，在翠屏山下和山坳裡。」

呼延昊冷笑一聲：「返回官道埋伏，把她給本汗帶回來！」

翠屏山在東，山坳在北，一東一北，顯然是那狡猾的女人在故布迷陣。此處義莊東依翠屏山，西去吳家村，北入山坳，南進麥山，四面皆可去。他不需要猜她會去何方，他只要知道她定會設法回盛京就夠了。她有解開繩索之法，本可以等到他睏乏時再走，但她連夜深都等不了，不是因為擔心大興皇帝，還能有別的緣由？

他一心許她閼氏之位，許她的子嗣儲君之位，竟換不來她分毫的心動，她今夜是真的想燒死他。

呼延昊握著碎布森然一笑。「別讓本汗找到妳，不然一定扒了妳的皮！」

暮青在麥山上。

清雲遮著冷月，暮青和呼延查烈避在半山腰處的一塊山石後暫歇。掌心劇痛，山風陰寒，暮青裹著殘破的衣袍，臉色霜白。

她為了故布疑陣，繞了個大圈子才來到此地，一口氣爬到半山腰，已經耗盡了體力。

「他沒追來，會不會被燒死了？」呼延查烈抱膝坐著，漂亮的藍眼睛裡有著孩童的天真。

這孩子出身王族，身世可憐，心智早成，這是暮青第一次看見他天真的一面，儘管話語背後是殺戮。

暮青道：「你聽過一句話嗎？好人不長命，禍害遺千年。」

呼延查烈僵了僵，暮青知道他聽懂了。

「他有神甲護身，又有王軍護衛，想一把火燒死他只怕不易。」暮青知道呼延查烈心智早熟，若把他當作孩童糊弄，只會令他反感。「我也想手刃他，奈何今夜時機不成熟，只能先求逃脫。原本我只想傷到呼延昊，趁王衛救駕之際逃脫，沒想到你會出手，倒是解氣。」

暮青笑了笑，這孩子已經很機敏了。

呼延查烈縮在山石下的小身影顯得無助又戒備，他抱緊雙膝，把頭一埋，話音低得像嗚咽的山風：「他又沒死……」

「但至少比這傷得重。」暮青將手一攤，月光照著掌心，水泡胖大如蠶，有些水泡在她拾起袖甲時刮破了，傷勢怵目驚心。

王族覆滅已有兩年，阿爹、阿媽的樣子已經模糊，許是暮青的笑太柔美，呼延查烈心底的渴盼被激起，竟難得放下戒備，問道：「疼嗎？」

「疼，但不是壞事。燙傷最怕的是紅腫生疱、脫皮發白，卻覺不出疼，深層組織的壞死是最要命的。我很幸運，炭盆雖燙，但我接觸的時間不長，只是生了水疱，尋燙傷膏敷一下便可。拜你所賜，呼延昊恐怕沒我幸運，燒傷可不太好醫。」暮青說罷，看著呼延查烈一副懵愣的神情，不由咳了聲。

她不擅長哄人，但想讓這孩子知道，人生在世除了報仇，他還能做到很多事。「謝謝你救了我，還幫了我一個大忙。」

「我幫了妳？」

「如果不是你潑酒助長了火勢，拖延了遼兵追來的時間，我不會有時間故布疑陣。呼延昊必然以為我是為了掩蓋行蹤，其實我留下的東西不是給他看的。」

東西是留給月殺的，月殺若發現呼延昊不在遼軍中，必會在沿途尋找她，所以她在山中留下了線索。王衛難以斷定她的去向，定會將找到之物速呈呼延昊，匆忙之間不會往林子深處去，也就不會看見掛在老樹上的衣衫碎片，月殺若看見，必能找得到她。

「我們此時在麥山。」軍帳中有地圖，暮青對京城附近的山河村鎮早已熟記於心。「我來過麥山，山後有一村，村中有戶郎中姓鄭，我們可去鄭家暫避。」

暮青站了起來，山風瑟瑟，寒意襲人，她裹了裹衣衫。

呼延查烈卻沒動，他問：「妳是怎麼解開繩子的？」

草原上最勇敢的勇士都懼怕那人，唯有她把他耍得團團轉。

暮青見孩童眼裡滿是求知欲，於是望了眼山那頭，忍著痛從衣袍上撕了條碎布下來，遞過去說道：「綁綁看。」

呼延查烈接過布條，猶豫了片刻，起身綁人。

暮青任由呼延查烈將布條綁了又綁，繫得結結實實，聽見他說好時，她忽然將雙臂一沉一收，手腕一翻，布條便落入了掌心裡。

此舉變戲法似的，呼延查烈愣住，暮青又將布條遞給他。「重新綁一遍。」

呼延查烈這回繫得更牢，結果卻一樣，只不過暮青掙脫時放慢了速度，解釋：「受縛於人時，可假作配合之態，手背相對，抬至腰背處。此時，手腕與前臂間的夾角近乎直角，當雙臂下沉並收緊時，腕臂間的夾角便會縮小。如此一來，繩索與手腕間便會產生很大的縫隙，足夠掙脫自救。」

何謂直角，呼延查烈不懂，但現場觀摩，仍能琢磨出其中精妙——就是她被綁時，手腕盡量撐開，繩索綁緊的只是撐開後的手。當手臂沉下，繩與腕間會生出空隙，即使不割斷繩索也能掙脫束縛。

「受制於人時切莫自亂陣腳，需知虎狼之蠻力，人的確難及，但人之智慧，亦非虎狼能及。」暮青望著孩子驚奇的目光，將布條收起放好，藉著月光察看了一遍山石四周，確定沒有留下痕跡，這才道：「走吧，趕路要緊。」

夜路難行，山坡有些陡，暮青拉著呼延查烈藉著月色爬坡，剛爬了兩步便面色一冷，停了下來。

月光照著山路上的一大一小兩道人影，兩人牽著手，中間卻橫著一抹刀光。刀抵在暮青腰後，握在呼延查烈手裡，是把匕首。

「何意？」暮青問。

呼延查烈道：「妳不是很聰明嗎？難道看不出自己死期將至？」

「還真看不出，小王孫想殺我，在義莊裡不動手，方才綁我時不動手，偏偏此時動手，別告訴我你不知刀下抵著的是神甲。」暮青感覺刀頓了頓，但又刺了回來，力道更勝方才。

呼延查烈握著匕首的手有些發白，此人不殺，必成大患。今夜是殺她的大好時機，但正如她所說，他放過了最佳時機……

「我記得妳。」呼延查烈稚嫩的臉上有著掩飾不住的掙扎與怨恨。「那晚妳也在草原，就在王帳外！你們大興人、勒丹人和呼延昊都是王族的仇人，都該死！」

那夜之事已過經年，山河未改，江山已換，麥山上望不見大漠草原，卻能聞見那夜的血腥氣。男孩咬碎了唇角，血的鹹腥提醒著他刻骨的仇恨，他的眼裡不再有猶豫，堅定地指住暮青。

暮青轉過身來，目光平靜。「狄人也殺過大興人，若大興人殺了胡人就該死，那胡人連年襲擾邊關，燒殺淫掠無惡不為，大興百姓的命該誰來償？胡人該不該死？」

「我阿爹說，大興百姓弱如牛羊，卻占據著中原沃土，草原兒女身強力壯，卻世代在群狼環伺的草原上游牧而居，世間沒有這等道理，要使部族百姓安居，唯有叩開嘉蘭關的城門！」

「強盜邏輯！」

「是強者之理！強者為尊，誰的刀快馬壯，誰就該得到最好的！」呼延查烈反駁，這是阿爹的話，他一直熟記於心。「難道大興的江山不是高祖皇帝從前朝君主手上奪來的？前朝國弱，高祖兵強，江山就是高祖的。大興國弱，草原兵強，江山為何不能是我們的？為了沃土，草原上也有戰死的兒郎，大興人該怪自己弱如牛羊，該死！」

暮青道：「若你奉弱肉強食為真理，大可不必為王族報仇，死了的人該怪自己弱如牛羊，該死罷了。」

此話如一把尖刀，遠勝男孩手中那把小小的匕首。

呼延查烈厲吼一聲，因猶豫而放過機會的孩子被逼出了真怒，握緊匕首便向暮青的膝頭刺去！

這刀雖小，刀背上卻有鰭鉤，剜肉挑筋最是鋒利，呼延查烈刀法狠辣，暮青屈膝撞向他的手腕。她身居上坡，屈膝間攜著山風掃著殘葉，呼延查烈猛地沉身，反手一抹，一片草尖兒被刀光抹平，在激蕩的山風裡揚起，潑向暮青面部。

暮青仰避之際，刀光疾如白電，直逼她的咽喉！

空中綻開零星火花，暮青倒下，刀光射入草叢裡，依稀有兩道。

呼延查烈一瞥的工夫，暮青彈起，薄刀射出，刀速比精鍛華嵌的匕首快得多，呼延查烈避之不及，眼睜睜地看著刀光一道接一道地擦頸而過，釘入了草叢。

風聲掩蓋了刀聲，紛飛的草屑裡添了幾根髮絲，呼延查烈僵在草叢裡，見暮青緩步而來，月色相逐，戰袍殘破，問他：「你我之間，誰為牛羊？」

她在他面前站住，言語如利刃，刺痛了他小小的自尊。

她是故意的，故意仰頭，故意露喉，故意引他出刀，在他以為得勝時忽然出手，將他逼至絕境。

「我引你出刀時也是賭上了性命的，現在我贏了，成王敗寇，你任我宰割，心中可服？」暮青俯視著呼延查烈，將孩子的不甘、恥辱與怨恨盡收眼底，卻平靜地問：「何為強，何為弱？你恃刀馬為強，可大興縱有無數將士和百姓死在胡人刀下，五胡卻從未攻下大興的一寸國土，此乃強還是弱，又是誰強誰弱？」

呼延查烈閉口不言，卻顯然被問住了。

「何為王道？何為霸道？你阿爹說開疆拓土便可興國安民，但他可知民心所求？你口中那些賭上性命的男兒，他們的阿爹、阿媽可願孩兒征戰鄰國？他們的孩兒可願阿爹用性命去換城池沃土？」

呼延查烈又被問住。

「若是你，你可願？」暮青喝問，呼延查烈一動不動，失了魂兒般。

他忽然記起關外的風沙狼群，那是他第一次坐上馬背，阿爹帶他馳進了大漠，不料路遇風沙，他們在沙壁後暫避，待風沙過去，已是夜裡。那夜大漠沙如雪，皓月大如盤，阿爹和勇士們在沙丘高處策馬馳騁，沙丘下是窺伺追逐的狼群，他在阿爹懷裡，阿爹揮舞著長鞭，鞭聲脆亮，狼號幽長，勇士們朗朗的笑聲驅散了他的恐懼。

他記得那夜割人的朔風，記得沙丘下散落的狼屍，記得阿爹手執帶血的長鞭指向嘉蘭關城，對他說：「你看，那道關城後便是中原沃土，若能踏破關城，中原就會是我們的。沒有狼群，沒有風沙，無需遷徙，安定無憂。」

然而，盛京富麗，質子府裡有華闕美庭，有金器玉玩，有草原上沒有的花草金雀，沒有狼群，沒有風沙……卻也沒有了阿爹。

「老狄王也好，你阿爹也罷，狄部王族從不知民心所求，那些尚武的帝王求的只是開疆拓土之功，求自己心中的霸主之夢罷了。既如此，何必口口聲聲說為了民安？年年戰亂，強征重賦，夫妻長離，母子難聚，此乃民安？可笑！王道務德，不來不強臣；霸道尚功，不伏不偃甲。你若也有霸夢，我教你一法——學呼延昊，征戰四方，不臣者殺，坦坦蕩蕩地昭告天下，你就是要稱霸！不必心裡揣著霸夢，嘴上卻道仁德，虛偽！」

呼延查烈翻身坐起，仰頭怒吼：「我才不學他！」

暮青默然，不知信否。

山風颯颯，草聲窸窣，男孩牙關緊咬，不肯低頭，卻尋不到一絲自我安慰的藉口，說不出一句反駁之言，只能沉默地對峙。

可輸贏並非不承認便會不存在，狄部已亡，五胡一統為遼，故土仍在，他卻已經沒有家了。

淚湧出時豆子般大，滾過臉頰滑進嘴角，呼延查烈抬袖便擦，袖子擋著眼，卻擋不住癟下來的嘴角，他哇的一聲哭了出來：「我要阿爹……我要阿媽……我想回草原……」

暮青鬆了口長氣，方才之言她深知傷人，卻不得不說。這孩子忍辱負重一心復仇，原以為他只是念著家仇，沒想到他竟記得父輩的教誨，心中已生國恨，日後若有所為，必將殃及兩國百姓。她不得不揭穿他父輩的野心，撕開狄部王族的偽善面目，把醜陋的侵略真相攤給他看。

唯有擊碎祖輩在他心中的崇高形象，擊垮他的信念，才能令他用自己的眼光重新審視天下，而非用他父輩的。

暮青走到呼延查烈身旁，挨著他坐下，聽著風聲和哭聲，眺望著山坡道：「我也沒有爹娘了，我只能夢到我爹的模樣，卻記不起我娘的樣子，只記得她的墳……我自幼在江南長大，也想回去。」

呼延查烈的臉埋在膝間，不理暮青，卻豎著耳朵聽她說話。

呼延查烈抬頭，那雙漂亮的藍眸被水洗過似的，明淨如湖。

暮青笑了笑，眸底浮起些許柔光。「你不會是呼延昊。」

暮青起身把兵刃撿了回來，把匕首還給了呼延查烈，說道：「走吧，也不知山中有沒有狼，方才的哭聲若把狼招來，你我今夜就凶多吉少了。」

呼延查烈聞言把匕首惡狠狠地插入刀鞘，起身拍了拍衣袍上的塵土，臉拉得老長。「我們草原男兒不怕狼，妳怕妳走在後頭好了！」

說罷，他便邁開腿走到了前頭，身量只比荒草高一點兒。

暮青跟在後頭，山風吹來，她正裹衣袍，一件小氅被拋了過來。

「我們草原男兒吹慣了風，不畏春寒，妳嬌氣妳披著好了。」呼延查烈拔出匕首藉著月色往坡上爬，那架勢似要去殺狼。

暮青抱著小氅，氅衣很小，不足以禦寒，卻能溫暖人心。

山坡上的小身影走遠，暮青跟上，唇邊噙著笑——這孩子不會是呼延昊，因為呼延昊經歷的，他不會再經歷。

……

麥山不高，半個時辰後，兩人站在山陰處的坡上，望向山下的小村。

夜已深，一盞燈火遊走在村中，伴著更聲，驚起三兩聲犬吠。

兩人摸進村子，找到了鄭家。暮青順著牆根兒摸到一堆草垛，將呼延查烈扶上去時，孩童皺了皺眉頭。

她的手很燙！

暮青翻草垛的身手還算敏捷，只是氣息沉重。她躍進院中，來到東屋外，叩了叩房門。

許久後，屋裡掌了燈，燭光自窗後透出，有人披衫而來。

第十二章

鐵血犧牲

這時，三十里外，火光將半座皇城照得亮若白晝，街上兵荒馬亂，各府的馬車堵了幾條街，官眷們企圖去莊子裡避禍，卻無人出得去——內城門外，御林軍與西北軍已對峙近了兩個時辰。

兩個時辰前，禁衛兵圍恆王府和水師都督府，路遇御林軍，雙方殺成一片。一名御林軍將領把恆王捆在馬上拚死送出了內城，都督府的馬車被圍，禁軍歷經苦戰殺退了御林軍，卻發現馬車裡裝的只是箱子。

驚覺中計的禁軍把都督府搜了個遍，發現人已失蹤，於是急奏宮中。

不久，宮裡傳出一道密令，禁衛將領看過後面露驚色，隨即率人往城西而去。

與此同時，西北軍自宮裡馳出，元修挽弓策馬，氣勢煞人，鞭聲不知驚了誰家的馬，那馬竟向西北軍衝撞而去。丫鬟挑簾呼救，車後豎著的家旗赫然是寧國公府的，馬車裡人的正是寧昭郡主。

元修見旗，竟不勒馬，一支冷箭離弦，血潑青石，馬仰車翻！大軍馳過車旁時，元修拉弓開箭，三箭嘯空，攜金剛之力，一箭破城樓，一箭殺御衛，一箭將墜下城樓的御林軍將領的屍首釘在了城牆上！

碎石嘩啦啦地落下，渣塵撲過城門。城門那頭，步惜歡坐在馬上，身後是三千御林衛和無數將士家眷。

元修勒馬，隔著城門與步惜歡遙遙相望。

「陛下可真沉得住氣。」

「朕心急如焚，奈何深知這一走，愛卿必定一路相逼，朕不得不思量周全。」兩軍對峙，殺氣威重，兩人隔門相望，頗似閒談。

元修道：「呼延昊對她早有不軌之心，你在此耽擱，顧及路上周全之時，可有想過她此刻的周全？」

步惜歡遠眺城郭，悠悠地道：「她乃英睿都督，機敏非比常人，呼延昊若生不軌之心，定吃苦頭。」

元修嘲弄一笑。「陛下信她，那何必去追？不妨回宮靜待，臣自去救她回來。」

步惜歡道：「不勞愛卿，朕的愛妻，朕親自去救。」

「愛妻？」元修嗤了聲，怒若洪濤，欲吞山河：「一國之君，為一女子棄半壁江山，你莫非嫌她從軍入朝不夠驚世駭俗，想讓她受盡世人口誅、史官筆伐，留紅顏禍水之汙名於青史，受萬世鄙棄？」

「嗯，朕等著呢！等著看這世間有多少人恬不知恥，覺得朕棄此半壁江山是虧欠了他。朕自幼立明君之志，盼除外戚權相，親政於朝，成國泰民安之治。朕非昏君，滿朝文武不是不知，卻作壁上觀，江山可易主，榮華不可不保，這便是朝廷之臣。朕心繫社稷之時，無人奉朕為君；朕棄江山而去之日，倒記起這江山是朕的了，豈非可笑？為臣不忠，倒求君恩，如此群臣，棄之也罷！至於天下人，不妨等著，看朕棄此半壁江山，此生是否難成明主，看她留於青史之名是紅顏禍水還是三尺青天。」步惜歡面色甚淡，揚聲作答，一道城門隔了巍巍宮闕，卻隔不住浩蕩帝音。

「此話未免過早，能出城再說不遲！」帝音未滅，鴻音即生，攜著風雷而至！

李朝榮策馬而出揚劍護駕，迎面而來的箭風卻霸道至極，逼著劍尖擦出一溜細碎的星火，直逼步惜歡！

步惜歡的眉心被照亮，似皓月映入明潭，剎那間被星火驚破。

「陛下當心！」李朝榮折回時，忽覺劍氣離劍而去，徐徐一蕩！

這一蕩，星火劍風直上，入萬里星河，於凜然殺機裡絢爛一綻，惑人心神。

李朝榮心神一失，落地後提劍仰頭，見箭矢連聲崩斷，隨著劍氣的餘力迫向城門。

一線紅霞氣吞城樓，殘箭上泛起層妖紅，兩道內力絞殺的瞬間，星火殘箭皆化作齏粉，風摧而落，寂滅無聲。

步惜歡輕撫著馬鬃，李朝榮驚色難消。

方才借劍氣之人應是陛下，劍氣無識，隨心而御，非臻化境不能為之，聖上的神功果真大成了。

「朕非但要走，還要帶百姓一同出城，愛卿不妨攔攔看。」步惜歡抬手，一名將領策馬而去。

御林軍後方，百姓趕著牛馬車，車子裡外坐滿了人，背著行囊的，抱著孩童的，拖家帶口，神色徬徨。

忽然要背井離鄉，誰都不願不捨，奈何亂世將至，不走難活。因走得突然，百姓收拾行囊攜家帶口頗費了些時辰，聖駕一直在等。城門已被御林軍所占，此時人未到齊，元修卻已率軍追至，步惜歡命人點齊兵馬，先將百姓送往城門口。

車馬流水般退去，步惜歡道：「朕已將恆王接出，其餘人於朕來說生死無關，但華老愛卿於你來說，只怕並非無關之人。」

說話間，軍中綁出一人，正是華老將軍。

天色漸暗，城火未滅，黑煙漫過城樓，似狼煙起，冷風如刀。

兩軍嚴待，步惜歡和元修隔著城門對望，狼煙嗆煞喉腸，人聲寂滅，殺意透骨。

半晌，元修的聲音傳來，平靜卻森涼：「退！」

這時，城西。

幾道人影摸進深巷，風穿過弄堂送來淡淡的血腥氣，血影腳步一頓，竄上一棵老樹，躍下來後，罵道：「不愧是元家人，都督帶他走咱家窖子，他沒救成人，回頭倒把咱家給端了！」

姚蕙青問：「密道通往何處？」

血影道：「外城觀音廟。」

「那糟了，聖上有險！將士們的家眷出城需些時辰，我等未到，聖駕必定沒走。侯爺舉兵，此刻只怕已有兵馬經密道往觀音廟去了，聖上有被圍之險。」姚蕙青望了望天，巷子幽深，冷月似鉤，似蒙著層血色。

血影一拳砸到牆上，忍下了報信的念頭，他若走，綠蘿必以蕭芳為先，其餘人難以自保。且報信也沒用，御林軍人少，把守城門和護衛百姓分出了不少兵力，主子可調之兵不多，禁軍若偷襲後方濫殺婦孺，大軍必亂。

「密道中可有其他出口？」姚蕙青問。

「有！」

「通往何方？」女子的目光明靜如湖。「我有一策，雖無把握，但可一試！」

……

一盞茶的時辰後，榮記古董鋪裡，楊氏母女在門外望風。門階上潑著血，滿院屍體盡在眼底，兩個小丫頭抓著娘親的衣袖，一聲不出。

屋裡，桌上鋪著密道圖，血影道：「院子裡的屍體已涼，底下的兵馬恐已走了半程，我們得快！」

姚蕙青道：「那就勞煩駱小爺速去盛遠鏢局請萬鏢頭帶鏢師救駕！這裡有兩處岔口，正居密道中段，一路鏢師可從中而入，拖住禁衛的腳步。密道幽窄，刀劍相拚難以施展，不會有大的傷亡，禁軍看穿我們的目的後定會速退，因此還請另一路鏢師到觀音廟埋伏。密道口狹窄，進出受限，若以迷藥攻之，必能制敵！」

血影聞言目露讚意，他怎麼沒想到？盛遠鏢局鏢師眾多，武藝高強，若肯幫忙，再好不過。都督對萬鏢頭有再造之恩，想來他不會拒絕——當然，也由不得他拒絕。

虧姚蕙青連迷藥的事都記得，天底下最聰明的女子是不是都聚到都督府裡了？

「密道裡不知進了多少禁衛，能預見的是，藥攻難制眾敵，禁軍退避之後，定與緊隨其後的鏢師再戰於密道中，到時……一時半會兒恐怕就難分勝負了。出口一旦被堵，我們就出不去了。因此，還望聖上出兵觀音廟，與鏢師兩面夾擊，此戰可勝！這時辰裡隨軍南下的百姓也該到了，我們一出觀音廟，聖駕便可出城。」姚蕙青說罷便將密道圖湊近燭火點燃。

事不宜遲，計策一定，血影即刻出了房門。

楊氏母女退進屋裡，綠蘿把守房門，眾人暫等。

血影來去也就一盞茶的工夫，一回來就道：「進密道！」

姚蕙青望了眼天色，心有些慌。

人事已盡，剩下的只能聽天命了。

姚蕙青之計頗為奏效。

領兵進密道的是左龍武衛將軍賀濤，密道幽長逼仄，三千禁衛兩兩並行，鐵甲聲分外響亮。

鏢師們從岔口摸進密道，腳底下綁了布套，行路如風，一路循著兵甲聲摸到了禁軍身後。

走在最後的禁衛被人捂住口鼻，前頭的禁衛驚覺，回頭的剎那，一支暗鏢射來，頃刻將人封了喉。

兩個禁衛悶聲而倒，鐵甲聲響驚了禁軍。

一波亂鏢過後，火苗飄搖，牆上倒下一批人影，添了一片豔紅。

禁軍忽遭奇襲，奈何密道逼仄，只能邊戰邊退，高聲傳報軍情，軍報傳到賀濤面前時已是小半個時辰後。

副將問：「將軍，怎麼辦？」

賀濤道：「不戰！軍令在身，怎可拖延？」

禁軍聞令急行，鏢師緊追不捨，拚殺時斷時續，後方的死傷影響不到前方，禁軍見到出口時，殺聲已小。

賀濤順著石階望去，見牆上懸著一盞銅燈，他將燭火吹熄後往燈芯上一按，喀答一聲，頭頂上便傳來石挪之聲。夜風捎著雅香灌入密道，正是廟裡的香火味兒。

副將逢迎道：「將軍深得侯爺信任，可喜可賀。」

賀濤得意一笑，眼尾剛揚起來，便覺得眼皮一沉，他暗道不好，卻為時已晚，禁軍成片地倒了下去，三道彎後，一名都尉驚見有變，叫：「有毒！速退！」

行軍易，退兵難，後方忙於拚殺，前方卻急於後退，推擠之下，禁軍很快便難以動彈。

這時，彎道處飄來一陣詭風，細光一現，油燈忽然滅了。

一名禁衛仰頭，頭顱順勢飛出，血潑了後頭的禁衛一臉，那人舉著手，顫巍巍地指著人頭，被大軍瞬間踩倒。

「刺客！」不知誰喊了一聲，禁衛們往前推擠，生生將後方的人馬推向了鏢師的刀尖……

密道中段，綠蘿道：「看樣子還算順利。」

血影道：「咱們再靠近些。」

路上遍地暗鏢，血影清路，姚蕙青主僕和楊氏母女跟隨在後，綠蘿推著蕭芳斷後。越往後段走，屍體越多，楊氏倒是鎮定，姚蕙青主僕和崔靈、崔秀皆不敢多看地上。

「等等！」前方殺聲愈大，綠蘿突然開口，驚得香兒一下子跌坐到了地上。

這時，血影猛地轉身望向後方。

姚蕙青問：「何事？」

血影道：「有人！腳步聲很輕，但落腳聲悶，不像輕功，像是放輕腳步摸過來的，人數不少，只怕是敵非友。」

姚蕙青閉了閉眼，天意……

她以為算無遺漏，卻只算到了先入密道的兵馬，沒算準侯爺還會再派人來。前有禁衛，後有追兵，進退不得，他們只怕走不了了。

「快走！」血影腿風一掃，將殘屍棄刃捲向一旁，腥風在狹窄的密道裡蕩著，令人作嘔。

香兒扒著牆站起來，眾人攙扶著向前趕路，往前去好歹能遇上鏢師。

但眾人從未想過遇見鏢師時，所見之景猶如煉獄。

那是一處彎道地段，一盞油燈被刀斬斷，一個鏢師半掛在牆上，喉嚨裡冒著血，眼裡尚有求生之光。燈油和血腥味嗆人，地上的燈油被火星點燃，大火封了彎道，鏢師們在火中殺紅了眼。

香兒哇的吐了出來，崔靈和崔秀抱住楊氏哭成一團，萬鏢頭聽見哭聲，見血影提著都督府的腰牌，所護之人皆是婦孺，且有一人坐著輪椅，便猜出來者是都督府裡的兩位夫人，但還沒來得及打招呼，便見血影身後冒出一把長刀！

「追兵！」萬鏢頭示警時，綠蘿已回身，手中不知何時多了把柳葉刀，一招擊殺了數人。

來者是禁軍，未披甲冑，穿著布靴，足有千餘人！

鏢局的人雖多，卻分散在各地堂口，盛京城乃皇城，官府對江湖人士的數目和身分管控嚴格，鏢局裡總共三百來人，兵分兩路，此刻在密道中的只餘百來人，情形不容樂觀。

而此刻，先入密道的三千禁衛遭遇刺月門死士的屠殺，求生意志驚人，發瘋般的往彎道外退。幾個禁衛不顧火勢撞了出去，當即化成火人衝進了鏢師中。

暗鏢用盡，鏢師們只能揮刀去砍，混戰中一個禁衛腳下被絆，撲倒時抓住了萬鏢頭的褲腳，萬鏢頭手起刀落，斬斷了那隻手，火卻點燃了他的褲腳。旁邊幾人奔來，一頓拍打，齊力滅火。

這時，火牆後又闖出幾個禁衛，被後面的禁衛推倒，壓在了燈油上。一道悶聲過後，人倒如牆塌，禁軍潮水般湧出，場面頓時失了控。

血影抵禦著追兵，回頭見背後失守，鏢師們正拖著傷了條腿的萬鏢頭節節後退。

楊氏擋在女兒們身前，提著亡夫的劍咬牙拚殺。

香兒從地上拾起把刀，腿腳打顫，護著姚蕙青一步一跌地往後退。

蕭芳腿腳不便，四周敵我混雜，綠蘿擅毒卻不能用，只能推著輪椅邊退邊守。

敵軍一撥一撥地湧來，綠蘿見難已抵擋，冒險躍出，在禁軍頭頂長掠而去，一個來回，血開兩路。

綠蘿落地時，一個禁衛殺了鏢師，轉身就撲到了蕭芳面前！

蕭芳轉著輪椅後退，眼見刀尖近在眼前，一把長劍忽然從禁衛胸前透出，綠蘿拔劍後憂焚地問：「姑娘可有傷著？」

火光照著綠蘿的臉龐，望著那數不清的傷痕和堅毅的眼神，蕭芳低頭道：「別管我，走吧！」

「什麼？」

「走！」

「奴婢奉公子之命護衛姑娘，怎可棄主而去？」

「妳難道沒看出他們是衝著我來的嗎？」蕭芳語氣憂焦，她身殘不便，敵軍顯然想劫持她，求得一條生路，護她之人恐怕難逃一死。十八年前，蕭家軍為保她而戰死，今日舊事絕不能重演！

「公子對奴婢有再生之恩，今夜奴婢寧肯戰死！」綠蘿擦去臉上的血，目光堅毅。她幼時被賣入青樓，十歲便被老鴇置了牌子，掛了粉燈。她本該是被鄉紳色鬼糟蹋的命，卻被公子買下，安置在春秋賭坊裡，與姊妹們習武研毒，立命安身。

賭坊裡的女子皆出身青樓，姊妹們起初只當公子心善，直到她奉命來到盛京後才恍然大悟，公子救她們，只怕是一份愛屋及烏之情。「奴婢如若戰死，還請姑娘莫再苦了公子，世上淒苦之人已經夠多了，何必再傷人？」

「妳不懂……」蕭芳搖了搖頭，他守著她是為了父輩之約，那人看似風流灑脫，實則半分灑脫也無，不肯拋下道義忠孝，做個自在的江湖人。她乃命苦不祥之人，不想害了他。世間不缺好女子，再好的他都值得。「不能再有人為我而死了，以我為餌，妳等速撤！做此一件值得之事，我死也無悔！」

蕭芳望著綠蘿，悲憤決絕，帶著幾分懇求。

「不行！」萬鏢頭大喝一聲，他手執雙刀披頭散髮，一刀扎在地上，借力撐穩身子，一刀劈向禁衛，刀風潑辣。「都督對萬某人有再生之恩，今夜我死，他的人也不能死！」

你死我活的拚殺中由不得分神，萬鏢頭卻回頭衝綠蘿一笑。「好姑娘，可惜相遇太晚。」

這登徒子之言並未叫綠蘿覺得冒犯，她臉色驟變，大喊：「小心！」

但已經晚了。

或者說，這是萬鏢頭的選擇。

他行走江湖多年，豈能不知此時分神會有何後果？他只是決意赴死，因此在長刀刺透胸膛的那一刻才能笑得出來。

那是一張麥黑的臉，相貌本就不出眾，被血糊著，更難辨眉眼，但那笑仍有逼人的英雄氣。「好姑娘理當惜命，日後定然有福可享，萬某先走一步！」

說話間，又有幾把長刀刺來，萬鏢頭噴出口血，拔起扎在地上的刀左右開弓，連砍幾名禁衛，隨後雙臂一展，將刀死死地扎入牆中，以身為牆，回頭大喝：「走！」

吼聲沙啞，含著血氣，激得人心裡也翻滾起血氣。

一個禁衛手起刀落，血綻如花，萬鏢頭的胳膊垂下來，斷臂手裡卻依舊握著刀。

「二當家！」鏢師們兩眼血紅，瘋殺而回，砍開禁衛，也將長刀插入了牆中。

一道道人牆擋下了禁軍，卻也同樣被如叢的長刀刺穿。

「你們……」萬鏢頭抬起頭，眼前已然模糊。

「我們的命是二當家救的！」話不必多，一句足矣。

「……都是不惜命的！」萬鏢頭咳出口血。

鏢師們哈哈一笑。「這話錯了，兄弟們可是最惜命的，不然當初也不會跟二當家下山。」

他們早年迫於生計占山為匪，乃官府通緝的要犯，後來劫了盛遠鏢局的鏢，二當家帶人剿了山頭後把他們關進了地牢，他們以為會被送交官府，沒想到遞來眼前的會是一張官府的榜文和良籍文牒。二當家賞識他們的武藝和膽識，買通官府，消罪還籍，讓他們下山當了鏢師，從此有了響噹噹的江湖身分。

沒有二當家，他們恐怕早被問斬了。今夜跟出來的都是受過二當家大恩的，出來了就沒打算活著回去，不是不懼死，只是人生在世，有些恩義得還，下輩子才好乾乾淨淨地投胎做人。

「二當家無後，沒個扛旗送喪的，兄弟幾個陪您一程，黃泉路上作個伴兒。」

「……好兄弟，萬某欠你們的，下輩子……」

下輩子如何誰也不知，只知這輩子的最後，一身熱血是笑空的。笑聲在不見天日的密道裡迴盪著，禁衛揮刀的手都在抖。

人牆擋不住多久，但哪怕一刻，對生者而言也是生機。

血影拉住要衝殺出去的綠蘿，望了眼人牆後方——他在等援，等刺月門中死士殺到！

受制於地形，死士們還有多久能到，血影不敢推測，在昏暗的密道裡拚殺，他對時間的感知已經遲鈍。

生機不可辜負，血影望了眼義士們，從牙縫裡擠出一個字：「走！」

此時，楊氏和鏢師們一起抵擋追兵，已然招架不住，一個鏢師一刀削斷了牆上的油燈，猛力拍出，火舌劃過，照見了後方黑壓壓的人潮，也恰巧照見彎道牆後忽現的寒光。

「袖箭！」僅憑聽音，鏢師們便知是何暗器，但念頭不及箭速，已來不及躲避。

血影猛然回身，橫臂一抓，箭羽割碎掌心，露出森森白骨，他面不改色，反手擲出，帶血的袖箭射向來處。彎道的牆壁應聲被破開個人頭大的洞，洞後血花一綻，一條人命就此了結，牆洞後卻透出一片寒光。

有埋伏！

血影心頭乍涼，鏢師在前，形同箭靶，已無處可躲。

這時，箭聲刺破沉寂，一個老鏢師踢出屍體擋下數箭，大風颳得箭雨生生一偏，縱然如此，鏢師仍有傷亡。

血影憤然殺至前方，這是此生第一次，他拋開主子之命，與鏢師一同抗敵，只為還身後那道「人牆」的恩義。

綠蘿堅守後方，也是此生第一次，竟因分神沒看見有人跟著血影一同衝向了前方。

「小姐！」直到香兒的聲音傳來，綠蘿才悚然一驚。

「我乃都督府姚氏，前方將士住箭！如若不然，便將我一同射殺！都督乃重情之人，侯爺若想與都督結仇，今日便屠盡府中之人！」姚蕙青握著髮簪撥開鏢師，她乃庶出之女，行事向來小心，但這一次她賭了，賭那人不會殺都督的人。

此賭若贏，鏢師之圍可解，若輸……她死，但不會白死。盛京城裡無人不知侯爺與都督之間的情義，她一死，領兵之將必定擔心侯爺怪罪，軍心不穩，箭攻必停，這時間裡就有可退之機。

姚蕙青的話音在箭聲中不算響亮，赴死之意卻驚了敵我。

一支袖箭射來，老鏢師沒來得及砍開，姚蕙青的肩上綻開血花，她卻緊緊地握著簪子。

「停！快停！」

「嘖！都督府裡的女人都是瘋子！」

「小姐！」

密道裡充斥著混亂的人聲，已分不清是誰，只隱約辨出有傳令聲。但開弓沒有回頭箭，一支袖箭迎面而來，雪寒的箭光讓人想起盛京冬月裡的雪。

姚蕙青闔眸靜待，這一刻無比漫長，血風瀰漫，疼痛卻未如期而至。

她睜開眼時，恰見寒絲捎著一串血珠，入了一個男子的袖中。

男子身穿夜行衣，貌不驚人，氣度內斂。

箭聲消失，密道裡靜得可怕。

不知誰在彎道那邊喊了一聲將軍，追兵大亂，退散而去，看來被這男子殺了的人是領兵之將。

血影抱怨道：「總算來了，怎麼就你一人？」

「其他人在清路，這地方不好清理，我先過來了。禁軍被殺破了膽，剩下的無需理會，自有其他人策應我等出去。」鬼影道。

在京城裡修密道十分不易，因此密道矮窄，三千禁衛軍把密道裡擠得滿滿當當的，舉刀便能戳到頂，想藉輕功過來不可能，大開殺戒又受地形所限，這才費了許多時辰。

「好！」血影一刀斬斷了姚蕙青肩頭的箭尾，說道：「這箭不能拔，待出去再說。」

鏢師此刻只剩數十人，負傷者半數，傷勢輕的背著重傷的，由鬼影引路撤離。

蕭芳棄了輪椅，由綠蘿背著，鬼影帶著姚蕙青，血影帶著楊氏，香兒和崔靈、崔秀交給了鏢師們。

人牆掰不開，眾人只能將牆上的刀拔出，沒有時間悼念，誰都沒有回頭，離去時卻已淚溼衣襟。

死士們在密道後段清剿敵軍，見到鬼影一行，掩護著他們便往觀音廟趕去。

這時，追兵在潰逃不久後停了下來，一名校尉道：「不能就這麼回去。」

「難道要折回去送死？」

「逃回去就能活？我們此前已被都督府的空馬車騙過一回，若再失手而歸，侯爺能留我們？」

「那你說怎麼辦？」

「摸回去，我們尚有餘箭，那兩個女子能都拿下最好，如若不能，拿下一人，好過空手而回。」

「說得輕巧，那些死士如何能敵？」

校尉哼了聲，向禁衛們招了招手。

當血影聽見可疑聲響時，一行人已到了出口。

守在觀音廟裡的鏢師們說，密道裡的禁軍久未現身，元修覺察有變，已命弓弩手列陣，只是顧忌華老將軍，兩軍尚未開戰，但戰事已一觸即發。

血影一聽，急忙讓鬼影率人先去。死士們被分成了兩撥，一撥人出城尋人，一撥人進密道救人，神甲軍奉旨保護百姓，如今只有李朝榮在護駕。

事態緊急，鬼影見已到了密道口，鏢師們就在上頭，於是二話不說率人先行一步。

沒想到，一行人剛走，密道後路就傳來了可疑的聲響。

一路血戰，血影和綠蘿的耳目早已不夠聰敏，殺機來得奇快，血影回頭時，袖箭已齊射而來！

等在密道口的鏢師們不敢用毒，跳入密道又會堵路，只能伸著手把人一個一個地往上接。

都督府的人不約而同地讓開路，讓重傷的義士先行，自己則把後背亮給了袖箭。

追兵有備而來，挑的是擅箭的好手，袖箭一起對準了一人——老鏢師。

老鏢師抱著兩個女童，進退不得，只能躍下石階，一落地便將兩個孩子推向死角，面朝兩人，挺直了背。

生死一瞬，楊氏也跟著躍下，奮力擋在了老鏢師身前！

血影急擲匕首撞開數支袖箭，趁機鷂躍而起，冒死逼向追兵！

「回來！」綠蘿喊了聲，密道矮窄，流箭滿天，飛簷走壁無異於立靶！

話音剛落，一支暗箭射來，這支箭混在箭雨裡，綠蘿的耳力受擾，一時失察，那箭已當胸射來！

一旦中箭跌下石階，險的就會是蕭芳，千鈞一髮之際，姚蕙青往綠蘿身前一擋，中箭滾下了石階。

「小姐！」香兒奮力撲下。

姚蕙青喊：「快走！」

「快！」鏢師們也在上頭催促。

綠蘿的眼底逼出血絲，理智卻讓她決然回頭，將蕭芳往上一推。

這時辰裡，血影斬開亂箭，逼出一道氣勁，彎道那頭亂箭一停，他趁機蹬牆折返。

「快！」密道上面將手伸向綠蘿。

「帶香兒走！」姚蕙青喊道。

綠蘿箭步衝下，點住香兒便將她拖上來推向密道口，而後自己又奔下去救姚蕙青。

「護其餘人先走！」姚蕙青喊出此話時嗓音已啞。禁衛大敗而去，復又折回，想必是怕難以交差。他們殺崔家姊妹只是聲東擊西，實則想要的只是她和蕭芳，蕭芳已逃出生天，能讓禁衛交差的人只剩下她，若綠蘿先救她，禁衛交差無望，左右都是死，恐怕會拚死拿剩下的人墊背。

這時，血影折回，抱起崔靈姊妹便拋給綠蘿，綠蘿將人接住舉向密道口。

楊氏母女不能死，崔遠在江南謀事，結識了不少賢德之士，這些人是朝廷的未來，是聖駕南下後的定國安邦之本。崔遠乃孝子，救楊氏母女便是為聖上謀忠良之士，不可不為。

「上去！」綠蘿又將楊氏推出密道，而後箭步衝下石階。

這一刻。

密道那頭兒頓時袖箭齊發，雨點般射來。

血影方才殺了一撥禁衛後，那邊沒再放箭，不是沒箭了，而是省著箭在防這一刻。

這一刻，綠蘿在石階上，血影在石階下，幽深的密道似張開巨口的猛獸，獠牙化作亂箭，在兩人腳下扎根叢生，逼得兩人連連後退。

這一刻，兩人皆有撥箭之力，卻不敢出手，怕流箭無眼，誤傷姚蕙青。

縱是如此，姚蕙青仍然中了兩箭。

彎道後傳來話音：「你們有兩個選擇，退出密道，則姚夫人可活。如若不退，咱們就一起死。不要等箭盡，因為在箭盡之前，我會下令先將姚夫人射殺，為禁軍陪葬！我數到三，你們若還在，咱們便同赴閻王殿——一！」

「走！」姚蕙青先開了口，在離生機只有一線之遙的時候，捨棄有多難，沒人比她清楚。但她中箭跌下時傷了腿，已難以起身，若強行相救，只怕要連累兩條性命。「莫讓聖駕等我一人，隨軍南下的還有百姓，大局為重！」

「二！」

「切不能讓遼帝帶都督出關，否則此生再難相見。事有輕重緩急，我無性命之憂，你們卻是聖上的臂膀，不可將性命斷送在此！」

轟隆！

觀音廟外忽然傳來一聲巨響，離得頗近，不知出了何事。

血影和綠蘿一驚，雙雙看向密道口。

「快走！」

「三！」

姚蕙青和那校尉同時出聲，血影一記重拳砸上土牆，掠至綠蘿身旁，將她一拽，兩人一同躍出了密道。

轟隆！

又一聲巨響傳來，這回是石階塌了——為防禁軍生事，血影方才一拳震毀了石階。

「姑娘保重，他日定有後會之期！」綠蘿之言伴著坍塌之聲傳下。

姚蕙青仰著頭，透過滾滾揚塵望著出口，眼中流露著嚮往的神色。

腳步聲傳來，長刀擱在她的肩頭，刀鋒森涼。

校尉盯著塌毀的出口，臉色陰沉，冷厲地道：「帶走！」

那聲巨響是從城門處傳來的。

鬼影等人見駕後，神甲軍護送百姓先行，李朝榮和死士們率御林軍護駕退往城門。

一直默不作聲的元修忽然挽弓，三箭連射，欲毀城樓。百姓就在城外，一旦城塌，難免殃及無辜。步惜歡和李朝榮雙雙出手攔箭，元修見機而起，孤身掠至了御林軍中。

陣前颳起一陣潑風，西北精騎追來，御林軍拔刀，兩軍頓時殺成一片。

血影一行趕到城門時，城樓毀了半邊，巨石斷木橫在門前，隔開了聖駕和百姓。

元修與步惜歡交上了手，鬼影劫持著華老將軍退到門口，見血影一行趕到，沉聲道：「清道出城！」

此時沒有時間細說密道中的遭遇，血影等人忙與鏢師一起清理道路。神甲軍派了一隊人馬前來相助，眾人裡應外合，眼見著城門將通，忽聞夜風送來一陣馬蹄聲。

馬蹄聲來自官道，大軍未舉火把，聽那滾雷般的聲勢，似有數萬精騎！

血影心頭一驚，不論來者是西北軍還是驍騎營，一場血戰怕是免不了！

「元修！」鬼影大喝一聲，將刀往華老將軍喉前一抵。

血影冷森森地道：「今日沒殺痛快，拿這老骨頭祭祭刀也不錯！」

話音剛落，長刀飛來，嵌入城牆，錚聲刺耳，竟震得人神昏腦脹。

血影與鬼影運氣自保，一時難再出手傷人。

元修也不好過，他出招救人時，迎面而來的掌力散漫無形，一沾上便讓人如墜九幽寒窟，他不得不退至數丈開外，臉色霜白地道：「你真以為走得了？」

步惜歡淡淡一笑。「你以為來者是哪路人馬？」

元修一怔，鬼影和血影回頭，此時藉著火光已能望見黑潮般的人影，神甲軍列陣護住百姓，城樓之上弓弩滿弦，一名將領率百名精騎馳向飛橋，還沒到橋頭，便瞧見大軍在飛橋那頭停了下來。

一道人影掠向城樓，月色血紅，人影如青波，不知是人在月中，還是月送人來，眨眼間那人就近了城樓。

這輕功……

那將領忙衝城樓上喊：「且慢放箭！」

話音落下，那人已掠過城樓，落地無聲，唯有衣袂乘風舒捲，青似雲天。

魏卓之望住被安置在馬背上的女子，笑問：「這回，我可來晚了？」

蕭芳聞言模糊了雙眼，這人江湖地位尊貴，卻到軍營裡謀個芝麻大的武職，一身輕功只用來傳令。她知道，他一是為聖上，二是為她，可她的腿本就不是他晚來一日之過，冷落了他許多年，也解釋了許多年，他怎就如此執拗？

「有很多人沒能出來。」蕭芳道，並非責怪誰，只是覺得自己拖累了人。

「嗯。」魏卓之上了馬，這些年來他們第一次離得如此近，他的聲音傳入她耳中，無比清晰：「一切定有討回之日。」

這時，幾騎快馬馳過飛橋，到了城門外下馬拜道：「江北水師前來迎駕，願隨聖上一同南下！」

為首之人正是韓其初，他身旁綁著季延。

季延被擒時，魏卓之一行撞見暮青被呼延昊劫持出城，於是月殺和烏雅阿吉追著暮青而去，魏卓之帶著季延趕回了水師大營。

水師譁怒，韓其初沙場點兵，章同率一營將士挾季延命驍騎營交出了戰馬，隨後五萬將士傾營而出，急行而來。

御林軍占了城門後，步惜歡命月影率人出城先尋暮青，順路傳旨到水師大營，此後便一直掌握著水師的動向，大軍前來迎駕早在意料之中。

元修命禁軍突襲御林軍後路，步惜歡也早有密旨命江北水師前來迎駕，這一場博弈，直至此刻，終定大局。

君臣兩人遙遙相望，望見的是滿目瘡痍的皇城和不死不休的將來。

這一走，江山從此失了半壁。

這一走，天下間再無無道之君，亦無守疆之臣。

這一走，必將載入青史，是非功過留待後人評說。

已是離去之時，一道悶聲傳來，為烽煙瀰漫的城門口添了幾分悲戚氣氛。

「大將軍……」

元修循聲望去，挽弓之手陡然僵住。

那人跪在人後，看不清容顏，但戍邊十年，他們每個人的音容都刻在他的記憶裡。

舊稱刺痛肺腑，千言萬語如鯁在喉，侯天想起了從前。

那年大雪封關，他們去馬場比試騎射，策馬笑逐，胡口說家國。

「又是年關，冬月裡沒仗打，大將軍咋不回京住些日子？」

「不回。」

「回去娶媳婦還不樂意？難不成真跟聖上似的，好男風？」

「胡說什麼！聖上也是能議論的？」

「議論咋了？咱們守的是他的江山，他倒好，一年比一年荒唐，這關城真他娘的守得憋屈！哪天惹惱了老子，反了那昏君，皇位讓給大將軍坐，這天下肯定國泰民安！」

「閉嘴吧你！我看你是想去葛州把賀飛換回來，州城裡如花似玉的姑娘有的是，想娶媳婦隨你的意，以後你就在葛州常駐了。」

「守城多沒意思，那兒又沒胡人可殺……哎哎，大將軍，你咋走了？你說真的？別啊，老子……末將……」

此生最灑脫開懷的日子莫過於那些年，那些年，皇位在他們嘴上不知被推翻了幾回，可只是過過嘴癮。誰能想到，曾經不愛江山的如今要反，曾經揚言要反的如今卻要從龍，世事變遷竟如此令人椎心刺骨。

「大將軍，末將走了，您保重！」千言萬語化成一句珍重，侯天把頭磕在城門外的青石上，淚灑戰袍。

「大將軍，俺沒啥好說的。」盧景山垂首抱拳，愧見舊帥，但去意已絕。「老海他們想跟著您，午時卸甲出營，途中遇上胡人，幾個兄弟戰死飛橋之上……還有幾個兄弟現在驍騎營裡。」

長風拂過伏拜的兒郎，元修的目光冷硬如鐵，幾滴新血卻自拳縫裡淌下，弓上幾道裂痕怵目驚心。

「滾吧！」不知過了多久，元修決然轉身，不願再看城門。

眾將抬起頭來，望著那被熱淚糊住的人影，那人影看似決絕，卻令他們恍惚間再回到從前。

那時他們說話沒輕重，議論朝事時常太過，大將軍沒少罰他們，因知道他捨不得重罰將領，他們便常討價還價。

「末將去領軍棍，您說領多少？」

「屢懲不改，杖斃算了！」

「那還不如殺頭呢，好歹腰和屁股是全的，到了陰曹地府也好娶個媳婦，生個小鬼兒不是？」

「……」

「哎，大將軍，您還沒說這軍法咋領呢。」

「滾吧你們！」

舊年笑罵歷歷在目，幾個西北漢子重重地磕了頭，這是臨別前最後一拜，也是一生中最後一拜。

步惜歡抬了抬手，無聲示意——出城！

御林軍拾刀上馬，潮水般後退，安靜而有序。

方才兩軍交戰，御馬受驚，混亂之中不知跑去了何處，李朝榮將他的戰馬牽來，步惜歡剛要上馬，忽聞一聲長嘶。

嘶聲如雷，驚破了沉寂，只見彤彤火光映紅了馬鬃，駿馬似從火海中奔來，雪鬃飛舞如狂，初聞嘶聲時尚在長街盡處，萬軍定睛之時已能望其身形！

好快！

步惜歡一笑，長掠而去。「來得真是時候。」

見男子縱來，神駒竟不停蹄，待步惜歡坐上馬背，一人一馬已風似的到了城門口。誰也沒看清這一人一馬出城的身影，只聽見一句低語，柔勝江南煙雨，懷盡一生摯情——

「她不見了，我們去尋她可好？」

聲音隨風傳進城中，元修沒有回頭，聽著人潮退去，巍巍皇城只剩下狼煙火海，身後空蕩蕩的，只餘風聲。那風吹得人脊背生寒，五臟皆空，彷彿一把刀子，穿胸刺骨，鮮血淋漓。

長弓落地，碎作兩截，元修一口血噴出，踉蹌而倒。

孟三摸出藥來，元修卻拂袖一掃，藥瓶滾落之際，他縱身上馬，踏碎藥瓶，策馬而去。

沒馳多久，元修勒馬，見前方趕來數百殘兵，押著一名身中箭傷的女子。女子受了腿傷，被禁衛一路拖行，已渾身是血，奄奄一息。

率殘軍請罪之人是個校尉，元修的目光落在姚蕙青身上，眉宇間英氣如舊，卻比舊日煞人。

許多年後，想起這夜，姚蕙青只模糊地記得那深潭般的眼眸和一句涼薄的話語——

「關起來。」

「是！」校尉道聲遵令，見元修策馬離去，鬆了口氣。

看來，命是保住了……

這時，一道命令傳來：「傳文武百官進宮，命趙良義、驍騎營諸將同西北軍舊部進城，你也一起來。」

校尉愣了半晌才聽出「你」指的是何人，眼底不由迸出狂喜之情。

風起城下，火勢未休，盛京的夜還長。

……

大興元隆二十年，三月三十日。

晨時，江北水師觀兵大典，都督英睿被道破身分，遼帝當眾求娶，元隆帝軍前立后，二帝相爭，舉朝震驚。

午時，元謙謀反，元隆帝奪宮，遼帝趁亂劫后出城，不知去向。

是夜，元修謀反，大火焚城，元隆帝棄半壁江山而去。

盛京皇城，牆高三丈，自高祖皇帝建都之後屹立六百年不倒，這夜被三箭震塌了半壁，漫天大火和牆塌之聲猶如天火春雷，在天亮之後驚了天下。

許多年後，當城牆再起，天下人仍能從那燒黑的青瓦上找到幾許慘烈的痕跡，卻不知觀音廟下埋著一道牆，血肉為磚，英骨為瓦，不見天日，不入青史，永不被世人所知……

一品仵作 柒

MY FIRST CLASS CORONER

作　　者／鳳今
榮譽發行人／黃鎮隆
總 經 理／陳君平
經　　理／洪琇菁
總 編 輯／呂尚燁
執行編輯／陳昭燕
美術監製／沙雲佩
美術編輯／李政儀
國際版權／黃令歡、梁名儀
企劃宣傳／洪國瑋
文字校對／施亞蒨
內文排版／謝青秀

國家圖書館出版品預行編目資料

一品仵作（柒）/ 鳳今作 . -- 初版 . -- 臺北市：
尖端，2021. 08-
冊；　公分
ISBN 978-626-308-871-9（第 7 冊：平裝）

857.7　　110004650

出版／城邦文化事業股份有限公司　尖端出版
台北市 104 中山區民生東路二段 141 號 10 樓
電話：（02）2500-7600　傳真：（02）2500-2683
讀者服務信箱：7novels@mail2.spp.com.tw
發行／英屬蓋曼群島商家庭傳媒股份有限公司城邦分公司　尖端出版
台北市 104 中山區民生東路二段 141 號 10 樓
電話：（02）2500-7600　傳真：（02）2500-1979
劃撥專線：（03）312-4212
戶名：英屬蓋曼群島商家庭傳媒（股）公司城邦分公司
劃撥帳號：50003021
※ 劃撥金額未滿 500 元，請加付掛號郵資 50 元
法律顧問／王子文律師　元禾法律事務所　台北市羅斯福路三段三十七號十五樓

台灣地區總經銷／中彰投以北（含宜花東）　楨彥有限公司
電話：（02）8919-3369　　傳真：（02）8914-5524
雲嘉以南　威信圖書有限公司
（嘉義公司）電話：0800-028-028　　傳真：（05）233-3863
（高雄公司）電話：0800-028-028　　傳真：（07）373-0087
馬新地區總經銷／城邦（馬新）出版集團 Cite（M）Sdn Bhd
電話：603-9057-8822　　傳真：603-9057-6622
E-mail：cite@cite.com.my
香港地區總經銷／城邦（香港）出版集團 Cite（H.K.）Publishing Group Limited
電話：852-2508-6231　　傳真：852-2578-9337
E-mail：hkcite@biznetvigator.com

版　次／ 2021 年 8 月 1 版 1 刷　Printed in Taiwan